* * *

Rzeka Młynówka płynie wśród ugorów, piasków i lasów. Niedaleko od osady Olszyny na Młynówce jest wyspa. Mało kto ją zna, bo miejsce jest odludne, a poza tym wyspa powstała niedawno, w czasie ostatniej wiosennej powodzi. Wzburzona rzeka wyżłobiła sobie wówczas nowe koryto i odcięła od lądu pas brzegu, zarosły kilkunastu drzewami. Ogromna topola, która pozostała na skraju ugoru, przewróciła się, jej pień zwisł nad wodą jak pomost, a rozłożysta korona prawie sięgnęła wyspy. Wystarczyło przerzucić dwie długie żerdzie między jej najwyższymi gałęziami a płaskim brzegiem, żeby się na wyspę przedostać.

Żerdzie te przynieśli ze wsi Olszyny dwaj cioteczni bracia, Marian Pietrzyk i Julek Miler. W umieszczaniu kładki pomagały Pestka Ubyszówna i Ula Zalewska. Dokonawszy tego dzieła, uznali wyspę za swoją własność i postanowili pilnować, żeby wiadomość o jej istnieniu nie przedostała się do obcych. W jakiś czas potem wyspa stała się terenem zdarzeń, które każde z czworga zapamiętało na długo, a może zapamięta na całe życie. Zaczęło się to 11 lipca, we wtorek, w dzień dżdżysty i chłodny.

Obcy się zjawia

— Zagwizdać? — spytał Julek. Marian, wielkoduszny jak zwykle, mruknął, że tak; wiedział, że wygwizdywanie hasła załogi sprawia „małemu" szczególną przyjemność. W nawilgłe powietrze wpłynęły trzy przenikliwe nutki podobne do głosu trznadla. Przez chwilę trwała cisza, słychać było tylko deszcz, szumiący drobno wśród gałęzi kasztana, pod który się skryli. U brzegu liści zbierały się wielkie krople i po długim namyśle spadały ciężko na ziemię.

— Jeszcze raz — nakazał Marian. — Pewno jest w kuchni.

Julek zagwizdał znowu. Marian, podnosząc swoim zwyczajem brwi do góry, co nadawało jego twarzy wyraz zafrasowania, patrzył w parterowe, lekko uchylone okno.

W głębi domku rozległy się szybkie kroki, połówki okna, pchnięte gwałtownie, trzasnęły o ścianę.

— Serwus! — zawołała Pestka, siadając na parapecie i przerzucając nogi na zewnątrz. — Co słychać? — I rozejrzawszy się po szarym niebie, dodała: — Ciemna mogiła!

Te ponure słowa zostały wypowiedziane ze śmiechem. Pestka czuła, że tak czy inaczej świat należy do niej. Nawet najgorsza pogoda nie mogła przyćmić jego uroków.

Nim chłopcy zdążyli się odezwać, obok Pestki stanęła w oknie jej matka i uśmiechnęła się do nich równie przyjaźnie jak córka.

— Czemu stoicie na dworze? Wejdźcie!

— Właźcie — rzekła gościnnie Pestka.

IRENA JURGIELEWICZOWA

TEN OBCY

NASZA KSIĘGARNIA

Projekt okładki i stron tytułowych
Elżbieta Chojna

— My tylko na chwilę — odpowiedział Marian.

— Wy zawsze tylko na chwilę — roześmiała się pani Ubyszowa. — Myślałby kto, że boicie się znaleźć pod dachem choćby na pięć minut. Nie mam nigdy okazji, żeby z wami porozmawiać.

Chłopcy stropili się nieco. Rzeczywiście, obaj uważali, że nie ma po co wchodzić do mieszkania, jeżeli można być na dworze, gdzie zawsze jest przyjemniej; nie bardzo też wiedzieli, o czym mogliby mówić z mamą Pestki. Dorosłych obchodzą przecież zupełnie inne rzeczy.

— Kiedy my właściwie po chleb do spółdzielni... — tłumaczył się niezręcznie Marian. Julek dodał przekonywająco, że babka kazała się im bardzo spieszyć. Nie było to wcale prawdą, tylko wynikiem nagłego natchnienia, które miało zwyczaj spływać na chłopca w trudnych chwilach. Pani Ubyszowa nie nalegała dłużej. Kiedy wycofała się w głąb mieszkania, Julek zbliżył się do okna.

— Pestka, mamy ci coś powiedzieć.

— No?

Milczeli, brwi Mariana uniosły się jeszcze wyżej. Spiczaste uszy Julka wydawały się jeszcze bardziej spiczaste niż zazwyczaj, czarne oczy błyszczały bystro, jak u czujnego zwierzątka. Pestka wsparła nogę o brzeg wysokiej podmurówki i zeskoczyła na ziemię.

— No? — spytała po raz drugi, podchodząc szybko do chłopców. — Stało się coś?

— Tak — odezwał się Marian. — Na wyspie ktoś był.

Pestka uznała wiadomość za ważną.

— Kiedy był?

— Wczoraj.

— Przecież siedzieliśmy tam prawie do wieczoru i nie widzieliśmy nikogo.

— Ale my z Marianem polecieliśmy tam jeszcze drugi raz przed samym spaniem, bo zgubiłem scyzoryk i bałem się, że zardzewieje. Na polance było ognisko. Już się nie paliło, ale jak rozgarnęliśmy popiół, to pod spodem się żarzyło.

— Nie zauważyliście nikogo?

— Nie.

— Szukaliście?

— Pytanie! — oburzył się Julek. — Wszędzie szukaliśmy.

— Jak myślisz, kto to mógł być? — Pestka zwróciła się z tym pytaniem do Mariana, on najlepiej znał okolicę i jej mieszkańców.

— Jakiś chłopak z Olszyn, wiadomo.

— Psiakość! — zaklęła dziewczyna. — Do tej pory się udawało, nikt się nie przypętał. Ale to nic, wyrzucimy go. Wyspa jest nasza!

— Najlepiej chodźmy tam zaraz — zaproponował Julek.

— Zaraz to nie — odpowiedział Marian spokojnie. — Idziemy po chleb. A potem trzeba pomóc babce. I musisz odrobić swoje lekcje, już dwa dni nic nie robiłeś.

— A tymczasem tamten będzie siedział na naszej polanie jak u siebie w domu! — rzekł z oburzeniem Julek. Był z załogi najmłodszy i odczuwał każde ograniczenie swobody jeszcze boleśniej niż inni.

— W taki deszcz na pewno nikt tam nie siedzi, więc na razie możemy się nie denerwować — przecięła sprawę Pestka. — Pójdziemy, jak przestanie lać, i jeśli się zjawi, przemówimy mu do rozumu.

— Dobrze — zgodził się Marian. — Ale my będziemy mogli dopiero po południu.

Pestka uznała, że nic nie szkodzi, zaraz po deszczu wybierze się na wyspę z Ulą i tam na chłopców poczekają. Tak więc wszystko zostało omówione i dziewczynka wdrapała się z powrotem na okno.

— Powiedzcie Uli, że zaraz do niej przyjdę.

Kiwnęli głowami na znak, że powiedzą, i wyszli spod kasztana na deszcz. Szli teraz wiejską drogą, nie śpiesząc się. Julek, który był boso, wkraczał w środek każdej kałuży, Marian obchodził je naokoło.

— Marian? — odezwał się po chwili Julek.

— No?

— Spierzemy go, prawda?

— Może nie będzie trzeba.

— Będzie trzeba — wyraził nadzieję Julek. — Z takiej wyspy nikt łatwo nie ustąpi.

Marian milczał, najwidoczniej mało zainteresowany tematem.

— Ty nie lubisz się bić, ja wiem — stwierdził Julek z goryczą.

— Jak mam powód, to się biję. Ale bez powodu to po co?

— Bez powodu też jest przyjemnie.

— Jak komu.

Mały skrzywił się lekko. Jego położenie było trudne. Marian był o dwa lata starszy od niego i z tym przykrym faktem trzeba było się liczyć.

Po chwili pocieszył się myślą, że bądź co bądź można liczyć na Pestkę.

— Pestka jest fajna, nie? Ona jest zupełnie jak chłopak.

— Niezupełnie — poprawił Marian.

— Pewno że niezupełnie — zgodził się Julek i westchnął, co miało znaczyć, że dziewczyna, nawet najfajniejsza, nigdy nie dorówna chłopakowi. — Ale w każdym razie... Jest odważna.

— Ma bardzo ładne oczy — rzekł Marian.

Julek tak się zdumiał, że aż przystanął.

— Ładne oczy? Nie zauważyłem.

— Zauważysz, jak będziesz starszy.

— Dlaczego, jak będę starszy?

— Bo tak. W twoim wieku jeszcze się różnych rzeczy nie widzi.

— Jak nas w szkole badali, to doktor mówił, że mam najlepszy wzrok z całej klasy.

Marian uśmiechnął się pobłażliwie. Julek zdał sobie sprawę, że powiedział coś głupiego i że „różne rzeczy", o których powiedział Marian, dotyczą dziewczyn. Postanowił naprawić swój błąd od razu.

— Widzę wszystko tak samo jak ty! — rzekł kłótliwie. — Na przykład, że Pestka ma ładny nos. Ale oczy?... — roześmiał się z pogardą. — Takie same jak u każdego!

Rozmowa o urodzie Pestki trwałaby może jeszcze dłużej, gdyby nie to, że dotarli właśnie do domku, w którym mieszkała Ula. Przed domem stała rozklekotana dekawka doktora Zalewskiego. Chłopcy, jak zawsze, obejrzeli ją ze wszystkich stron, dzieląc się fachowymi uwagami o stanie jej motoru i karoserii. Kiedy już nic więcej nie było na ten temat do powiedzenia, Julek zbliżył się do drzwi i gwizdnął cicho — dużo ciszej niż pod domem Pestki; doktor Zalewski nie był człowiekiem, z którym można sobie pozwalać.

— Zaraz przyjdzie do ciebie Pestka — powiedział, kiedy we drzwiach ukazała się wysmukła postać w granatowej sukience. — A jak przestanie lać, pójdziemy na wyspę.

— Dobrze — rzekła Ula i znikła znów w drzwiach.

— Ula też jest w swoim rodzaju — rzekł z namysłem Marian. Skręcili teraz w stronę spółdzielni.

— Co to znaczy?

— Że się może podobać.

— Nie wiem komu! — zakrzyknął Julek, wzburzony taką możliwością. — Chyba jakiemu głupiemu. Wszystkiego się boi i nigdy nie wiadomo, o co jej chodzi.

— Jest zgrabna — rozważał spokojnie Marian — i ma ładne włosy.

— Co z tego?

Marian musiał przyznać, że niewiele.

— Ula w ogóle nie powinna należeć do załogi — odezwał się po chwili Julek.

— Może się jeszcze podciągnie.

— Nie wierzę w to!

Marian, skłonny do liczenia się z rzeczywistością, uważał, że czy tak, czy tak, Pestka bez Uli nigdzie się nie ruszy.

— No właśnie! — rozgoryczył się Julek. — Te dziewczyny! Jak nawet jakaś się uda, to musi ciągnąć za sobą jakąś drugą, która jest do luftu. Myślisz, że jak spotkamy tego obcego, to ona nam pomoże?... Akurat!

— Zobaczymy — odezwał się Marian z filozoficznym spokojem.

— W ogóle w załodze powinny być same chłopaki, i koniec!

— A skąd ich weźmiesz?

Julek westchnął. W tej części wsi, w której mieszkali, nie brakowało ani dzieci, ani dorosłej młodzieży, ale chłopców w ich wieku nie było. Zadowalanie się towarzystwem dziewcząt było smutną koniecznością.

Ula nie chciała rozmawiać z chłopcami dłużej, bo ojciec, przejeżdżając ze szpitala w Łętowie do ambulatorium w fabryce, wstąpił do domu na kilka minut i zmęczony nocnym dyżurem poprosił o czarną kawę. Pani Cydzikowej, która prowadziła małe gospodarstwo doktora, nie było. Ula rozdmuchała ogień, który tlił się pod blachą, i szybko zaparzyła kawę. Ojciec, umywszy ręce, przyszedł do kuchni i usiadł za stołem. Czekał, nic nie mówiąc, i Ula czuła, jak to milczenie z każdą chwilą coraz silniej ciąży im obojgu. Z ulgą postawiła przed ojcem dymiącą filiżankę i wycofała się pod okno.

— Nie siądziesz przy mnie? — spytał.

Usiadła więc po drugiej stronie stołu. Postanowiła już dawno, to znaczy zaraz po przyjeździe na wakacje, że będzie się stosowała do wszelkich życzeń ojca, ale nie zrobi nigdy żadnego kroku, żeby przekroczyć mur, który ich dzielił. Nie pragnęła go zresztą przekroczyć, przeciwnie, chciała, żeby ojciec odczuł jej niechęć i jej bierny opór. To zadanie się powiodło. Doktor, który na początku zdawał się szukać porozumienia, wkrótce zaniechał tych prób. Mijały dni, w czasie których nie zamieniali więcej niż kilkanaście zdań, doktor był zresztą zajęty od rana do nocy. Krótki czas, który spędzali razem, wypełniały uwagi o pogodzie, drobne domowe polecenia i pytania, czy Ula się nie nudzi — to wszystko przedzielane nieznośnymi pustymi minutami, które trudno było zapełnić.

Kiedy ze dworu rozległo się gwizdnięcie Julka, doktor spytał:

— Koledzy?

— Tak — rzekła sucho Ula i podeszła do drzwi. Wróciwszy, powiedziała tonem informacyjnym: „Marian i Julek", i znowu zajęła miejsce za stołem. Doktor rzucił na nią przelotne spojrzenie, sądząc zapewne, że dowie się czegoś więcej. Ula milczała.

— Dziękuję — rzekł, odsuwając filiżankę.

— Może dolać? Jest jeszcze trochę.

— Nie, wystarczy.

Przeszedł do gabinetu. W chwilę potem na progu kuchni stanęła Pestka. Mokre, czarne kosmyki lepiły się do czoła, po różowych policzkach spływały krople deszczu. Oczy, srebrne jak rtęć i ukryte w ciemnych rzęsach, błyszczały śmiechem.

— Leje! — oświadczyła raźno, jakby przynosiła najlepszą nowinę, zrzuciła wiatrówkę i przemoczone trepki. — Wiesz już o wyspie?

— Co takiego?

— Na wyspie ktoś był. Wczoraj, i palił ognisko. Ale to nic, rozprawimy się z nim. — Nadzieja na tę rozprawę wznieciła w oczach Pestki nowe błyski.

— Jak tylko wypogodzi się choć trochę, pójdziemy na wyspę. Ale zaniosło się jak cholera, chyba na długo.

Ula mało przejęła się niebezpieczeństwem, które zawisło nad ich kryjówką. Cieszyła się, że pada deszcz. Niech pada długo, choćby do samego wieczoru! Deszcz oznaczał, że Pestka będzie tylko z nią i dla niej, że można będzie porozmawiać. Prawdziwa rozmowa jest przecież możliwa tylko sam na sam. Na wyspie uwaga Pestki rozprasza się między tyle spraw, tyle zajęć... No i na wyspie zawsze są z nimi chłopcy.

— Przyjemnie z tym ogniem — pochwaliła Pestka. Pchnęła stół w stronę komina, usiadła na nim i oparła stopy o brzeg ciepłej blachy. — Pysznie!

— Dzień dobry! — odezwał się nagle doktor.

. — Ach! — zawołała Pestka, zsuwając się błyskawicznie na ziemię. — Nie wiedziałam, że pan jest w domu.

Stała przy stole, śmiejąc się. Ula zauważyła ze zdziwieniem, że ojciec uśmiecha się także.

„Do niej wszyscy się uśmiechają" — pomyślała i, jak to jej się często w stosunku do przyjaciółki zdarzało, poczuła równocześnie zazdrość i podziw.

— Ciągle włażę, gdzie nie trzeba — wyjaśniła doktorowi Pestka, najzupełniej pewna, że jej to będzie wybaczone. — Przepraszam!

— Nic nie szkodzi. Do widzenia!

— Do widzenia! — odezwała się wesoło. I ledwo zniknął za progiem, rzekła z przekonaniem: — Twój ojciec wcale nie jest taki surowy, jak mówiłaś, jest bardzo miły!

„Jest miły... dla niej — pomyślała szybko Ula. — Zanim tu przyszła, nie miał pojęcia, o czym ze mną mówić". Spytała:

— Będziemy siedziały tu czy na werandzie?

— Tutaj — zdecydowała Pestka. — W taką pogodę w twojej kuchni jest świetnie.

Rzeczywiście, kuchenka była sympatyczna. Krzywe okienko, zacienione starymi drzewami, przepuszczało niewiele światła.

Za to od stołków i starej podłogi szło miłe lśnienie starego, czysto wyszorowanego drewna. Spomiędzy fajerek błyskał płomień. Usiadły teraz na dwóch stołkach koło komina. Ula podciągnęła kolana i oplotła je rękami.

— Co dziś robiłaś? — spytała Ula.

— Nic.

I wbrew temu słówku Pestka zaraz zaczęła opowiadać — właśnie tak, jak Ula się tego spodziewała. O tym, że rano nie chciało jej się wstać, bo padało, i nawet próbowała wyłudzić od matki śniadanie do łóżka pod pretekstem bólu gardła (ten ból zniknąłby mi zaraz po jedzeniu, rozumiesz?), ale mama, niestety, jest bystra i oceniła podstęp bez pudła... O tym, w jaki sposób mama przerobi Pestce rozdartą spódnicę... O liście, który obie miały pisać do ojca, ale który oczywiście napisała mama, bo Pestka pisać nienawidzi. — Ograniczyłam się do zakończenia: „Sto tysięcy pocałunków" i podpis. Wystarczy, nie?

Były to najzwyklejsze codzienne sprawy, ale dla Uli ciekawe jak bajka. To, co mówiła Pestka, składało się na obraz życia spędzanego z matką. I z ojcem, który jest ojcem naprawdę. Choć przyjaźń między dziewczętami trwała już dłuższy czas, Ula wciąż jeszcze wyczuwała w tym obrazie puste miejsca. Myślała, że jeśli się zapełnią, będzie mogła ogarnąć i zrozumieć całkowicie to, czego ją los pozbawił. Chciała to zrozumieć. Prowokowała Pestkę cichymi pytaniami, pragnąc, żeby opowiadanie trwało długo i zawierało jak najwięcej szczegółów. Była rada, że woda wylewa się z rynien z głośnym bulgotem, a po szybach przelatują nowe i nowe fale deszczu, odgradzając małą kuchenkę od świata.

— Powiedz mi — spytała z wahaniem, kiedy Pestka przerwała na chwilę — czy ty mówisz swojej mamie wszystko?

— Wszystko?... Ach, nie!

— Dlaczego?

— Mama wielu rzeczy wcale nie rozumie.

— Na przykład?

— Przede wszystkim, że życie jest dziś inne niż kiedyś. Mama uważa, że powinnam się tak zachowywać jak ona, kiedy miała tyle lat, co ja. I jak coś jest inaczej, to się strasznie przejmuje. Więc po co mam ją denerwować opowiadaniem jakichś głupstw? To nie miałoby sensu — wywodziła logicznie Pestka. — Trzeba sobie radzić samemu.

Ula także radziła sobie sama, i to w stopniu dużo większym niż Pestka, ale nie dlatego, że miała na to ochotę. Pomyślała, że co do niej, to mówiłaby swojej mamie wszystko a wszystko. Widocznie matka Pestki, choć dobra i miła, nie jest aż taka, jaka byłaby mama Uli.

Przez chwilę panowała cisza. Pestka zauważyła zamyślenie przyjaciółki.

— Ty właściwie jesteś pierwszy raz ze swoim ojcem na dłużej, prawda?

— Tak.

— Dlaczego?

Ula zaczerwieniła się gwałtownie. Pestka nigdy dotąd nie pytała o takie rzeczy.

— Dlaczego? — powtórzyła Pestka i pochyliła się naprzód z serdecznym uśmiechem. — Wytłumacz mi to!

Ula poczuła popłoch, równocześnie ogarnęło ją gwałtowne wzruszenie. Wiedziała od dawna, że jeżeli nadejdzie chwila, kiedy Pestka o te sprawy zapyta, to ona, Ula, będzie musiała odpowiedzieć — i że w gruncie rzeczy tego pragnie. Ale jak znaleźć słowa dla faktów i uczuć, o których do tej pory nie mówiła właściwie z nikim? Żeby zyskać na czasie, bąknęła niezdarnie:

— Tak jakoś... Ciotki wolały, żebym była z nimi...

— Właściwie to musi być bardzo ciekawe poznawać swojego ojca, kiedy jest się już dużą — rzekła z zastanowieniem Pestka.

— Mieć go takiego nowego, nic o nim nie wiedzieć i co dzień coś innego odkrywać.

„Ojca powinno się mieć od samego początku, dzień po dniu, miesiąc po miesiącu, zawsze. Inaczej jest źle i ciężko i nie wiadomo wcale, jak z tego wybrnąć..." — pomyślała Ula. Jej decyzja zapadła: powie Pestce wszystko, wytłumaczy jej, jak to jest naprawdę. Dlaczego nie miałaby powiedzieć? Inni mówią o takich sprawach swobodnie i po prostu, i na pewno jest im o wiele lżej. Taka okazja, jak dziś, trafi się nieprędko.

Patrzyła w ziemię, zastanawiając się, od czego zacząć, żeby Pestka mogła zrozumieć. Najpierw trzeba będzie powiedzieć o mamie i o tamtych pierwszych latach, bardzo dawnych, niezapomnianych, dobrych!... O tym, jak postąpił ojciec, co się stało z mamą — i o ciotkach — dopiero potem... Poczuwszy, że jest wewnętrznie gotowa, nabrała tchu — i z góry uszczęśliwiona tym, że nareszcie zwierzy przyjaciółce swoją tajemnicę — podniosła oczy.

Pestka nie siedziała już przy kominie. Stała przy oknie.

— Wiesz? — zawołała z zachwytem. — Przestało padać! Naprawdę!

I otworzywszy okienko, wychyliła się na zewnątrz.

Ula nie drgnęła. Tkwiła na swoim dawnym miejscu, czując urazę gwałtowną i bolesną jak skaleczenie.

— Widzę kawałek niebieskiego! — oznajmiła triumfalnie Pestka, zupełnie nieświadoma uczuć przyjaciółki. Nie pamiętała już wcale, o czym przed chwilą mówiły.

Ula odwróciła się szybko; oczy zaszły jej łzami i trzeba było to ukryć. Opanowawszy się, wstała i podeszła do okna. Na jej twarzy błąkał się charakterystyczny dla niej, obojętny uśmieszek. Niech Pestka nie sądzi, że Ula czuje się skrzywdzona. Niech nikt tak nie sądzi.

— Możemy iść — osądziła Pestka. — Lepiej być na wyspie, zanim się tam zjawi tamten obcy.

— Jest bardzo mokro — odpowiedziała Ula ze sztuczną obojętnością, za którą krył się opór. Był jałowy, nie mógł się przydać na nic. Ula czuła, że dla Pestki tylko sprawy wyspy mają w tej chwili znaczenie.

— Co to szkodzi? Chodźmy!

Kiedy znalazły się przed domem, zabłysło słońce. Pestka odetchnęła radośnie, pełną piersią, jakby ją wypuszczono z długotrwałego zamknięcia. — Coś wspaniałego! — powiedziała z zachwytem. Tego samego zdania były wróble. Oniemiałe przez długie godziny, krzyczały teraz głośno, obwieszczając powrót pogody. Niebieski obszar między chmurami powiększał się szybko i nasycał barwą szerokie kałuże. Powietrze pachniało świeżością, zieleń drzew o poczerniałych od wilgoci pniach miała ostry, wesoły kolor.

Pestka ruszyła przodem, nucąc. Ula szła za nią bez słowa, niechętna słonecznym urokom. Myśli jej nawracały wciąż do ciemnej kuchenki, gdzie — jak się jej to nagle zamarzyło — miała nareszcie wydobyć na jaw swoje najtrudniejsze przeżycia, tak głęboko i przed wszystkimi dotąd ukrywane. Nowa okazja do zwierzeń szybko nie nadejdzie, to oczywiste, a któż może ręczyć, że nadejdzie kiedykolwiek?

— Słyszysz? Wilga! — Pestka w przypływie radości uchwyciła Ulę za rękę. — Wilga!

Głos ptaka był pełen wesela, uścisk Pestki serdeczny. Ula westchnęła cicho — i zrównała krok z przyjaciółką.

— Patrz, Ula, twój pies.

Były już za wsią i mijały niewielki zagajnik. Spomiędzy sosenek wysunął się włochaty kundel o ładnym, długim pysku. Zbliżywszy się na odległość paru kroków, stanął i wyciągnąwszy szyję, patrzył na Ulę. Stał spokojnie, czuło się jednak, że w każdej chwili gotów jest uskoczyć w bok – jak zwierzę przyzwyczajone ratować się ucieczką.

– Pierwszy raz przyszedł tu za nami – zdziwiła się Ula.

– Za tobą – poprawiła Pestka. – Tylko ty dajesz mu jeść.

– On jest bardzo biedny.

– Pewno, że biedny. – Nagle Pestka roześmiała się. – Ma strasznie śmieszny ogon, zupełnie jakby tkwił w nim jakiś kołtun.

– W futro wbiło mu się mnóstwo ostów i łopuchów, wiesz, tego, co się tak czepia, i on nie może sobie z tym poradzić. Obcięłabym mu to, ale nie pozwala się do siebie zbliżyć.

Pestka spojrzała na przyjaciółkę ze zdziwieniem i zabawnie zmarszczyła nos.

– Nie brzydziłabyś się? Przecież to wstrętne!

– Ja się nie brzydzę. Dunaj! – zawołała Ula serdecznie. Było to imię, które nadała psu parę dni wcześniej. Pies spróbował zamachać ogonem.

– Rozumie, widzisz? – ucieszyła się Ula. Pestka przestała się już jednak psem interesować. Wybiegła na drogę, mając trochę nadziei, że chłopcy nadejdą wcześniej, niż obiecywali, ale wróciła z niczym i oświadczyła, że trzeba iść.

– I tak nie zrobimy nic, jeśli tamten przyjdzie, a my będziemy same. Trudno, żebyśmy się z nim biły – rzekła Ula.

– Dlaczego nie? Ja jestem gotowa!

Ula uśmiechnęła się lekko, pomyślawszy pobłażliwie, że Pestka pod niektórymi względami jest jeszcze dosyć dziecinna, nie powiedziała jednak nic. Kiedy ruszyły w drogę, obejrzała się na Dunaja, ciekawa, jak pies się zachowa. Zdawał się wahać, wreszcie jednak ruszył za dziewczętami spokojnym truchcikiem. Po jakimś czasie zaczął wybiegać naprzód, nigdy jednak nie zbliżał się więcej niż o parę kroków.

18

Szły najpierw wąską, polną drogą między dwoma łanami żyta, potem przecięły szary ugór i, minąwszy wspaniały dąb, powędrowały wzdłuż pasa zarośli, otaczających płynącą w dole rzekę. Rosły gęsto, zjeżone tarniną, poprzeplatane łodygami jeżyn, tak że nie było sposobu przedrzeć się przez ten zielony mur. Za pryzmą kamieni prowadziła jednak w gąszcz wiadoma załodze ścieżynka, gwałtownie opadająca w dół. Wystarczyło paru kroków — i było się nad wodą.

Zatrzymały się pod okapem zwisających ze zbocza krzewów, z których kapały im na głowy krople wody. Nie czuły tego, zapatrzone w widok, który odsłonił się ich oczom. Zielone drzewa wyspy, oświetlone jaskrawym słońcem zza chmur, stały nieruchomo na tle granatowego nieba, kładąc jasne cienie na płaszczyźnie wody.

— Piękne, co? — szepnęła Pestka z rzadkim u niej przejęciem.

— Tak — również szeptem powiedziała Ula.

Rozmarzenie Pestki trwało krótko. Wracając do poczucia rzeczywistości, oświadczyła stanowczo, że wyspy nie odstąpi się nikomu, i doznawszy nowego napływu energii, by o nią walczyć — ruszyła szybko naprzód.

Zarośla, o wiele już rzadsze, wyginały się teraz w łuk, rzeka robiła tu gwałtowny zakręt. Minęły go szybko i dotarły do wywróconej topoli. Pestka wciągnęła się na pień jednym podrzutem ramion, Ula wdrapała się nań po sterczących korzeniach. Z początku szło się łatwo, bo pień był gruby, potem coraz uważniej trzeba było stawiać stopy na pęknięciach kory. Pestka robiła to bez zastanowienia, jej nogi same wiedziały, jak się ustawiać; Ula wędrowała z uwagą. Po kilkunastu krokach znalazły się wśród korony, która przesłoniła cały widok. Pień rozwidlał się w konary, konary w coraz cieńsze gałęzie. Kiedy wyglądało na to, że nie będzie sposobu iść dalej, Pestka rozgarnęła gęste listowie i wymacawszy nogą gładziznę żerdzi, opuściła się na kładkę. Parę szybkich kroków i już była na wyspie. Dla Uli przejście przez kładkę stanowiło za każdym razem przykrą próbę, bała się, żeby żerdzie się nie rozbujały, toteż stąpała bardzo ostrożnie. Znalazłszy się na piasku wyspy, obejrzała się, gdzie Dunaj. Stał w błocie po drugiej stronie rzeki.

— Dunaj! — zawołała. — Dunaj!

Machnął ogonem bez przekonania i nie ruszał się. Zawołała jeszcze raz i wtedy pies, wszedłszy z wolna do wody, zaczął płynąć.

— Dobrze sobie radzi — pochwaliła Pestka.

Ula była wzruszona, zauważyła, że wierne psie oczy patrzyły bez przerwy w jej stronę. Wyszedłszy na trawę, Dunaj otrzepał się od czubka nosa do końca ogona i ruszył przed siebie. Po chwili zatrzymał się raptownie i schyliwszy łeb, zaczął węszyć, a potem biegać w kółko. Wilgotne, czarne nozdrza zdawały się łapać i gubić zjawiającą się i niknącą woń.

— Dziwnie się zachowuje — rzekła Ula.

— Jest na tropie dzikiego zwierza — roześmiała się Pestka.

— Tutaj nie ma przecież nawet zajęcy. A koty też chyba nie przychodzą, za daleko od wsi.

Dunaj, ciągle z nosem przy ziemi, zataczał coraz szersze kręgi, po czym zbliżywszy się do kępy krzaków, znikł dziewczętom z oczu. Pestka, zaciekawiona, dała Uli znak, żeby iść za nim. Skręciły wąską, wydeptaną przez załogę ścieżynką, która od przybrzeżnej łączki wiodła przez zarośla w głąb wyspy. Po chwili usłyszały ciche, głuche warczenie.

— Co to? — spytała Pestka.

— Chyba Dunaj.

Rozgarniając gałęzie, dobrnęły do polany, stałego miejsca spotkań. Zatrzymały się u jej skraju i natychmiast odruchowo cofnęły się o krok między tarniny. Dunaj stał nieruchomo przed krzakiem leszczyny, którego rozłożyste, zwisające do ziemi gałęzie tworzyły zieloną kopułę i który załoga uważała za swój namiot. Kiedy pies wyczuł dziewczęta za sobą, obejrzał się, po czym wrócił do poprzedniej pozycji i zawarczał znowu.

— Ktoś tam jest! — rzekła Pestka i oczy się jej roziskrzyły, jak zawsze w obliczu niezwykłych zdarzeń. Ula pobladła lekko i powiedziała niepewnie, schrypniętym szeptem:

— To pewnie ten obcy.

We dwoje

— Pod naszą leszczyną! — Pestka była wzburzona.

— Wracajmy.

— Ani mi się śni! — Pestka opanowała już uczucie zaskoczenia i zanim Ula zdążyła ją powstrzymać, wysunęła się naprzód. Podeszła szybko do leszczyny, zajrzała pod gałęzie — i przywołała przyjaciółkę ruchem ręki. W zielonym, głębokim cieniu leżał młody chłopak. Miał zamknięte oczy.

— Śpi?... — zapytała ze zdziwieniem Ula.

— Śpi.

— Cicho, Dunaj! — Pies usłuchał wezwania i odszedł na bok. Cofnąwszy się pod krzaki, mówiły pośpiesznym szeptem:

— Pestka, kto to może być?

— Marian mówił, że na pewno jakiś chłopak z Olszyn, w każdym razie ja go nie znam.

— Ale skąd się tu wziął?... Może jest chory?

— E tam, chory! Wstawiony, nic więcej. Zauważyłaś? — pytała Pestka z gniewem. — Leży na kocu Julka!

— Ale...

— Julek zrolował koc i zawiesił na sznurku, żeby nie taszczyć za każdym razem, a ten sobie rozwinął i rozłożył się, jak na swoim!

— Musimy poczekać na tamtych — rzekła Ula. Pestka również zdawała sobie sprawę, że o „rozprawieniu" się z takim przybyszem bez pomocy chłopców nie ma mowy. Niestety, mieli nadejść nieprędko.

– No to idziemy po nich, niech się pośpieszą.

Pestka zmarszczyła brwi.

– Tak też niedobrze. Jeżeli się obudzi, jak nie będzie nikogo, to może gwizdnąć koc, i tyle. Masz pojęcie, co babka powie Julkowi? Ona nawet nie wie, że Julek wyciągnął ten koc spod prześcieradła i przyniósł na wyspę.

Nie wiedziały, co robić. Po chwili Pestka spojrzała na Ulę bystro.

– Nie zostałabyś, gdybym po nich pobiegła? Sprowadzę ich szybciej niż ty.

Ula milczała, wyraz jej twarzy wyrażał gwałtowny sprzeciw. Bała się obcych, Pestka wiedziała o tym dobrze.

– Ja przecież zaraz wrócę!

Głos przyjaciółki zdawał się przywoływać Ulę do porządku. Chodziło o obowiązek solidarności i Ula poczuła, że nie może sprawić Pestce zawodu.

– No więc idź!... Ale się pośpiesz!

– Oczywiście! – Pestka wsunęła się w zarośla i już jej nie było.

Co teraz z sobą począć?... Chyba najlepiej zaszyć się w krzaki gdzieś w pobliżu i śledzić z ukrycia, co będzie działo się dalej. Pragnęła, żeby nie działo się nic, żeby do powrotu tamtych chłopak wcale się nie przebudził. Myśl o zetknięciu i rozmowie z przybyszem, który wziął się nie wiadomo skąd i nie wiadomo jakie miał zamiary, wywoływała w niej prawdziwy popłoch. Niezdecydowana, dłuższy czas stała pod krzakiem tarniny prawie bez ruchu. Było zupełnie cicho, Dunaj położył się na trawie i drzemał. Ula zaczęła zastanawiać się nad sytuacją. Wszystko to było przecież bardzo dziwne. Zjawienia się kogoś obcego można się było prędzej czy później spodziewać – ale dlaczego wybrał sobie taką złą pogodę? Dlaczego schronił się w ich „namiocie" i spał tam w biały dzień? Nie wierzyła, żeby mógł być pijany. Okrążyła polankę, trzymając się brzegu zarośli, podszedłszy na palcach do leszczyny, stanęła w taki sposób, żeby w każdej chwili móc się cofnąć, nie będąc widzianą. Leżał teraz zwrócony ku światłu. Twarz, szyja i ręce miały przykry, szarawy kolor, właściwy ludziom po długotrwałej podróży bez możliwości umycia się i zmiany ubrania. Ula zauważyła chude policzki i szeroko rozłożone ładne brwi. Na spocone czoło spadały dawno niestrzyżone ciemne włosy, pozbawione połysku, jak sierść niedożywionego kota. Podniszczona wiatrówka i drelichowe spodnie były zmięte i pociemniałe od wilgoci.

Chłopiec poruszył się. Drgnęła, gotowa do ucieczki, ale zatrzymał ją cichy jęk. Znowu spojrzała przez gałęzie. Zobaczyła, że lewa stopa leżącego jest owinięta brudnym gałganem.

Nie bała się już wcale. Czuła żal – podobny do uczucia winy i równocześnie do pragnienia, żeby tę winę jakimś niewiadomym sposobem co prędzej zmazać.

A przecież wiedziała dobrze, że nie jest winna, nie przyczyniła się w niczym do złego losu przybysza. Bo że ten los był zły – tego Ula była zupełnie pewna.

Usiadła na trawie w pobliżu szałasu i patrzyła przed siebie, pogrążona w splątanych myślach. W pewnej chwili zdała sobie sprawę, że chłopak już nie śpi. Patrzał na nią szeroko otwartymi oczami.

Nie odezwała się, serce biło jej mocno. Zmarszczył brwi, jakby chcąc sobie coś przypomnieć czy uświadomić. Ula nie była pewna, czy jest przytomny.

– Co ty?... – szepnął niepewnie, jakby chciał sprawdzić, czy nie zwraca się do własnej gorączkowej zjawy. – Skąd... Skąd się tu wzięłaś?

— Słucham?

Zrozumiał, że ma przed sobą żywego człowieka, i spytał szybko:

— Co tu robisz?

— Nic...

Była tu przecież po to, żeby nie ukradł koca! Przeraziła się, czy jej twarz nie zdradzi przed nim tej wstrętnej myśli. Zaczerwieniła się aż po nasadę włosów.

— Jak to: nic?

— ...Czekałam, aż się obudzisz — rzekła z wysiłkiem.

— Dlaczego?

— ...Bo może trzeba ci pomóc?

To była prawda. Od chwili kiedy zrozumiała, że jest chory — chciała mu pomóc. Uśmiechnęła się nieśmiało, chcąc go o tym przekonać — i zauważyła, że twarz obcego staje się zamknięta i nieprzychylna. Dodała szybko:

— Jeśli chcesz, oczywiście, bo może nic ci nie potrzeba?

Nie odpowiedział.

— Zdaje mi się, że jesteś chory — wyjaśniła.

— Chory? — Zamrugał powiekami, jakby sobie coś przypominając, i wsunąwszy obwiązaną nogę pod zwisające gałęzie, spojrzał bystro na Ulę, jakby chciał sprawdzić, czy to zauważyła. Udawała, że nie zauważyła, patrzyła w bok. Wiedziała, że tamten wstydzi się brudnej szmaty, i sama odczuwała wstyd, jak ktoś, kto niechcący pozna cudzą, starannie ukrywaną tajemnicę. Po chwili rzekła bez pośpiechu:

— Myślę, że masz gorączkę.

Uspokojony, rzekł niedbale:

— Możliwe. Nic wielkiego!

— Nie powinieneś spać na ziemi. — Zabrzmiało to rozsądnie i życzliwie. Roześmiał się.

— Dlaczego nie powinienem?

— To bardzo niezdrowo.

Znowu się roześmiał. Przybierała ton osoby dorosłej, pełnej życzliwości i rozsądku, a on najwidoczniej traktował ją jak dziecko. Nagle poruszył się nieostrożnie i syknął.

— Boli cię coś?

Wsunął obwiniętą stopę jeszcze głębiej pod gałęzie i sprawdził spojrzeniem, czy nie widać.

— Noga mnie boli. Przebiłem sobie szkłem.

— Dawno?

— Trzy dni temu. A wczoraj spuchło jak cholera i robi się tam jakieś świństwo.

Powinien co prędzej wrócić do domu, pójść do lekarza, położyć się do łóżka... Nie wiedziała, jak udzielić mu tych rad, czuła, że śmiałby się znowu.

— Przejdzie, nie warto się przejmować.

Wsparł się na łokciu i wyjrzał na polankę. Zobaczył Dunaja.

— To twój pies?

— Tak. To znaczy, nie jest naprawdę mój — raczej niczyj. Przyszedł tu ze mną... może dlatego, że czasem daję mu jeść. Ale do ręki nie podchodzi.

— Musieli go bardzo bić.

— Tak myślisz?

— Dlatego się boi. Łatwo go nie nauczysz, nie jest już młody.

— Skąd wiesz?

— To się poznaje... Ale i dorosłego psa można dużo nauczyć, tylko że wolniej.

— Znasz się na psach?

— Tak, trochę.

— Dunaj! — zawołała Ula.

Pies podniósł łeb, wstał i zbliżywszy się o krok, zamachał nieśmiało ogonem. Ula wyciągnęła ku niemu rękę.

— Dunaj! — poprosiła serdecznie. — Chodź tu, Dunaj. — Nie zbliżał się, machał tylko ogonem, jakby na znak, że chociaż nie

26

może okazać pełnego zaufania, rozumie życzliwe intencje dziewczyny.

— Widzisz? — spytała, nie odwracając się. — Nie podejdzie!

Chłopiec milczał. Obejrzała się, nie patrzył na psa, tylko na nią. Zmieszana przyklękła w trawie, nie wiedząc, co ze sobą robić.

— Jak masz na imię? — spytał po chwili.

— Urszula... Ale wszyscy nazywają mnie Ulą.

— Urszula — powtórzył, jakby dokonując wyboru między tymi dwoma imionami. — Nie spotkałem dotąd dziewczyny, która by się tak nazywała. „A ty?" — chciała spytać Ula. Nim się zdecydowała, chłopiec odezwał się znowu:

— Wiesz... przypomniałem sobie swój sen. Śniło mi się, że spadam. Z jakiejś wysokiej góry, na której leżały kamienie — prosto w przepaść. Strasznie się bałem. A potem nagle to już nie była przepaść, tylko łąka — i zobaczyłem ciebie.

Ula siedziała bez ruchu, ze spuszczonymi oczami. Chciała roześmiać się niefrasobliwie lub przynajmniej powiedzieć coś zwyczajnego, co świadczyłoby, że nie przypisuje tym słowom żadnego znaczenia. Nie udawało się jednak tych pragnień zrealizować. Gardło miała ściśnięte, głos zdradziłby od razu jej bezsensowne wzruszenie. Podobnie było z uśmiechem, drżące wargi nie chciały poddać się nakazom woli. Jedyne, co potrafiła zrobić, to podjąć z ziemi gałązkę i łamać ją w palcach na małe, coraz mniejsze kawałeczki.

Po jakimś czasie uświadomiła sobie z nagłym lękiem, że obustronne milczenie trwa bardzo długo. Uniosła się na kolanach. Leżał skulony, z łokciami przyciśniętymi do boków i zaciśniętymi pięściami, usiłując opanować w ten sposób wstrząsające nim dreszcze.

— Zimno mi — powiedział, zdawszy sobie sprawę, że dziewczyna jest blisko. Przestraszyła się bardzo i pierwszy raz od czasu, kiedy oprzytomniał, zapragnęła, żeby Pestka, Marian i Julek nareszcie już przyszli. Brakowało jej doświadczenia, czuła jednak, że chłopcu jest gorzej i że należałoby dać mu do picia coś gorącego. Wieś była jednak oddalona od wyspy o półtora kilometra, a tamci nie nadchodzili. Co zrobić? Rozpalić ognisko? Tak, rozpalić ognisko i zagotować wodę.

— Zaraz wrócę! Zaraz!

Pobiegła szybko w stronę plaży. W jej pobliżu, otoczona gęstymi krzakami, stała stara wierzba z wypróchniałym u dołu pniem. Załoga urządziła w nim „magazyn". Zapałki chowano w puszce po landrynkach. Wymyła puszkę piaskiem i napełniła ją wodą, uważając, żeby jej nie zmącić. Chociaż wzięta z rzeki, nie powinna być szkodliwa, jeśli się ją zagotuje. Dla smaku postanowiła wrzucić parę listków mięty, jak to czasem robiono na harcerskim obozie.

Wróciwszy na polanę, postawiła na ziemi naczynie z wodą. Chłopiec nie odzywał się. Zabrała się do zbierania chrustu, upatrując miejsca, gdzie drzewa tworzyły nad ziemią dach z liści i chroniły spadłe gałęzie od wilgoci. Niestety, prawie wszystko, co podniosła, było mokre. Największą nadzieję wzbudzała zeschnięta gałąź jałowca, pokryta rudymi igłami.

Teraz Ula ułożyła równolegle dwie cegły, sprawdzając, czy są dość blisko siebie, by blaszanka mogła na nich stanąć. Cegły te Marian i Julek przytaszczyli ofiarnie ze wsi, nie bacząc na ich ciężar, kiedy postanowiono zbudować „polową kuchnię". Potem jednak gromadzenie budulca przerwano, ponieważ nastąpiły upały i budowa kuchni nie wydawała się już pilna. Ula połamała grubsze gałęzie na kolanie, cienkie w rękach, po czym układała je umiejętnie między cegłami, położywszy na spód rudy jałowiec. Zapaliła zapałkę, ogieniek skoczył z cichym trzaskiem na kilka igieł i zgasł.

Zaczęła się denerwować — jakby to, czy przybysz szybko dostanie pić, miało wpłynąć nie tylko na jego zdrowie, ale na coś znacznie ważniejszego. Nie wiedziała, co by to mogło być... poprawa świata? Zwycięstwo nad samotnością i smutkiem?

Kłując palce igłami jałowca, poprawiła stosik chrustu i zapaliła drugą zapałkę. Zaczął płonąć od dołu, jak należało. Płomień osmalił naczynie czarnym nalotem, w powietrzu rozeszła się niemiła woń rozgrzanej blachy. Nie było na to żadnej rady. Po jakimś czasie, który Uli wydał się nieskończenie długi, woda zabałwaniła się i na gorące cegły upadło z sykiem kilkanaście kropel. Wrzuciła do wrzątku listki mięty, zdjęła naczynie z ognia i postawiła je na trawie. Kiedy trochę ostygło, liśćmi leszczyny oczyściła blachę z sadzy, nie bacząc na poparzone palce.

– Dam ci pić coś gorącego. Chcesz? Ale to nie będzie herbata – wyjaśniła, w obawie, żeby się nie krzywił. – Nie mam tu herbaty. To jest mięta.

– Wszystko jedno co, byle gorące – i usiłując się roześmiać, dodał: – Trzęsę się jak idiota.

Pił małymi łykami, parząc wargi – aż do dna. Ula czuła radość.

– Rozpaliłaś ognisko umyślnie?...

– Tak.

Nie podziękował jej, nie było to wcale potrzebne. Uli wystarczyło samo zapytanie.

– Niech się pali dalej – odezwała się po chwili. – Prawda?

– Przyjemnie, jak się pali.

– Muszę przynieść więcej gałęzi.

Kiedy wróciła z naręczem chrustu, chłopiec spał. Dołożyła do ognia i usiadła na dawnym miejscu. Dunaj, który za każdym razem towarzyszył jej z daleka, znowu ułożył się do drzemki.

„Dlaczego tak długo ich nie ma? – pomyślała Ula. – Musiało ich zatrzymać coś szczególnego".

Nagle pies zaniepokoił się, podniósł łeb, wstał i lękliwym krokiem odszedł na skraj polany, między tarniny. Ula usłyszała kroki dopiero w parę minut później. Poderwała się szybko i poszła naprzeciwko wracających. Wszyscy troje byli zdyszani.

– I co? – spytała Pestka.

– On jest chory – odpowiedziała Ula. – Bardzo chory.

Byli tak zdziwieni, że na chwilę zaniemówili. Oczy Julka błyszczały jeszcze gotowością do bójki, w oczach Mariana tliła się spokojna determinacja. Biegli tu, żeby rozprawić się z bezczelnym intruzem, a on był chory!

– Skąd wiesz? – Pestka zapragnęła się upewnić, czy Ula się nie myli.

– To widać.

– Śpi?

– Śpi.

– Więc po co tu w ogóle przyszedł, jeśli jest chory? Powinien siedzieć w domu!

Chłopcy wysunęli się naprzód i cicho podeszli do „namiotu". Julek bezszelestnie wśliznął się na kolanach do środka, Marian zatrzymał się u wejścia.

– Jak on się nazywa? – spytał szeptem Julek.

Marian patrzył bacznie na leżącego. Po chwili rzekł z namysłem:

– Nie znam go. On nie jest z Olszyn.

– Nie jest z Olszyn? – zdumiał się Julek.

– Nie.

Zawrócili do dziewczyn i obwieścili im niezwykłą nowinę. Ula nie zdziwiła się, czuła prawie od początku, że chłopiec jest z daleka. Ale Pestka i Marian byli zaskoczeni, a Julek podniecony; zjawienie się na wyspie kogoś zupełnie obcego mogło zapowiadać bardzo niezwykłe zdarzenia.

– Nie obudził się cały czas? – zwróciła się do Uli Pestka. – Ani na chwilę?

— Owszem... obudził się... Trochę z nim rozmawiałam.

— Rozmawiała z nim i nic nie mówi! — oburzył się Julek.

Pestka i Marian również byli zdziwieni.

— Powiedział mi, że przebił sobie nogę... — rzekła Ula niepewnie.

— I nic więcej?! — zakrzyknął Julek. — Nie spytałaś go, skąd przyszedł? I jak tu trafił?

— Nie... — Dopiero teraz przyszło Uli na myśl, że jej rozmowa z tym obcym była rzeczywiście jakaś dziwna. Nie mogąc się przyznać, jak było naprawdę, dodała dla usprawiedliwienia:

— On ma gorączkę.

Rozważali przez chwilę niezwykłe zdarzenie, patrząc jedni na drugich. Tylko jedna Ula nie patrzyła na nikogo, ale na listek, który trzymała w ręku.

— Paliłaś ognisko? — odezwała się Pestka.

— Tak. Miał dreszcze, dałam mu wody z miętą, nic innego nie było.

— Dobrze sobie poradziłaś — rzekł Marian z uznaniem, przyjrzawszy się ustawieniu cegieł.

Julek poczuł zazdrość. To nie miało sensu, że właśnie niezdarna Ula poratowała tajemniczego przybysza, wykazując w dodatku zręczność i przedsiębiorczość.

— Psiakość! — zaklął z cicha. — Najpierw lekcje, a potem babka kazała nam zanieść ser na drugi koniec wsi! Właśnie dzisiaj!

— Jeżeli on nie jest z Olszyn, to skąd może być? — spytała Pestka.

Marian sądził, że z Kamionki albo z Łętowa: szedł do Olszyn, do rodziny czy do znajomych, i po drodze zachorował.

— Kamionka to miasteczko, niedaleko stąd, przy warszawskiej szosie — poinformował Pestkę i Ulę, które nie znały okolicy.

Julkowi nie odpowiadało wyjaśnienie Mariana, było zbyt zwyczajne.

– A może on jest z Warszawy? – spytał z nadzieją. Julek był w Warszawie tylko raz w życiu i wszystko niezwykłe wiązało mu się z tym miastem; a przecież chłopak, który znalazł się na wyspie sam jeden, nie wiadomo skąd, i nie pochodził z najbliższej wsi, musiał być kimś niezwykłym.

– Nie jest z Warszawy tylko z Nowego Jorku i idzie pieszo do Honolulu – zgasił Julka Marian. – Warszawa jest od nas sto pięćdziesiąt kilometrów, a on nie ma żadnych rzeczy, nawet czapki.

Julek umilkł, argument brata był mocny.

– Co zrobimy? – Pestka nie lubiła rozważać, lubiła działać.

– Musimy przecież coś zrobić.

Marian sądził, że trzeba odprowadzić przybysza do domu, i koniec, bardzo proste. Ula powiedziała, że niezupełnie, bo chłopak ma chorą nogę.

– Jeżeli nie będzie mógł iść, moja mama wynajmie dorożkę, poproszę ją – rzekła Pestka, pragnąc, jak zwykle, wziąć ster wypadków w swoje ręce.

– Tu nie ma dorożek – sprzeciwił się natychmiast Julek.

– Zaprowadzimy go do dziadków i dziadek wynajmie furkę. A przedtem... – Julek na nowo wpadł w zapał – dziadek poprosi go, żeby trochę u nas pomieszkał. Prawda, Marian?

– A po co?

– Po to... – zaczął Julek i przerwał, widząc, że nie znajduje w Marianie poparcia. Poczuł rozgoryczenie; pragnął, żeby przygoda rozwinęła się i nabrała rumieńców, a Marianowi, jak widać, nie zależało na tym wcale.

– Gadamy, gadamy i zastanawiamy się, a przede wszystkim trzeba go obudzić – zarządziła Pestka. – Czy tak, czy owak, ale nie ma sensu, żeby leżał tu dłużej na ziemi.

Słuszność rady była oczywista.

Odwrócili się w stronę szałasu — i znieruchomieli. Obcy chłopak siedział pod krzakiem leszczyny, opierając się o jej smukłe pręty. Oczy błyszczące gorączką patrzyły na załogę uważnie i czujnie.

Odrzucona pomoc

Przez chwilę panowała cisza zaskoczenia. Chłopak przenosił spojrzenie z Mariana na Pestkę i z Pestki na Julka, jakby chcąc się zorientować, czego może po nich oczekiwać. Na Ulę nie patrzył. Pierwszy ocknął się Julek.

– Skąd jesteś? – spytał, kucając na trawie naprzeciwko przybysza i pochłaniając go wzrokiem. – Skąd się wziąłeś na naszej wyspie?

– To wasza ta wyspa? – W głosie obcego zabrzmiała kpina.

– Naturalnie, że nasza! Bo myśmy ją odkryli i zawsze tu przychodzimy.

– Nie bójcie się, zaraz sobie pójdę.

– Wcale się nie boimy, ani nam to w głowie – wyjaśniła żywo Pestka. Posądzenie, że mogłaby przed kimś czy przed czymś odczuwać lęk, uważała za śmieszne. – Dlaczego mielibyśmy się bać?

– Skąd jesteś? – powtórzył pytanie Julka Marian.

– Z daleka. Stąd nie widać.

Brwi Mariana uniosły się, uznał, że zachowanie chłopaka jest dziwaczne.

– Jesteś z Łętowa, prawda?

– Nie znam żadnego Łętowa. Nawet o nim nie słyszałem.

– Cóż ty jesteś taki tajemniczy? – roześmiała się Pestka. – Nie możesz powiedzieć, gdzie mieszkasz?

– Powiedziałem przecież, że daleko.

– Z daleka nie mógłbyś tu przyjść z bolącą nogą – przeciwstawił mu się spokojnie Marian. – Ula mówi, że przebiłeś nogę szkłem.

– Szedłem pieszo tylko od szosy – rzekł niedbale chłopak. – Przedtem jechałem autostopem.

Julkowi zaparło oddech.

– Autostopem? – powtórzył, nie mogąc uwierzyć od razu w coś tak wspaniałego. – Naprawdę?

– To przecież najlepszy sposób.

– Słyszysz, Marian? Słyszysz? – zakrzyknął do brata Julek, jakby się bał, że tamten nie dość dokładnie uświadomił sobie znaczenie rewelacji. – On jeździ autostopem!

Marian nie odpowiedział, on również czuł podziw. Pestka patrzyła na przybysza oczami błyszczącymi ciekawością i podnieceniem. Po chwili opanowała się jednak i nie chcąc, żeby obcy odczuł, do jakiego stopnia jej zaimponował, spytała rzeczowo:

– Jeździsz sam jeden?

– Naturalnie, że sam.

Nie, to wcale nie było dla nich naturalne, to było dziwne, po prostu niesłychane.

– A jak trafiłeś na wyspę? – chciał wiedzieć Julek. – Do tej pory nie trafił tu jeszcze nikt!

– Nic trudnego – wzruszył ramionami chłopak. – Szedłem brzegiem, zobaczyłem przewrócone drzewo, więc wlazłem na pień, no i zobaczyłem kładkę.

– To myśmy ją zrobili! Przytaszczyliśmy żerdzie z Olszyn!

– Z Olszyn? – zainteresował się nagle przybysz. – Ze wsi Olszyny?

– Idziesz do Olszyn? – spytał z zachwytem Julek. – To my cię odprowadzimy! Mieszkamy tam, przyjechaliśmy na wakacje.

– Nie idę do Olszyn.

– Nie? – Julek poczuł zawód. – A dokąd?

Obcy milczał. W jego twarzy zjawił się wyraz zaciętości i uporu.

– Same tajemnice! – roześmiała się Pestka, chociaż była już trochę zła. – Możesz nie mówić, jak nie chcesz.

– Wiadomo – uciął gniewnie. – W ogóle nie ma po co tyle gadać. Zaraz idę.

Umilkli, nie bardzo wiedząc, jak się zachować. Niezaspokojona ciekawość, zdziwienie, lekka uraza plątały się w myślach, trudne do uporządkowania i wyrażenia.

Uczucia Uli były zmącone jeszcze bardziej. Wydawało jej się, że chłopak, którego widziała przed sobą, to ktoś zupełnie inny niż tamten, z którym odbyła dziwną rozmowę, kiedy na wyspie oprócz nich dwojga nie było nikogo. Tamten nie spuszczał z niej oczu i słuchał jej, jakby każde jej słowo miało dla niego znaczenie. Zaśmiał się parę razy z tego, co mówiła, ale był gotów do przyjaźni. Ten drugi zachowywał się obojętnie, kpiąco, chwilami nawet wrogo – a jej, Uli, w ogóle nie dostrzegał, jakby miejsce, gdzie stała, wypełniało przejrzyste powietrze.

Czym można to sobie wytłumaczyć? Czyż w tym samym ciele mogą mieszkać dwie różne, niepodobne do siebie istoty? Uważała, że nie mogą. Więc?... Więc to znaczy, że chłopiec w jednym wypadku kłamał. Ale przed kim kłamał? Przed nią czy przed załogą? „Przed załogą!... – pomyślała szybko. – Ze mną był szczery!" Rzuciła spojrzenie na Pestkę, Mariana i Julka, zauważyła ich niepewność i zamyślenie. „Mylicie się, on jest inny, zupełnie inny! – przemknęło jej przez głowę. – Ja wiem lepiej niż wy!" Po chwili straciła tę pewność... Może był nieszczery właśnie w stosunku do niej.

Z wszystkich czworga Julek pierwszy zdał sobie sprawę, czego w tej chwili pragnie najbardziej.

– Dlaczego masz zaraz stąd iść? – spytał, przysuwając się do obcego chłopaka. – To nie ma sensu! Przecież możesz trochę zostać. Noga cię boli i w ogóle! Tu jest fajnie, zobaczysz. Dlaczego masz nie zostać?

Przybysz z dalekich stron nie był w oczach Julka intruzem, który wdarł się bezprawnie na wyspę i którego się co prędzej przepędza, jak to należałoby zrobić z młodocianym mieszkańcem Olszyn. Był kimś takim jak rozbitek, którego w czasie burzy wciąga się na statek i który potem okazuje się księciem, przegnanym przez złych ludzi z własnego królestwa – i do którego wróci, zwoławszy szlachetnych i wiernych przyjaciół. Albo jeżeli nie jest księciem, to przynajmniej bohaterskim kapitanem, który tkwił na pokładzie swego okrętu, wydając rozkazy aż do chwili, kiedy zmyły go fale. Udzielić pomocy komuś takiemu to nie tylko obowiązek, to zaszczyt.

– Zostań! – namawiał gorąco Julek. – Mówię ci, zostań!

Chłopak nie odpowiadał. Ula przyjrzała mu się z niepokojem, zdawało jej się, że znowu ma dreszcze. Marian i Pestka patrzyli na niego również. Zauważył to, przez twarz przeleciał mu grymas wymuszonego uśmiechu.

– Trzeba iść – mruknął. Ukląkł na trawie i schwyciwszy się grubej gałęzi, usiłował dźwignąć się ku górze. Kiedy stanął, miał twarz poszarzałą, a na czole ukazały się krople potu. Julek przestraszył się.

– Boli cię? Musi cię strasznie boleć!

– Cholera! – zaklął szeptem chłopak. – Chyba mi się tam zrobił jaki wrzód.

– Chcesz, to obejrzę ci nogę – zaproponował mężnie Marian, chociaż bał się widoku ran.

– A po co? I tak nic nie pomożesz. Trzeba iść, nie ma na co czekać. Wytnę sobie tylko jakiś kij.

Wycięcia kija podjął się natychmiast Julek; znał się na tym, obiecywał wynaleźć coś wspaniałego. Tymczasem Pestka skinęła milcząco na Ulę i Mariana, żeby poszli za nią. Kiedy znaleźli się w gęstwinie, o kilka kroków od polany, rzekła cicho, ale zdecydowanie:

— Słuchajcie, to nie ma sensu, on nie może tak iść. Z tą nogą jest coś niedobrego.

— Ale co my możemy zrobić? — spytał Marian.

— Bardzo proste: zaprowadzimy go do ojca Uli.

Marian uznał, że projekt Pestki jest w zasadzie słuszny, ale w praktyce mogą być z tego nici, bo tamten pewnie wcale do doktora pójść nie zechce.

— Musi pójść! — oświadczyła kategorycznie Pestka. — Ula, o której twój ojciec zaczyna przyjmować?... Słyszysz, Ula?

Bo Ula miała taką minę, jakby nie rozumiała, o czym się mówi.

Rozumiała jednak dobrze — i toczyła ze sobą walkę. Postanowiła już dawno, że nie będzie swego ojca o nic prosić. Jest traktowana jako obca, więc niech naprawdę będzie obca.

Umacniała się w tym nastroju każdego dnia i sprawiało jej to szczególną, drażniącą przyjemność. Teraz trzeba by od tego odstąpić... Prosić to upokorzyć się, to dać proszonej osobie jakąś nad sobą przewagę... Ale jeśli dzięki temu można będzie pomóc temu chłopcu... to czy można się wahać?

— Ula — powtórzyła ze zdziwieniem Pestka — co się tak namyślasz?

— Ojciec przyjmuje dziś od piątej — rzekła Ula.

Stał teraz pod drzewem oparty o pień i przyglądał się, jak Julek oczyszczał leszczynowy pręt z bocznych gałązek i liści.

— Słuchaj — zaczęła Pestka tonem, w którym brzmiało mocne przekonanie o własnej słuszności. Chłopak podniósł głowę, zacisnął z gniewu szczęki. Postanowiła uprzedzić ten wybuch i rzekła szybko:

— Nie złość się. Nie mamy zamiaru się do ciebie wtrącać, rób sobie, co chcesz, wędruj, dokąd ci się podoba, ale przedtem musisz iść z nami do doktora.

Spojrzał na nich z takim zdumieniem, jakby nagle przemówili do niego w obcym języku.

— Tak — poparł Pestkę Marian. — Musisz.

Chłopak krzyknął Marianowi prosto w twarz:

— Zwariowaliście?!...

Pestka nie przejęła się tym okrzykiem.

— Wcale nie zwariowaliśmy, tylko uważamy, że z taką nogą spacerować nie możesz.

— Nie mam czasu chodzić do doktora, ani mi się śni! Nie jestem na wycieczce! — mówił chłopak z rozdrażnieniem. — Mam swoją sprawę.

— A jeżeli dostaniesz zakażenia?

— Dlaczego mam dostać zakażenia?

— Bo na pewno tę ranę zabrudziłeś.

Wzmianka o zakażeniu zrobiła na wszystkich niemiłe wrażenie. Ula przybladła. Julek przerwał obstrugiwanie kija i spytał z przejęciem:

— To jest niebezpieczne?

— Wiadomo — odpowiedział mu Marian.

— Skąd wiesz?

— Każdy wie. A poza tym moja mamusia miała zakażenie... robili jej zastrzyki.

— Jeżeli dostaniesz zakażenia — z naciskiem tłumaczyła chłopakowi Pestka — to noga spuchnie ci jak kłoda i w ogóle żadnej sprawy nie załatwisz.

W twarzy nieznajomego pojawił się nowy wyraz. Przenosił wzrok z Pestki na Mariana i z Mariana na Pestkę, jakby nie mogąc uwierzyć, że to, co mówią, jest prawdą. Ula zrozumiała, że się przestraszył — i nagle ogarnęło ją uczucie niezrozumiałego żalu, równie silne, jak to, które przeżyła, kiedy trząsł się w dreszczach, a ona dawała mu pić.

— Nie bądź frajer! — rzekł serdecznie Julek. — Zgódź się!

— Zgódź się — powiedziała cicho Ula.

Milczał ponuro i wreszcie mruknął:

— On mnie w ogóle nie przyjmie... trzeba na pewno mieć jakiś papierek.

— Ja ojca poproszę — zaofiarowała się natychmiast Ula. Spojrzał na nią, niezmiernie zaskoczony.

— Ten doktor to twój ojciec?

— Tak. Mieszka w Olszynach.

— Zaprowadzimy cię! — zakrzyknął Julek, poczuwszy, że chłopak się zgadza, i ciesząc się, że można coś dla niego zdziałać. I zaraz wyjaśnił, że do Olszyn jest tylko półtora kilometra, a w dodatku doktor mieszka na tym końcu osady, który jest najbliżej.

— Która godzina? — spytał Pestkę Marian. Z całej czwórki tylko ona jedna miała zegarek i czerpała z tego faktu sporo przyjemności.

— Piętnaście po czwartej — rzekła. — Trzeba iść.

— To idźcie — rzekł chłopak. — Zaraz tam przyjdę.

— Dlaczego? — zaprotestował Julek. — Przecież lepiej razem!

— Trafię i tak. Nie lubię spacerować z całą bandą.

Nie brzmiało to zbyt przyjemnie, mimo to nikomu z załogi nie przyszło na myśl się obrazić. Zakłopotali się o coś zupełnie innego: że tamten chce im po prostu nawiać. Chłopak musiał to wyczuć, bo rzekł opryskliwie:

— Przyjdę. Mówię wam, że przyjdę.

— Chodźmy — szepnęła Ula do Pestki — zostawmy go z chłopcami. — I na widok zdziwionej miny Pestki dodała: — Powiem ci później.

— To my z Ulą idziemy — rzekła głośno Pestka.

Chłopak nie odezwał się, ale Ula doznała wrażenia, że jest rad. Kiedy szły z Pestką w stronę ścieżki, tłumaczył chłopcom, że będzie musiał nadciąć but, bo inaczej nie zdoła go włożyć – na co Julek odpowiedział okrzykiem: „Wariat jesteś, takie fajne trampki!", i oświadczył, że natychmiast poleci do domu po jakiś stary kapeć dziadka. Jakoż dopędził dziewczyny, zanim dotarły do brzegu, minął je i, krzyknąwszy: „Zaraz tu do niego wracam!", kilkoma krokami przebiegł kładkę i znikł w koronie topoli.

– Co chciałaś mi powiedzieć? – spytała Pestka.

– On się wstydzi z nami iść, rozumiesz?... Myślę, że to z powodu tej szmaty, a poza tym na pewno kuleje. Z chłopcami nie będzie się wstydził.

W przedpokoju czekało kilkoro pacjentów, ale doktora jeszcze nie było. Ula krążyła nerwowo między gabinetem ojca, skąd można było wyjrzeć na drogę, czy nie wraca, a kuchnią, gdzie trudności oczekiwania łagodniały dzięki pani Cydzikowej. Pani Cydzikowa zaglądała co chwila do poczekalni, usadzając chorych, podtrzymując ich nadzieję, że doktora tylko patrzeć, i udzielając łagodnie i stanowczo lekcji higieny w zakresie używania słomianki. Wróciwszy do kuchni, przysiadała na stołku, rozkładając szeroko fałdzistą spódnicę i, mając swoje własne poglądy na pacjentów i ich choroby, opowiadała o tym, skąd i po co który się zjawił. Ula puszczała te gadki mimo uszu; lubiła samą obecność pani Cydzikowej, jej stateczność i pogodną opiekuńczość wobec całego świata.

– Kręci się Ulka jak wrzeciono – stwierdziła pani Cydzikowa, zauważywszy podniecenie dziewczyny. – Czemu to tak?

– Ojciec się jakoś spóźnia...

– Czy to można ze śpitala łatwo się wydostać? Nie można, nie dadzą.

Po chwili Ula znowu była w gabinecie. Wiejska droga ciągle jeszcze była pusta, tylko bokiem mała dziewczynina prowadziła krowę. Kałuże, mniejsze niż w południe, odbijały różowiejące ku wieczorowi niebo. Na czubku przydrożnej sosenki usiadł żółty dzwoniec i ciągnął nieśmiało swoją monotonną piosenkę. Potem odleciał; on pierwszy zobaczył, że zza zakrętu ukazuje się rozklekotana dekawka doktora.

Kiedy Ula weszła do gabinetu ojca, był już w fartuchu i mył ręce nad umywalnią, ukrytą za parawanem.

— Proszę tatki... Ja... — zatrzymała się, jakby dla nabrania tchu.

Ojciec wyszedł zza parawanu i patrzył na nią uważnie.

— Ja mam do tatki prośbę.

— Naprawdę?... Cóż takiego?

Odniosła wrażenie, że się ucieszył. Wcale nie chciała sprawić mu przyjemności — i nagle znalazła wybieg, który przedtem wcale jej nie przyszedł na myśl:

— To nie moja prośba, tylko Mariana i Julka.

— Ach, tak... — rzekł z wolna, jakby z zawodem. I zaraz potem uśmiechnął się ironicznie. — Więc?

— Jest tu jeden chłopak... Przebił sobie nogę. Jeśli tatko może... — nie mówiła ojcu „ty", nie chciała.

— Mam go przyjąć, tak? — uciął krótko.

— Tak.

— Dobrze. Jutro. — Głos ojca brzmiał teraz rzeczowo, zupełnie jak głos urzędnika w biurze. — Dzisiaj mam dużo pacjentów.

— Zdaje się, że on ma gorączkę — powiedziała z wysiłkiem.

— Ta noga mu chyba ropieje.

— Więc dobrze, niech będzie dziś. Jak przyjdzie, zapukaj do mnie — i doktor, siadłszy przy biurku, rozkładał na właściwych miejscach okulary, notatki i lekarskie przyrządy. Ula nie odchodziła.

— Cóż jeszcze? — spytał, nie przerywając swoich zajęć.

— ...Ja myślę, że on nie ma pieniędzy.

Ręka, trzymająca słuchawki, znieruchomiała. Doktor rzucił na córkę przeciągłe spojrzenie.

— Nie lękaj się, przyjmę go bez pieniędzy. — Poczuła, że jest dotknięty, nie miała jednak zamiaru go przeprosić. Wyczuł to od razu: — Idź już, moja kochana, nie mam czasu.

Ula przeszła z gabinetu na werandę. Koło furtki stał Marian, Julek i ten trzeci, obcy. Oparty ręką o palik płotu patrzył z niepokojem w okna domku, rzucając co chwila spojrzenie na drogę, jakby chcąc sprawdzić, czy ma zapewnioną możność ucieczki. Przypominał psa, który boi się, że go uderzą, ale nie odchodzi, bo jest głodny.

— No i jak? — spytał szybko Julek, zanim Ula zdążyła się odezwać. — Załatwione?

— Oczywiście — odpowiedziała takim tonem, jakby to, co zrobiła, było dla niej czymś naturalnym.

— Więc gdzie mam iść? — mruknął chłopak. — Nie chcę tu sterczeć koło płotu.

Ula poprowadziła go ścieżką do głównych drzwi, szedł za nią nierównym, kulejącym krokiem. Przed wejściem do mieszkania zatrzymała się i rzekła cicho i szybko:

— Będę tu obok na werandzie. Zawołaj, jak wyjdziesz. Może będzie ci trzeba czegoś na drogę.

— Dobrze. Ale nie trzeba mi niczego.

Weszli do poczekalni, chłopak usiadł na krześle wśród innych chorych, a Ula zapukała do drzwi gabinetu. Po chwili uchyliły się i doktor obrzucił obecnych krótkim spojrzeniem.

— Jest — szepnęła.

— Dobrze. — Drzwi zamknęły się z powrotem. Chłopak patrzył w ziemię, nie reagując na ciekawe spojrzenia sąsiadów.

Ula wróciła przed dom, domyśliła się, że chłopcy będą na nią czekać.

— On się nazywa Zenek, Zenon Wójcik, powiedział nam! — poinformował ją natychmiast Julek. Oczy mu płonęły, jakby wiadomość, którą podawał, miała niezwykłe znaczenie.

— Ale poza tym wiemy o nim tyle samo, co i przedtem, czyli nic — wzruszył ramionami Marian.

— Nocował dzisiaj na wyspie, wiesz? — mówił dalej z podnieceniem Julek. — Nocował całą noc, rozumiesz? W naszym namiocie, sam jeden! I w taki deszcz. Dobrze, że wziął sobie chociaż ten nasz koc.

Ula domyśliła się już dawno, że Zenek spędził noc na wyspie. Spytała:

— A co on zrobi ze sobą teraz? Nie mówił wam?

— Nie — stwierdził Marian.

— Pokazaliśmy mu, gdzie mieszkamy — odezwał się Julek.

— A on nawet nie spojrzał — uzupełnił Marian.

— Właśnie, że spojrzał, widziałem wyraźnie! — kłócił się Julek, nie chcąc tracić nadziei. Tak samo jak Ula nie mógł przystać na to, że tajemniczy chłopak odejdzie, nie wiadomo dokąd, załatwiać „swoją sprawę" i już nic nie będzie się o nim wiedziało. — Poczekamy na niego, prawda, Marian?

— Po co? On wcale nie chce, żeby mu zawracać głowę.

— Ale lepiej poczekajmy!

Marian uważał jednak, że to, co było do zrobienia, zostało zrobione i czas powrócić do normalności. Przypomniał, że babka czeka z kolacją.

— Kolacja! — wykrzyknął z pogardą Julek. — Mogę nie jeść kolacji! Zresztą jeszcze za wcześnie.

— Nie marudź. Babka będzie krzyczeć, że się spóźniamy.

Odeszli — Marian krokiem równym i spokojnym, Julek ociągając się i oglądając po wielekroć na dom doktora.

Ula skierowała się na werandę i, usiadłszy w kątku kanapki, spróbowała czytać. Nie szło jej, myśli podniecone zdarzeniami dnia rozpraszały się co chwila. Po jakimś czasie zdała sobie sprawę, że przeszkadza jej także co innego: szmery i głosy dobiegające z gabinetu. Nigdy dotąd nie przesiadywała tutaj w czasie przyjęć i nie wiedziała, że przez pojedyncze drzwi słychać tak dokładnie, co się dzieje w środku.

Wątły głos starej kobiety snuł rozwlekłe narzekania na bóle w boku, w wątrobie, w krzyżach... Inny głos wypytywał i radził. Czy to był głos ojca? Brzmiał zupełnie inaczej niż ten nerwowy i suchy, znany z codziennych nieudanych rozmów. Czuło się w nim swobodę — jakby dopiero w obliczu pacjenta doktor stawał się zupełnie sobą.

A poza tym, no tak... był to głos życzliwy, głos dobrego człowieka... Więc ojciec jest dobry? Nie, nie jest dobry! Ona, Ula, ma dowody, że jest zły. To, co się dzieje za drzwiami gabinetu, to po prostu uprzejmość zawodowa. Zagadka dwoistości natury ludzkiej, która stanęła przed nią w związku z Zenkiem, tym razem nie była trudna do rozwiązania.

— Dziękuję, panie doktorze, dziękuję — mówił głos starej kobiety. — Pan doktor to umie człowieka wyrozumieć jak matka.

Co ta kobieta powiedziała?... „Wyrozumieć jak matka?" Jacyż ludzie są niemądrzy! — Ula uśmiechnęła się z politowaniem.

— Do widzenia, panie doktorze.

Skrzypnęły drzwi, wiodące z gabinetu do poczekalni, głos kobiety zamilkł. Nagle Ula drgnęła.

— Siadaj, synu, obejrzymy sobie tę biedną nogę — mówił ojciec. — Dawno ci się to stało?

— Trzy dni temu — odpowiedział szorstki głos Zenka. — Przebiłem nogę szkłem.

— Hm...

Mruknięcie wyrażało troskę, widocznie rana przedstawiała się niedobrze. Ula usłyszała brzęk wkładanych do metalowego pudła narzędzi i potarcie zapałki. „Zapala spirytusową maszynkę — pomyślała — będzie wygotowywał strzykawkę".

— Musimy chwilę zaczekać, tymczasem cię zbadam.

Niechętne mruknięcie i zaraz potem ostro wypowiedziane słowa:

— Mnie nic nie jest, tylko ta noga.

— Zobaczymy, zobaczymy — w głosie lekarza brzmi łagodna perswazja, nie ma w nim urazy ani zniechęcenia. — Zaraz zobaczymy...

Nastąpiła cisza, przerywana krótkimi poleceniami: „Oddychaj — nie oddychaj", „Tak, jeszcze raz", „Połóż się", „Siadaj"...

— Zaziębiłeś się porządnie... Kości cię czasem bolą?

— Bolą. Ale to nic.

— Migdałki też nie w porządku. Trzeba by o nich pomyśleć. Nie teraz, oczywiście.

Znowu brzęk narzędzi, widocznie ojciec wyjmuje je z wrzątku i rozkłada na szklanej płytce.

— Chce pan przeciąć? — głos Zenka jest zduszony, chrapliwy.

„Boi się" — myśli Ula i chociaż nie może to mieć żadnego wpływu na bieg wypadków, powtarza cicho raz za razem: „Nie bój się, Zenek, nie bój się, nie bój się".

— Tak — mówi ojciec — cięcie jest konieczne.

— Będzie boleć?

— Będzie. Ale krótko i zaraz odczujesz ulgę. Chwyć się rękami poręczy i ściskaj ją mocno, najmocniej, jak potrafisz. Tak. Na nogę nie patrz, to moja sprawa. Zachowasz się jak dorosły, prawda?

Odpowiedzi nie było.

„Nie bój się, nie bój się, nie bój się" — myśli Ula. Po chwili nie myśli już wcale, czeka krzyku. Krzyku nie słychać.

– No, już, synu – mówi ojciec. – Najgorsze mamy za sobą. Spociłeś się, co? Tak, to nie były żarty, możesz być z siebie dumny. Teraz już tylko opatrunek... No!... Przesiądź się tu do mnie, tylko ostrożnie... Wypiszę receptę.

Po chwili ojciec mówi znowu:

– Lekarstwo trzy razy dziennie i proszki trzy razy dziennie. I jeszcze jedno, najważniejsze: powiedz swojej mamie, że trzy dni masz leżeć w łóżku.

Milczenie.

– Słyszałeś, co mówię?

– Słyszę. Powiem.

Ula jest zdziwiona. Nie przyszło jej na myśl, że matka Zenka może być gdzieś w pobliżu, dał im przecież do zrozumienia, że przyjechał z daleka... A może idzie teraz właśnie do niej?

Tymczasem rozmowa w gabinecie trwa dalej.

– Przyszedłeś tu sam czy z kimś z rodziny?

– Sam.

– W takim razie Ula pobiegnie do twoich rodziców, żeby ktoś po ciebie podjechał.

– Po co? – mówi Zenek szybko. – Nie trzeba!

– O tym, co potrzeba, a co nie, ja wiem lepiej, mój kochany. Nie wolno spacerować ze świeżym opatrunkiem.

Chwila ciszy i znowu twardy głos Zenka:

– Ja nie mieszkam w Olszynach.

– A gdzie?

– Jeżdżę autostopem... Jestem tu właściwie przypadkiem.

– Ale musiałeś się tutaj przecież gdzieś zatrzymać... u krewnych, u kolegi?

– ...U kolegi.

– Może u tego Mariana, który przyjaźni się z Ulą?

– Nie!

To „nie" zabrzmiało ostro, jak warknięcie.

— Mój chłopcze — głos ojca pełen jest namysłu — zdaje mi się, że nie wszystko jest z tobą w porządku. Coś przede mną ukrywasz. Chciałbym ci pomóc — muszę jednak wiedzieć prawdę. Jestem lekarzem i to, co mi powiesz, zostanie między nami.

Od początku rozmowy prowadzonej za drzwiami gabinetu Ula czuła, że słuchając jej, postępuje niezupełnie jak trzeba. Teraz, po ostatnim zdaniu ojca, powinna zerwać się i odejść. Nie mogła się na to zdobyć, trwała w bezruchu, czekając na odpowiedź Zenka.

— Nic nie ukrywam — powiedział odpychająco. — Jestem na wycieczce, i koniec.

Znowu chwila milczenia... Ojciec na pewno się teraz rozgniewa!

— Będziesz musiał przerwać tę wycieczkę — rzekł doktor spokojnie. — Odwiozę cię do Łętowa do szpitala. Nie na długo, nie bój się, na trzy, cztery dni, trzeba tę nogę podgoić. Idź teraz do poczekalni, odwiozę cię, jak skończę przyjęcia.

Odpowiedzi nie było. Skrzypnęły drzwi, w lekarskim gabinecie mówił jakiś nowy pacjent.

Ula przysiadła na schodkach wiodących do ogródka. Co teraz będzie?

Zenek został schwytany w pułapkę. Ula czuła, że decyzja ojca musiała wywołać w chłopcu bunt. Mówił przecież, że nie ma czasu, że ma jakąś „swoją sprawę". Co to może być za sprawa? Nie mogła sobie nawet wyobrazić, dla jakiej to sprawy można podróżować autostopem i pieszo przez nieznane okolice — nocując pod gołym niebem i znosząc ból, byle tylko jak najszybciej dotrzeć do celu. Czuła chęć, żeby mu pomóc w osiągnięciu tego celu — a równocześnie myśl, że przez parę dni Zenek będzie pod opieką, sprawiała jej ulgę.

„Powinien tu zaraz do mnie przyjść" — pomyślała. Postanowiła się opanować, nie chciała, by poznał, że to wszystko jest dla niej takie ważne. Wzięła do ręki książkę, przymusiła się do przeczytania paru stron, potem jeszcze paru. Czas upływał i wreszcie zdała sobie sprawę, że Zenek nie przyjdzie. Widocznie to, co powiedział do niej na wyspie, naprawdę nie miało żadnego znaczenia.

Okrążyła dom i, nie chcąc wchodzić do poczekalni głównym wejściem, wsunęła się do kuchni. Pani Cydzikowa siedziała spokojnie na swoim stołku.

— Mamy już tylko trzech pacjentów, chwała Bogu — rzekła pogodnie. — Niedługo się skończy i pan doktor sobie odetchnie.

— Ojciec zaraz potem jedzie do Łętowa — rzekła Ula, starając się, żeby jej głos brzmiał obojętnie. — Zabierze ze sobą tego chłopca z chorą nogą, który czeka w przedpokoju.

— Takiemu to akurat czekanie w głowie! — roześmiała się dobrodusznie pani Cydzikowa.

— Jak to?

— Właśnie mówię. Jakby obie nogi miał chore, to chodziłby na rękach. Byle nie usiedzieć na miejscu przez pięć minut. Poszedł sobie!

— Gdzie poszedł?!

— A ja wiem?... Ścieżką ku figurze, więc pewnie do Ostrówka albo na Stawy. Dość raźno szedł, choć kulał. Co on za jeden, Ulka nie wie? Pierwszy raz się tu pokazał.

Ula nie odpowiedziała. Biegła, jak mogła najszybciej, w stronę kapliczki, która stała na skraju pól u skrzyżowania dróg. Znalazłszy się u stóp potężnych jesionów, otaczających figurę, przyłożyła ręce do ust i krzyknęła: „Zenek! Zenek!". Pobiegła kilkanaście kroków drogą na Ostrówek, potem drogą na Stawy. Wysokie żyta zasłaniały horyzont, nie dojrzała nikogo. Zawołała jeszcze raz — bez skutku.

„Pestka... — przeleciało jej przez głowę. — Może ona coś poradzi".

Znowu biegła, tym razem z powrotem ku środkowi wsi, gdzie mieszkała z córką pani Ubyszowa. Wywołała przyjaciółkę do sieni. Opowiedziała gorącym, zdyszanym szeptem, co zaszło. Pestka wyraziła przekonanie, że Zenek musi być u chłopców. Poszły tam od razu.

— Julek! — zawołała Pestka, kiedy zatrzymały się przed obejściem starego pana Pietrzyka. — Julek!

Julek wybiegł z domu natychmiast.

— Co z Zenkiem? — spytała szybko Pestka. — Jest u was?

— Zenek?... U nas? — zdumiał się Julek. Na ganeczku domu pokazał się Marian. Szedł z wolna ku dziewczynkom, kończąc dojadać pajdę chleba.

— Zenek uciekł — mówiła Pestka. — Ojciec Uli przeciął mu tę nogę i kazał na siebie czekać, chciał go odwieźć do szpitala do Łętowa. A Zenek wcale nie czekał, tylko sobie gdzieś poszedł!

— Słuchajcie! — zawołał nagle Julek. — A może on jest na wyspie?

— Nie — odezwała się natychmiast Pestka. — Poszedł drogą ku figurze. Pani Cydzikowa widziała. Ula go tam szukała.

Zapadło milczenie.

— Trudno — rzekł Marian i wzruszył ramionami. — Chciał się od nas odczepić, więc się odczepił.

— Ale doktor mówił, że jemu nie wolno teraz chodzić! — zawołała Pestka. Po chwili dodała niejasno: — I w ogóle!

W tym małym słówku mieściła cały swój zawód. Oporny i chwilami tak nieprzyjemny chłopak podniecił jej zawsze żywą ciekawość. Zapewniła go na wyspie, że nie będą się do niego wtrącać, że pozwolą mu odejść — w istocie miała jednak nadzieję, że on sam zechce z nimi zostać choć trochę i odsłonić coś niecoś ze swoich tajemnic.

Julek milczał ponuro.

Kiedy Ula wróciła do domu, pani Cydzikowa oświadczyła jej, że pan doktor wyjechał do pacjenta, że bardzo się o tego chłopaka gniewał, a Ulce kazał iść spać, nie czekając, bo wróci późno.

— Dobrze — rzekła bezmyślnie Ula.

W czasie samotnej kolacji i potem, kiedy położywszy się, patrzyła w ciemność, myślała wciąż o tym samym. Że Zenek nie zaufał jej ojcu, to było zrozumiałe. Ale dlaczego nie zaufał Pestce, Marianowi, Julkowi?... Zasługiwali na to.

„Mnie też nie zaufał — mówiła do siebie z bólem. — Mnie też nie. I poszedł".

Rana krwawi

Julek, jak zwykle, obudził się o wiele wcześniej niż Marian. Leżał, odgrodzony od świata senną nieprzytomnością, nie wiedząc, gdzie jest, jaka to pora roku i dnia. Monotonny wrzask wróbli, wiecujących na starej akacji tuż pod oknami, wydawał mu się dalszym ciągiem snu.

Do rzeczywistości przywróciło go szuranie fajerek, przesuwanych po blasze w przyległej do pokoju kuchence, oraz ziemisty zapach kartofli, który wpłynął szeroką falą przez uchylone drzwi. Babka musiała wstać już dawno, wypuściła kury, rozpaliła ogień, wyprawiła dziadka do fabryki, a teraz gotuje śniadanie dla wnuków i żarcie dla świniaka...

Julek nie ruszał się. Przypomniał sobie dzień wczorajszy, wypełniony niezwykłymi zdarzeniami, i na myśl o dniu, który się właśnie zaczynał, poczuł zniechęcenie. „Będzie nudny" – osądził, odąwszy wargi. Wodził bezmyślnie oczami po niebieskich ścianach, malowanych w grubolistne różowe kwiaty, potem patrzył bez zainteresowania na ślubne zdjęcia dziadków, otoczone wieńcem pomniejszych fotografii. Stojąca koło drzwi komoda również nie kryła żadnych niespodzianek: biały słoń, dwa wazoniki, ozdobione szarotkami, porcelanowe pudełeczko na szpilki – zostały obejrzane wiele razy i ze wszystkich stron. Nawet podwórko, znacznie przecież ciekawsze niż dom, nie wzbudzało dziś w chłopcu zapału.

...Wyspa – tak, wyspa jest świetna. Nadaje się do rozmaitych rzeczy. Mogłaby być zaatakowana przez wrogów, a przez nich,

· jej załogę, zamieniona w fortecę i bohatersko broniona. Albo na przykład za przyczyną burzy (czy też powodzi lub trzęsienia ziemi, Julek nie wdaje się w tak drobne szczegóły) odcięta od świata. Trzeba by wówczas budować tratwę lub wycinać z drzewnego pnia małą łódkę, taką, jaką pływali Indianie. Byłoby tam miejsce tylko na jedną osobę i oczywiście to miejsce zająłby on sam; wiosłowałby sprawnie wśród pieniących się odmętów i sprowadziłby pomoc. Interesująca była też możliwość wyzyskania helikoptera, który krążyłby nad wyspą, szukając sposobności lądowania.

W oczekiwaniu katastrofy można by na razie zbudować chociażby szałas... Jak do tej pory nie zbudowano jednak nic; nawet polowa kuchnia, ledwie się o niej pomyślało, już została zarzucona. Dlatego że Pestce nie chciało się nic robić, tylko pływać!

A zresztą — chłopiec rozgoryczał się coraz bardziej — jak tylko zacznie się dziać coś ciekawszego, to zaraz się wszystko przerywa, bo Marian nie lubi się spóźniać. „Julek, czas do domu!" Jakby wracanie do domu było najważniejszą rzeczą na świecie!

A tamten chłopak, Zenek... Czy jemu ktoś tak kiedy powie?... Na pewno nigdy. Jeździ autostopem, robi, co mu się podoba, nie słucha nikogo. I nikogo się nie boi, nawet doktora Zalewskiego. On w ogóle jest jak dorosły... Kiedy doktor przecinał mu wrzód, to nawet nie krzyknął, Ula przecież mówiła... I z ranną nogą pomaszerował dalej, nie oglądając się na nic, bo ma „swoją sprawę". Będzie wędrował, dopóki nie zrobi tego, co zamierzył. Mogą go spotkać różne złe przygody, a on nie troszczy się o to wcale, wie, że przezwycięży wszystko. „Pierwszy raz takiego chłopaka spotkałem — myśli w gorączce. — Pierwszy raz!"

Teraz, kiedy tamten odszedł, nigdy już w życiu Julka nie zdarzy się nic ciekawego. Dni wakacji (swoją drogą, do tej pory nie były takie złe) wypełniać będą od brzegu do brzegu same nudy i nieznośne zajęcia: mycie (rano i wieczorem), które samo przez się może wpędzić człowieka do grobu, długie posiłki przy stole, w czasie których babka nie pozwala nawet pomajtać nogami, sprzątanie pokoju i kuchni bez prawa wmiatania śmieci pod łóżko oraz — najgorsze ze wszystkiego — pisanie pod kierunkiem Mariana idiotycznych dyktand najeżonych podstępnymi pułapkami z ó i rz. A jeżeli nawet pójdzie się od czasu do czasu na wyspę, to tylko po to, żeby spędzić tam czas w towarzystwie brata i dwóch dziewczyn!

„...To jest niesprawiedliwe... — snuje ponure myśli Julek. — Bo ja też nie boję się żadnych przygód i trudów i jestem gotów na wszystko... I gdybyśmy byli razem z Zenkiem — marzy — to mogłoby się tak przytrafić, że to właśnie ja uratowałbym go przed niebezpieczeństwem... A gdyby miał tajemnicę, to nie zdradziłbym jej nikomu, żeby nie wiem co... I Zenek dziwiłby się (i wszyscy inni też), że chociaż młodszy, mogę zrobić to samo, co starszy. To samo — albo i więcej!"

Niestety, Zenek nie przekona się o tym, bo jest gdzieś daleko i na pewno nigdy już do Olszyn nie wróci. Julek odwraca głowę do ściany. Chciałby usnąć — i żeby mu się śnił wczorajszy dzień. Albo jutrzejszy, ale taki, jaki mógłby być, gdyby Zenek nie odszedł.

Wróble cichną, słychać teraz oddech Mariana, równy i głęboki, jakby to była noc. Z podwórza dolatuje pobekiwanie kozy, widocznie babka przywiązała ją dopiero co do palika. Pod oknem pieje cienko młody kogucik. Julek siada leniwie i spuszcza nogi. O spaniu nie ma mowy.

Nagle podnosi głowę i przekrzywia ją lekko, jak nasłuchujące bystre zwierzątko. W pobekiwanie kozy i kogucie pianie wplotły się nutki hasła załogi. „To Pestka! — przelatuje Julkowi przez głowę. — O tej porze?" Julek wie, że Pestka kocha spać tak samo jak Marian. Czego ona może chcieć?

Chłopiec wciąga szorty, wsuwa nogi w trepy, machnięcie ręką po włosach zastępuje czesanie. Leci przez podwórko na drogę, poranny chłodek szczypie przyjemnie w gołe łydki. Na drodze nikogo, tylko żółty kundel sąsiadów drapie się leniwie w brzuch tylną łapą.

– Pestka! – woła z cicha Julek. Nie, nie ma jej. A przecież się nie pomylił, to niemożliwe, słuch chłopaka jest niezawodny. Wraca z wolna na podwórze, pełen zdziwienia. Znowu gwizdanie! Dolatuje nie od strony drogi do wsi, tylko od łąk, zza stawku, leżącego na końcu ogrodu.

„Co ona tam robi? – myśli Julek. – Zwariowała czy co?" Biegnie wąską ścieżką między zagonami, mija stawek, płosząc żaby.

– Pestka!

Naokoło cicho. Letni wietrzyk szeleści w listkach polnej gruszy, górującej nad kępą tarnin, lekarskiego bzu i olbrzymich łopuchów. „Schowała się gdzieś – myśli w rozdrażnieniu Julek. – Głupie dziewczyńskie żarty". Należałoby wzruszyć ramionami i z godnością, jakby nigdy nic, wrócić do domu. Ale jak się komuś nudzi, to o godność trudno.

– Pestka! – krzyczy z gniewem.

– Julek – odpowiada ktoś cicho i z naciskiem, jakby chciał skarcić chłopaka za niepotrzebne wyprawianie hałasu – chodź tutaj!

To nie jest głos Pestki! To jest głos... Julek nie może uwierzyć. Okrąża kępę paru skokami.

– Zenek!

Zenek siedzi na trawiastym wzgóreczku i spokojnie wygładza nożem sęki leszczynowego pręta, ściętego na wyspie przez Julka.

– Zenek! – powtarza w zdumieniu i zachwycie Julek. Nie jest w stanie wykrztusić nic innego. Dopiero po dłuższej chwili, opanowawszy się nieco, pyta: – To ty gwizdałeś?

— Nie. Święta Kunegunda.

Pytanie Julka było głupie, oczywiście. Zadał je odruchowo, po prostu, żeby się upewnić — musiał się upewnić. Trudno mu było uwierzyć, że naprawdę ma Zenka przed sobą — i że w dodatku Zenek ma do niego jakąś sprawę.

— Gdzie Marian?

— Jeszcze śpi. A po co ci Marian? — Julek jest zazdrosny.

— Nic, tak sobie.

— Zwiałeś wczoraj od doktora! — w głosie Julka brzmi podziw.

— Chciał, żebym poszedł do szpitala! — mówi ze spokojną wzgardą Zenek. — Ciekawym, po co? Noga mnie już prawie nie boli. — Słuszność takiego rozumowania jest dla Julka oczywista.

— A gdzie spałeś?

— W stogu. — I Zenek ruchem głowy wskazuje stóg siana stojący niedaleko na łące.

— Aha — odpowiada Julek takim tonem, jakby nocowanie w stogu było czymś znanym i najzupełniej naturalnym. Równocześnie gdzieś w środku powstaje w nim gwałtowny i bolesny bunt, że wszystkie noce swego życia spędził w mieszkaniu. Zawsze i zawsze w mieszkaniu! Na łóżku, a już w najlepszym razie na materacu na podłodze, jeśli przyjeżdżali goście.

Gdyby był na harcerskim obozie, to spałby przynajmniej pod namiotem... Tata chciał się zgodzić, ale mama nie, uważała, że Julek się zaziębi!

Nóż w ręku Zenka zaokrągla zręcznie koniec kija.

— Fajny będzie! Będę się mógł podpierać.

— Pójdziesz?... — Julek czuje zawód. Obecność Zenka pod gruszą wzbudziła w nim nadzieję, że podróżnik trochę jednak w Olszynach pobędzie.

— Wiadomo. Zatrzymałem się na noc, bo mi się nadał ten stóg. — Zenek spogląda na Julka przelotnie i chwilkę się zastanawia. Pyta od niechcenia:

– Masz długi język?... Powiedz!

– Nie! – oburza się Julek tak gorąco, jakby mu ciśnięto w twarz obelgę. – Co ci przyszło do głowy?

– Nie złość się... – mówi pobłażliwie Zenek. – Tu we wsi jest sklep?

– Jest.

– Daleko stąd?

– Niedaleko.

– Kupiłbyś mi chleba?

– Czemu nie, mogę kupić. – Julek uważa, że powinien być jeszcze trochę obrażony, więc mówi to obojętnie. Ale naprawdę to polecenie Zenka sprawia mu wielką przyjemność.

– Ćwiartkę – mówi Zenek, wydostając z kieszeni złotówkę.

– Ale pamiętaj: nic nikomu o mnie nie gadaj!

– Zwariowałeś?... – Julek jest już z Zenkiem zupełnie spoufalony. – Komu mam gadać... Zaraz wracam! – woła już w biegu, okrążając stawek.

Leciał wiejską drogą, wzbijając piętami kurz, i wpadł do spółdzielni z takim rozpędem, że ekspedientka i kupujący obejrzeli się na niego ze zdumieniem. Ogonek był spory, stanął więc przez „pomyłkę" gdzieś w środku, wśród młodszych od niego dzieci, które nie śmiały zaprotestować, i tkwił tam chwilę z niewinną miną. Zwrócony do tyłu, oświadczył, że babka zaraz wyjeżdża, więc mu się strasznie śpieszy. Sklepowa wysłuchała tego nieufnie, podała jednak chleb – i Julek popędził z powrotem.

Zenek odkroił sobie grubą pajdę i odgryzłszy potężny kawał, spytał:

– Jak się idzie do Strykowa?

– Do Strykowa? – powtórzył niepewnie Julek. – Do jakiego Strykowa?

– Nie wiesz? – zdziwił się Zenek. – Przecież to niedaleko stąd.

— Ja w Olszynach nie mieszkam, przyjechałem tu pierwszy raz! — usprawiedliwiał się żarliwie Julek, żałując, że nie może zasypać Zenka potrzebnymi mu informacjami. — Ale Marian ci powie, co tylko będziesz chciał, on przyjeżdża tu bardzo często. Lecę po niego!

— Marian! — woła Julek, wpadając do pokoju. — Wstawaj!

Marian mruczy coś pod nosem mało dla Julka pochlebnego i odwraca się do ściany.

— Wstawaj! — Julek potrząsa brata za ramię, ale że i to nie skutkuje, ściąga mu koc na ziemię. Marian spokojnie przykrywa się nim z powrotem.

— Słuchaj, Zenek wcale jeszcze nie odszedł! Siedzi pod gruszą za stawkiem.

Oczy Mariana otwierają się teraz szeroko.

— Naprawdę?

— Pewnie, że naprawdę. Musisz mu powiedzieć, jak się idzie do Strykowa.

— Do Strykowa? — zainteresował się Marian.

— Tak. No wstawaj!

— Przecież wstaję, nie nudź.

Julek zniknął w drzwiach, ale zaraz zawrócił.

— Tylko nikomu nic nie gadaj — zastrzegł. — I przyjdź prędko, będziemy czekać!

— Dobrze.

Julek mijał kuchnię, kiedy nagle olśniła go wspaniała myśl. Mleko! Dlaczego Zenek ma jeść suchy chleb? To nie ma żadnego sensu.

Z wielkiego garnka stojącego u brzegu komina nalał mleka do kubka, uchylił drzwi na dwór i wyjrzał. Babki nie było. Wysunął się cicho i szedł ostrożnie przez podwórze, rozglądając się i pilnując, żeby nie rozlać. Znalazłszy się w ogrodzie, odetchnął, sądząc, że jest poza niebezpieczeństwem.

– Cóż to za nowe wariactwo?

Babka, uniósłszy się znad zagonka sałaty, ukrytego za rzędem agrestów, wyszła na ścieżkę i stanęła naprzeciwko chłopca, kiwając z politowaniem głową.

– Babciu... – bąknął niepewnie Julek, szukając w myślach jakiegoś zgrabnego wybiegu. – Dzień dobry, babciu! – rzekł nagle wesoło, jakby uważał sytuację za normalną.

– Dzień dobry, wnusiu – odparła babka z dobrotliwą kpinką w głosie. – A z tym mlekiem to wracaj do mieszkania.

– Kiedy na dworze lepiej smakuje! – zawołał z głębokim przekonaniem. Babka martwiła się zawsze, że „mały" jest chudy i mało je, postanowił więc tę okoliczność wyzyskać. – Słowo daję, że lepiej!

– Jak wypijesz w mieszkaniu przy stole, to tyż ci nie zaszkodzi – kpiła dalej. Spojrzał błagalnie, ale ani myślała ustąpić. – No? Mam cię zaprowadzić?

Westchnął ciężko, dając do zrozumienia, że dzieje mu się krzywda, ale zawrócił, nie było rady. Zresztą już po drodze wynalazł sposób, żeby zrobić to, co zamierzał: wydostanie się oknem na drugą stronę domu i, przelazłszy pod płotem, obejdzie ogród dokoła.

Plan się udał – chociaż ze względu ną mleko nie był wcale łatwy do wykonania. Pod płotem ulało się go trochę – trzy czwarte zostało jednak doniesione na miejsce.

– Masz – powiedział do Zenka Julek, podając mu kubek – wypij. – Chłopak zmarszczył brwi i strugał zawzięcie kij, nie wyciągając ręki. Wyglądał jak ktoś, kto udaje obojętność, żeby ukryć prawdziwe myśli czy uczucia.

– No? – zniecierpliwił się Julek. – O co ci chodzi?

– O nic – rzekł Zenek swoim normalnym, trochę niedbałym tonem i, sięgnąwszy po kubek, zaczął pić małymi łykami.

Julek poznał, że mu smakuje – i poczuł zadowolenie. Nie odezwał się, póki tamten nie skończył.

– Marian zaraz przyjdzie. A po co idziesz do tego Strykowa? – Zenek rzucił na Julka przelotne, ale baczne spojrzenie, podobnie jak wówczas, kiedy pytał go o „długi języr".

– Do wujka – rzekł po chwili.

– Do wujka? – zdziwił się Julek. Poczuł rozczarowanie: więc to miała być owa „sprawa", dla której Zenek przedsięwziął samotną podróż?

– Pokażę ci coś – Zenek sięgnął do kieszeni. – Widzisz? – Na dłoni chłopaka leżał ładny, okrągły przedmiocik, błyszczący, jakby ze srebra.

– Kompas? – zdziwił się Julek.

– Kompas – odpowiedział z satysfakcją Zenek. – Wujek mi go dał – już dawno.

Julek oglądał nabożnie wszystko po kolei: podziałki, ruchomą delikatną strzałkę, wygładzoną od użycia oprawkę.

– Wujek przywiózł ten kompas z Indii – rzekł Zenek.

Oczy Julka stały się zupełnie okrągłe.

– Twój wujek był w Indiach? – spytał z pełnym zachwytu zdumieniem. – Nie bujasz?

Zenek uśmiechnął się pobłażliwie.

– Objeździł pół świata, był w Azji i Afryce.

Zapadło milczenie. Julek rozmyślał, jak wspaniale byłoby mieć takiego wujka, nie mówiąc już o kompasie. Zachciało mu się aż westchnąć z zazdrości, poczuł jednak, że byłoby to czymś dziecinnym. Powiedział grubym, męskim głosem – na dowód, że zna się na rzeczy:

– Ta strzałka wskazuje północ.

Tymczasem Marian ubierał się i mył pośpieszniej niż zwykle, wcale jednak nie tracąc głowy. Osoba Zenka nie wzbudziła w nim takiego entuzjazmu jak w Julku. Z początku bardzo zaintresowany i pełen dobrych chęci ostygł dość szybko, zrażony zachowaniem przybysza. Samodzielność Zenka zrobiła na Marianie wrażenie, natomiast jego „tajemniczość" i niechęć do jakichkolwiek wyjaśnień wydawała się dziwaczna i przesadna. „Nie, to nie" — myślał Marian. Zresztą, skoro całe zdarzenie miało się zakończyć w przeciągu paru godzin, nie było powodu tak bardzo się tym wszystkim przejmować. Dopiero wieczorna wiadomość o ucieczce Zenka z poczekalni doktora wywołała w Marianie żywsze uczucia.

Powiedział lekceważąco do dziewczynek i do Julka: „Chciał się od nas odczepić, więc się odczepił", w gruncie rzeczy był jednak wstrząśnięty. Nie mógł zrozumieć, jak Zenek mógł tak postąpić. Dorosłych nie można słuchać zawsze i wszędzie, to jasne, nieraz nie mają racji, a nieraz po prostu zbyt przyjemne jest to, czego zabraniają, albo zbyt przykre to, co nakazują... ale przeciwstawić się komuś takiemu, jak doktor Zalewski, i zamiast do szpitala powędrować nie wiadomo dokąd w ciemną noc — to było jednak niesłychane. Marian czuł, że on sam nigdy by się na nic podobnego nie zdobył... Czy to dobrze, czy źle?... Właściwie biorąc, postępek Zenka był przecież godny potępienia, a równocześnie wzbudzał coś podobnego do podziwu. Dlaczego?

Teraz, skoro Zenek jeszcze nie odszedł, uda się chyba dowiedzieć o nim czegoś więcej — o ile oczywiście okaże się bardziej skłonny do rozmowy niż poprzedniego dnia. Bo jeżeli ma zamiar udzielać takich odpowiedzi, jak wczoraj na wyspie, to Marian woli nie pytać: „Gdzie mieszkasz?" — „Daleko, stąd nie widać...". To było po prostu głupie.

Zenek przywitał Mariana miną wprawdzie nie wrogą, ale zniecierpliwioną, widocznie bardzo mu się śpieszyło. Wypadło zatem ograniczyć się do wskazówek, jak trafić do Strykowa.

— Najlepiej przez wieś, a potem do drogi — zaczął Marian.

— Nie chcę przez wieś — przerwał mu Zenek.

— Dlaczego?

— Żeby mnie zobaczył ten doktor? Ani mi się śni.

— Nie ma strachu! — wtrącił się Julek. — O tej porze on jest w szpitalu w Łętowie.

— Wszystko jedno, nie pójdę przez wieś. Kto mnie tylko spotka, zaraz się gapi na moją nogę.

— No to przez łąki, tą ścieżką — Marian wskazał dróżkę, która wiodła w pobliżu stogu w stronę płaskiego, obrzeżonego lasem horyzontu. — Za pierwszym słupem wysokiego napięcia skręcisz w lewo i dojdziesz do traktu. I tym traktem aż do Strykowa. Ale... — Marian zawahał się — nie wiem, czy zajdziesz z tą nogą, to będzie jakieś dziesięć — dwanaście kilometrów.

— Zajdę, nie bój się.

— Pokażę ci, gdzie skręcić.

— Chodźmy z nim aż do traktu! — odezwał się Julek. — Dobrze, Marian? Dobrze?

— Po co? Od zakrętu trafi na pewno.

Ruszyli dróżką wszyscy trzej. Julek obok Zenka, pilnie dostosowując krok do kroków tamtego, Marian nieco z tyłu. Zenek szedł wolno; opierał się na kiju, a chorą stopę stawiał na pięcie. Musiała mu dokuczać, bo po kilkunastu krokach na twarzy chłopaka zjawił się wyraz napięcia i uporu. Julek spoglądał na niego od czasu do czasu i im bardziej rosło jego uznanie, tym dotkliwsza stawała się myśl, że za parę chwil nastąpi ostateczne rozstanie. Milczał jednak, o takich rzeczach mówić nie sposób. Marian maszerował z miną zrównoważoną i spokojną, jakby to wszystko razem niewiele go obchodziło. Obchodziło go jednak: rozmyślał, że on sam także nie jest mazgajem — i że dobrze byłoby jakoś to Zenkowi pokazać. Szkoda, że nie będzie po temu sposobności!

Kiedy uszli paręset metrów, Marian rzekł nagle:

— Krew ci leci.

— Mnie? — Zenek zdziwił się i spojrzał na nogę.

Na mocno już przybrudzonym bandażu nie było widać żadnych śladów, prócz smug kurzu.

— Na pewno — rzekł Marian i wskazał kilka czerwonych kropel, wsiąkających szybko w ziemię. Julek kucnął i oglądał opatrunek od dołu.

— Leci — potwierdził.

— Cholera! — zaklął Zenek.

— Lepiej usiądź — poradził Marian. I przypomniawszy sobie harcerskie przepisy, dodał: — A najlepiej się połóż z nogą do góry.

Znajdowali się właśnie w pobliżu stogu, w którym Zenek spędził noc. Usiedli na ziemi, Zenek zgiął nogę i patrzył ponuro na czerwoną plamę, która szerzyła się z wolna od strony podeszwy.

— Musiało się otworzyć — odezwał się Marian. — Dlatego że chodziłeś.

— Boli cię? — spytał Julek.

— Trochę.

— Byłoby dobrze, żebyś jednak poszedł do tego szpitala — odezwał się niepewnie Marian.

— Wcale nie byłoby dobrze! — warknął Zenek.

— Dlaczego?

— Bo nie.

Marian poczuł zniecierpliwienie, co zdarzało mu się bardzo rzadko.

— Doktor chyba wie lepiej — rzekł pouczająco. — Ula mówiła, że powinieneś cztery dni leżeć.

— A ja wiem, że powinienem iść.

Trudno było coś na to odpowiedzieć, toteż Marian zamilkł. Zenek położył się na plecach twarzą do stogu i oparł nogi o jego twardo ubitą ścianę.

— Zaraz przyschnie... Jak przyschnie, to pójdę.

Poranny chłód minął, zrobiło się ciepło, nad płaszczyzną pól drgało rozgrzane powietrze, zapach siana stawał się z każdą chwilą coraz bardziej odurzający. Było dobrze i błogo, tak jak bywa, gdy po deszczach znowu wraca słońce. Kiedy indziej Marian i Julek poddaliby się takiej pogodzie, wyciągnęli na słońcu, myśleli długo o niczym. Teraz siedzieli bez ruchu, spokojni tylko na pozór, a w gruncie rzeczy bardzo zdenerwowani.

Po jakimś czasie Julek wstał.

— Pokaż — powiedział do Zenka. Zenek zwrócił stopę w stronę chłopca.

— No? — spytał, zauważywszy, że tamten patrzy na bandaż i nie odzywa się. — Przysycha?

— Nie — powiedział Julek z trudem, jakby mu zaschło w gardle. — Wcale nie.

Zenek spuścił nogi na ziemię. Cały spód bandaża był czerwony.

— Marian! — szepnął Julek, pobladłszy z wrażenia. — Polecę kogo zawołać!

— Zwariowałeś?! — spytał Zenek z gniewem. — Ani się waż!

— Słuchaj! — rzekł Marian z perswazją. — To nie ma sensu. Trzeba się kogoś poradzić.

— Nie będę się radził nikogo, nie jestem smarkaczem.

Zenek znowu kładzie się na plecach i opiera nogi o stóg. Jest wściekły, widać, jak szczęki drgają mu pod skórą.

Marian czuje urazę. Dlaczego zwrócenie się do dorosłych ma być smarkaczostwem? Babka albo mama Pestki pomogłyby na pewno.

No, ale jeżeli Zenek tę opiekę odrzuca, to niech sobie robi, co chce, i koniec. Trzeba iść do domu i nie zawracać sobie nim głowy.

Ale zostawić go samego z tą krwawiącą nogą?... Marian czuje, że to jest niemożliwe. Byłoby to wbrew solidarności, świętej solidarności chłopaka z chłopakiem.

– Marian!... – mówi cicho Julek. Zawsze taki zaradny i szybki, tym razem czeka rady od brata. Marian marszczy się, brwi podjeżdżają mu aż na czoło. Wreszcie decyduje się i choć nie bardzo wierzy w uzyskanie odpowiedzi – zadaje pytanie:

– Zenek, po co ty idziesz do tego Strykowa?

– On ma tam wujka – odpowiada za Zenka Julek.

Marian jest zdziwiony – tak samo jak przedtem Julek. Więc po to się jeździ autostopem, sypia pod gołym niebem i wędruje z chorą nogą, żeby odwiedzić kogoś z rodziny?

– Naprawdę? – pyta niedowierzająco. – Idziesz do wujka?

Zenek unosi się na łokciach, zagryza z gniewu dolną wargę.

– Szukam go od dwóch tygodni! – mówi szorstko. – Od dwóch tygodni i trzech dni!

– Jak to... szukasz? Nie masz jego adresu?

– Miałem... ale on już tam nie mieszka.

– Więc skąd wiesz, że jest w Strykowie?

Zenek myśli o czymś w ponurym milczeniu, wygląda na to, że więcej się nie odezwie. Myśli o czymś ponuro. Julek przysuwa się do niego i, pociągając go za rękaw, mówi proszącym, przekonywającym tonem:

– Powiedz!... Powiedz nam!

– Wujek... – zaczął Zenek i od razu się zaciął. Po chwili mówił jednak dalej, niewiele zresztą, zaledwie kilkanaście poszarpanych zdań: – Wujek budował most w Tymianicach... ostatnie wiadomości, sprzed dwóch lat, były właśnie stamtąd... Zenek dotarł tam, ale most jest już skończony, nawet baraki rozebrali. Pytał o załogę, nikt nie umiał nic powiedzieć... W końcu w sąsiednim miasteczku znalazł takiego, co też przy tym moście pracował. Powiedział, że przejechali za Bug, koło Zegrza. Ale okazało się, że nie, że teraz budują w Strykowie – więc wujek też tam jest.

Brzmiało to jak w powieści... dziwnie i niezupełnie zrozumiałe. Marian i Julek słuchają w skupieniu, Julek z każdym zdaniem coraz szerzej otwiera oczy, coraz mocniej przechyla głowę.

– I wszędzie jeździłeś autostopem? Tak?

– Nie wszędzie, nieraz trzeba było pieszo. – Nagle Zenek wybucha: – A teraz, jak jest tak blisko, to mam historię z tą idiotyczną nogą!

Ogląda nogę, naciska zakrwawiony bandaż. Nie widać, żeby zasychało, plama ciągle jest świeża. Na długą chwilę zapada pod stogiem ciężkie milczenie. Nagle w głowie Julka świta pomysł, podsuwa się do Mariana.

– Powiem ci coś!

– No?

– Pojadę do tego Strykowa! Rowerem! Pożyczę od Grzesika. Znajdę tego wujka, kapujesz? – mówi mały prędkim, konspiracyjnym szeptem. – I powiem mu o Zenku.

– Wykluczone! – obcina brata Marian. – Babka ci nie pozwoli.

Twarz Julka zmierzchła, usta skrzywiły się z goryczą. Marian miał rację.

– Chyba że... – rozważał Marian – chyba że ze mną...

– Z tobą? – Oczy małego znowu są pełne blasku.

– Lepiej, żeby nas było dwóch; jak jeden będzie szukał i pytał, drugi musi pilnować rowerów.

– Jasne! A od kogo pożyczysz?

– Od Antka Majewskiego. Chyba da...

Zenek patrzy w niebo, nie odzywa się, jakby to wszystko wcale go nie dotyczyło. „Udawanie" – myśli Marian, zauważył doskonale szybki błysk w oczach chłopaka, kiedy Julek wymienił nazwę Strykowa.

– Jak się twój wujek nazywa? – zwraca się Marian do Zenka. Ten odpowiada tonem obojętnym, że Antoni Janica... ale zaraz potem nie może już wytrzymać i pyta szybko:

– Naprawdę pojedziecie?

– Aha. Powiemy twojemu wujkowi, żeby po ciebie przyjechał. Dobrze?

– Ale żebyście znaleźli... Musicie pytać o most, o tych, którzy budują most!

– Wiadomo, nie bój się.

– To lećmy! – zerwał się Julek.

– Czekaj – zafrasował się nagle Marian. – A gdzie Zenek będzie przez ten czas? Tutaj nie ma sensu, to przecież potrwa parę godzin, zanim wrócimy.

Zenek oświadczył jednak, że to nic, wytrzyma. Poleży jeszcze trochę, a potem wróci do tej kępy pod gruszą, krzaki są tam gęste i można się doskonale ukryć. Musi się ukryć, bo jakby go kto zobaczył z tą nogą, to zleci się cała wieś. Marian pomyślał przelotnie, że o wiele sensowniej byłoby w domu, u babki, która na pewno nie odmówiłaby podróżnikowi gościny, wiedział jednak, że o czymś takim nie warto nawet Zenkowi wspominać.

– No dobrze – rzekł z namysłem. – Powiemy tylko Pestce i Uli, przyniosą ci coś do jedzenia.

– Nie potrzeba. Nie chcę.

– Dlaczego?

– Rozgadają!

– Nic się nie bój – oświadczył z przekonaniem Julek. – Pestka jest jak chłopak, nie powie nikomu. Mur, beton.

– Ale Ula... ten doktor to przecież jej ojciec.

– Ula we wszystkim słucha Pestki – dowodził Julek, pełen pragnienia, żeby nowy przyjaciel miał wszystko, czego mu potrzeba. – Jak Pestka jej zakaże, to ona też nie powie.

– Na pewno – potwierdził Marian. Zenek nie słuchał go, patrzył z napięciem w stronę drogi. Marian odwrócił się szybko i zobaczył Pestkę i Ulę.

Nadeszły od strony wsi i teraz stały na drodze pełne zdumienia, spoglądając na nich bez słowa. Nie zauważyły skrwawionego bandaża Zenka, chłopak błyskawicznie spuścił nogi na ziemię i wetknął je pod stóg — tak jak poprzedniego dnia pod obwisłe gałęzie.

— Co tu robisz? — spytała Pestka. — Myślałyśmy, że jesteś już gdzieś daleko!

Julek zerwał się i podbiegłszy do dziewcząt, opowiedział krótko o krwawieniu rany (Ula przybladła lekko, a Zenek głębiej schował nogę w siano), o wujku w Strykowie i o projektowanej wyprawie rowerowej.

— Więc Zenek na nas poczeka — zakończył. — Ale nie chce, żeby o nim mówić... Nikomu a nikomu, rozumiecie?

— Julek i Marian mówią, że nie wygadacie — mruknął Zenek. — Ale ja wiem...

— Ja w każdym razie nie wygadam na pewno — rzekła Pestka. — Po co? Nic to nikogo nie obchodzi.

Chłopcy spojrzeli teraz na Ulę.

— A ty?

— Nie powiem — odpowiedziała cicho, nie czekając na polecenie przyjaciółki; nie było jej to wcale potrzebne.

— Ojcu też nie?... — to pytanie zadał Zenek.

— Ojcu też nie.

Dwie godziny później Ula, po raz pierwszy od czasu rozmowy w gabinecie, spotkała się ze swoim ojcem. Poprzedniego wieczoru wrócił późno, a rankiem wyjechał, kiedy jeszcze spała. Teraz wpadł do domu na chwilę, przejazdem, jak mu się to nieraz zdarzało — i, zobaczywszy córkę, poprosił ją zaraz do siebie. Stanęła przed nim z twarzą zamkniętą, z góry zdecydowana stawić opór.

— Gdzie jest ten chłopak?

Nie odpowiedziała.

— Nie wiesz?

— Nie.

— Ula! — rzekł ostro, czując, że skłamała.

— Słucham? — odparła Ula twardo i wyzywająco. Nie mówiła w taki sposób do nikogo na świecie, tylko do ojca.

— Ula... — powtórzył bezradnie, jakby nagle opadły mu ręce. Trwało to tylko chwilę. Opanował się i powiedział stanowczym głosem: — Chodzi nie tylko o jego zdrowie, moja droga. Czuję, że coś z nim nie jest w porządku, bardzo nie w porządku — i to się może źle skończyć. Mógłbym może pomóc, gdyby okazano mi zaufanie.

Patrzył na Ulę, czekając, co odpowie. Ona jednak spoglądała w ziemię. Wyszła z pokoju, nie odezwawszy się ani jednym słowem.

Radość i cień

Niestety z rowerami wyszło inaczej, niż sobie chłopcy wyobrażali. Antek Majewski, którego Marian poznał w czasie poprzednich wakacji, gotów był pożyczyć mu swój na parę godzin, ale nie od razu. „Mogę ci go dać dopiero pojutrze rano. Dziś wieczór jadę do Łętowa odebrać buty od szewca, a jutro od rana mamy umówioną wycieczkę" − powiedział i od żadnego z tych projektów nie chciał odstąpić, a w dodatku zażądał za pożyczenie dziesięciu złotych. Mały Edzio Grzesik, do którego zwrócił się Julek, nie był tak interesowny; w zamian za przysługę pragnął mieć dwa znaczki chińskie i jeden Izraela, ale i on nie miał na razie roweru do rozporządzenia, bo zgubił wentyl i ojciec miał mu go przywieźć z miasta dopiero nazajutrz. Próby wypożyczenia rowerów od kogo innego nie powiodły się również.

− No i co teraz będzie? − pytał Julek, wściekły, kiedy po jakimś czasie spotkali się z dziewczętami. − Co robić?

Marian zmarszczył skłopotane czoło i nie mówił nic, ale też był zły. Ula patrzyła na nich bezradnie. Natomiast Pestka, której nigdy nie brakło energii ani zmysłu praktycznego, oświadczyła po krótkiej chwili namysłu, że Antek jest bezczelny ze swoimi żądaniami, ale jeśli nie ustąpi, to zrobi się składkę i da mu się te dziesięć złotych, innego wyjścia nie ma; i że co do znaczków, ona nie ma żadnych, ale jeśli Julek ma i zgadza się oddać swoje...

− Zgadzam się na chińskie − przerwał Julek. − Ale niegłupi jestem, żeby dawać Izraela. Wytargowałem go.

— Tak czy inaczej, pojedziecie dopiero pojutrze — rzekła Pestka. — Trzeba się z tym pogodzić.

— A co z Zenkiem? — spytał Marian. — Nie może przecież siedzieć dwie doby w krzakach pod gruszą.

— A gdyby go wziąć do dziadków? — zawołał Julek i aż mu się oczy rozjaśniły od tego wspaniałego pomysłu. — Ja przecież mógłbym spać na podłodze. A jak nie, to zsunęłoby się łóżko moje i twoje, i we trzech razem... Albo na stryszku...

— Szkoda nawet mówić — osadził go Marian, jak to mu się często w stosunku do Julka zdarzało. — On się nie zgodzi.

Julek westchnął. Marian miał niestety rację.

— Według mnie Zenek powinien wrócić na wyspę — oświadczyła Pestka.

— Ale on przecież nie może chodzić — zaniepokoiła się Ula. — Jeżeli krew leci, to jakżeż?

— Marian!... — Pestka wiedziała już, jak wybrnąć z sytuacji. — A gdybyś go przewiózł na ramie? Niech Antek da rower na pół godziny!

— Przed siebie go nie wezmę, Zenek jest za duży — zastanowił się Marian. — Ale moglibyśmy z Julkiem rower poprowadzić. I trzeba by jakoś bokami, inaczej on nie będzie chciał.

— Poprowadzimy! — rzekł Julek, na nowo pełen zapału. — I wiecie co? Zbudujemy na wyspie szałas. Przecież nie ma sensu, żeby Zenek spał znowu pod krzakiem. I zrobimy posłanie z gałęzi, tak jak robią traperzy. I w ogóle...

— Dlaczego nie, można zrobić — rzekła Pestka z zainteresowaniem. — Chodźmy do Zenka, powiemy mu.

Ruszyli szybko, podnieceni myślą, że znaleźli dobre wyjście z trudnej sytuacji, i idąc przez wieś, omawiali, co jeszcze trzeba będzie na wyspie zorganizować. Z każdą chwilą i z każdym nowym projektem czuli coraz większą radość i kiedy znaleźli się pod gruszą — Julek oznajmił Zenkowi o niepowodzeniu z rowerami w taki sposób, jakby dla przybysza była to jak najbardziej pomyślna wiadomość.

– Czekaj, nic nie rozumiem – zdenerwował się Zenek. – Więc nie pojedziecie?

– Pojedziemy, wiadomo. Pojutrze rano. A na razie przetransportujemy cię na wyspę. – Julek wyjaśnił, jak się to będzie odbywało. – I wszystko się na wyspie świetnie urządzi, zobaczysz!

– Ale mnie się śpieszy.

– Dlaczego? – zdziwiła się Pestka. – Półtora dnia różnicy to nic wielkiego.

– Jak dla kogo – burknął Zenek gniewnie.

Spojrzeli po sobie; znowu, jak już wiele razy, poczuli wyraźnie, że chłopak nie chce im powiedzieć o sobie nic bliższego.

– Więc jak? – spytał go Marian po paru chwilach milczenia.

– Jeśli mam wziąć rower, to zaraz, później Antek nie da. Wracasz na wyspę czy nie?

– Co mam robić, wracam.

Nie brzmiało to zbyt uprzejmie, załoga odetchnęła jednak z ulgą: było wiadomo, czego się trzymać. Marian poszedł po rower, dziewczęta zawróciły do domu. Z Zenkiem został Julek. Kucnął w trawie i, patrząc na przybysza poczciwymi, zmartwionymi oczami, zastanawiał się, jak go pocieszyć.

– Kup mi chleba – odezwał się po chwili Zenek.

– Po co, przyniesiemy z domu!

– Chcę, żebyś mi kupił! – głos chłopca zabrzmiał ostro. Julek wziął więc pieniądze i poleciał. Wróciwszy ze sprawunkiem, kucnął znowu i mówił z żarliwym przekonaniem:

– Słuchaj, na wyspie będzie fajnie, zobaczysz! Zbudujemy szałas, wiesz? Taki prawdziwy, z gałęzi. I polową kuchnię, trzeba tylko przytaszczyć jeszcze dwie cegły. Będziemy piec kartofle, babka zawsze daje tyle, ile się nam podoba, masz pojęcie? Marian przyuważył na naszym strychu jakąś manierkę,

72

a jak nie, to wykombinuje się blaszanki po konserwach, to też dobre do gotowania, prawda? Ze spaniem też żaden kłopot, jeden koc już jest (to jest mój koc, babka położyła go na sienniku pod prześcieradło, ale zaniosłem go na wyspę), a drugi też będzie, wyciągnę go Marianowi. Będziesz spał jak król... I ugotujemy herbaty, chcesz?

Zenek słuchał niezbyt uważnie i nie odpowiedział na żadne z postawionych mu pytań, ale kiedy mały ucichł – położył mu rękę na ramieniu. Siedzieli tak aż do przyjścia Mariana. Zenek pogrążony w myślach, a Julek zdrętwiały z wrażenia, jakby to nie chłopięca ręka spoczęła na jego barku, ale barwny motyl, gotów w każdej chwili odlecieć.

Kiedy niedługo potem Pestka i Ula zjawiły się na wyspie, wszyscy trzej chłopcy byli na polanie. Zenek siedział oparty o pień sosny, z wyciągniętymi nogami, ze starym rannym pantoflem dziadka nałożonym na bandaż. Rana musiała go mniej boleć, pogodził się też widocznie z koniecznością przerwy w wędrówce, bo twarz miał spokojniejszą.

Chłopcy ścinali gałęzie na szałas, on zaś, choć parokrotnie zaznaczył, że wszystko to razem jest zupełnie niepotrzebne – obciosywał paliki, na których miała się wspierać konstrukcja ścian – i jak to Pestka od razu zauważyła, robił to szybko i dokładnie. Okazało się też, że tylko on potrafi je z sobą wiązać za pomocą łyka z wierzby, o czym ani Julek, ani Marian nie mieli pojęcia. Wiedział też lepiej niż oni, w jaki sposób na ściankach szałasu układać gałęzie, żeby krople deszczu tak jak po słomianej strzesze spływały ku dołowi, nie przedostając się do środka.

To wszystko wzbudziło w Julku nową falę admiracji dla gościa wyspy, a Marian i Pestka, choć bardzo zajęci robotą, spoglądali ku niemu coraz częściej, ciekawi, co i jak robią jego zręczne palce.

Ula nie pomagała w budowie szałasu. Zajęła się zbieraniem chrustu na opał i krążyła po całej wyspie, pojawiając się na polanie tylko od czasu do czasu, kiedy miała już pełne naręcze. Od chwili kiedy, przyprowadziwszy Zenka pod drzwi poczekalni, powiedziała: „Będę tu obok na werandzie, przyjdź, może będziesz czegoś potrzebował", nie odezwała się do niego ani jednym zdaniem. Miała uczucie, że byłoby jej bardzo trudno to zrobić. W jakiż sposób należało się zwrócić do chłopca, z którym rozmawiała przez kilkanaście minut jak z przyjacielem, choć nie znała wówczas nawet jego imienia, a który teraz zupełnie o tym zapomniał?

Bo że zapomniał, zapewne z powodu gorączki, o tym Ula była przekonana. Przez cały ten czas spojrzał na nią jeden jedyny raz: kiedy pytał, czy nie zdradzi jego sekretu przed ojcem. Przedtem i potem − wcale, miała nawet wrażenie, że oczy jego omijają ją umyślnie. Wolała więc trzymać się od chłopca z daleka, niż być w jego pobliżu i cierpieć nieznośne, trudne do opanowania skrępowanie.

Tego popołudnia nie mogła być zresztą na wyspie zbyt długo: pani Cydzikowa jechała do dentysty i Ula miała ją zastąpić w opiece nad pacjentami w poczekalni. Przed odejściem odwołała Pestkę na bok.

− Słuchaj... − rzekła z wahaniem. − Ja myślę, że ten opatrunek to trzeba chyba zmienić, prawda?

− Pewnie, że byłoby dobrze − odpowiedziała Pestka, dziwiąc się, że przedtem nie przyszło jej to do głowy. − Ale trzeba by mieć gazę i bandaż.

− Przyniosłam − szepnęła Ula, otwierając koszyczek, z którym rzadko się rozstawała. − Gaza, wata, bandaż i trochę maści... Daj mu to.

− Dlaczego ja mam mu to dać? − zdziwiła się Pestka. − Nie możesz sama?

− Proszę cię!...

– Ach ty, Ula! – roześmiała się z pobłażliwością Pestka. Znała dobrze nieśmiałość przyjaciółki i nieraz musiała przychodzić jej z pomocą. Wzięła przyniesione paczuszki, zawróciła na polanę i położyła Zenkowi na kolanach.

– Masz, Ula przyniosła, żebyś sobie zmienił opatrunek.

– Gdzie ona jest? – chłopak rozejrzał się wokoło.

– Nie ma jej, poszła do domu – roześmiała się Pestka i znowu zabrała się do roboty. Kiedy szałas był już prawie gotowy, odeszła i ona. Chłopcy zostali najdłużej: mieli poprawić kuchnię, zagotować wodę na herbatę i upiec kartofli, przyniesionych przez Julka. Herbaty dostarczyła Pestka.

Wracali, kiedy już było ciemnawo, obaj zmordowani, a mimo to zadowoleni. Julek miał podrapane ręce, nogi, kolana, nawet szyję, dłonie lepiły mu się żywicą. Nie przeszkadzało mu to wcale.

– Zenek to ma dobrze, prawda? – zagadnął Mariana, kiedy wyszli z zarośli na ugór pod dębem.

Marian zdziwił się.

– Dlaczego myślisz, że ma dobrze?

– Śpi w szałasie!... Chciałbym spać w szałasie! A ty?

– Ja także – przyznał Marian po chwili namysłu.

– W ogóle!... – westchnął z głębi serca Julek. – Jeździ, gdzie mu się tylko podoba, i rodzice mu na to pozwalają!

– Skąd wiesz, że pozwalają?

– Pytałem go, ty właśnie poszedłeś po paliki... Ten wujek już od paru lat nie pisze listów, więc Zenek powiedział w domu, że musi do niego pojechać i dowiedzieć się, co i jak. Postanowił sobie, że go znajdzie, kapujesz? Postanowił sobie! – podkreślił mały z uznaniem. – Więc ojciec dał mu forsy, no i Zenek pojechał.

– Dał mu forsy? – zdziwił się Marian. Nie wiadomo dlaczego wyobrażał sobie, że to wszystko musiało odbyć się jakoś inaczej.

— Dał! — Julek powiedział to słówko z goryczą; pamiętał, jak trudno było mu wyprosić od rodziców parę groszy. — Ciebie rodzice nie puściliby autostopem, prawda?

— Pewno, że nie.

— No właśnie. Mnie też, mowy nie ma. A poza tym... Kogo ja miałbym szukać? Ja nikogo takiego nie mam! — westchnął Julek, przejęty zazdrością nie tylko o ojca, który tak dobrze rozumiał potrzeby syna, ale i o wujka, który był w Indiach i który potem znikł z oczu rodziny.

— No, ale namęczył się on nieźle przez te dwa tygodnie — zauważył Marian.

— Ba! Pewno! Ale przez dwa tygodnie jeździł, chodził, łaził, gdzie mu się tylko podobało, nikt mu nic nie mógł kazać. Nikt go nie pilnował, nikt nie mówił: wstań, śpij, nie śpij, umyj się, zjedz, nie zjedz! Masz pojęcie, jakie on musiał mieć przygody przez ten czas? Ale dla niego to mięta, on się nie boi nikogo, zupełnie jak dorosły.

To, co mówił Julek, brzmiało dziecinnie, ale Marian doznał nagle uczucia, że życie, które wiódł do tej pory i które mu zupełnie wystarczało, jest dziwnie nieciekawe. Wiadomo, jak się każdy dzień zacznie i jak się skończy, i że w żadnym z tych dni nie zdarzy się nic niezwykłego. A jeżeliby się nawet zdarzyło, to czy on, Marian, potrafiłby wykazać taką siłę woli i odwagę, jak tamten chłopak? Pomyślał, że chyba nie — i poczuł pretensję do samego siebie.

— Ale Zenek... — rzekł z namysłem — on wcale nie jest zadowolony. Jakby się ciągle o coś złościł.

— Każdy byłby zły, gdyby miał taką historię z nogą — wyjaśnił bez wahania Julek. — A poza tym śpieszy mu się do tego wujka, on go bardzo lubi. Dobrze, że się na nas napatoczył, prawda? Bez nas to by z nim mogła być krewa! — dokończył z dumą, że bierze udział w ostatecznym, krytycznym momencie przygód nowego przyjaciela.

Tak, to niewątpliwie była poważna pociecha – także i dla Mariana. Przypomniał sobie, czego dokonali dziś na wyspie, i pomyślawszy o czekającej ich jeździe do Strykowa – poczuł, że dobry humor mu powraca.

Na drugi dzień Pestka, Ula, Marian i Julek poszli na wyspę razem. Zenek czekał na nich nie na polanie, jak się tego spodziewali, ale przy brzegu.

– Dlaczego spacerujesz? – zakrzyknęła Pestka, zeskakując z kładki. – Przecież ci nie wolno!

– Nic mi nie będzie.

– Zmieniłeś opatrunek?

– Aha. – Rzeczywiście, stopa Zenka bieliła się czystym bandażem. Nie był założony umiejętnie, trzymał się jednak jako tako. Na bandaż, tak jak poprzedniego dnia, nałożony był przyniesiony przez Julka stary dziadkowy pantofel.

– Krew ci już nie leci? – spytał Marian.

– Nie.

– Mamy mnóstwo dobrych rzeczy! Powiedzieliśmy babce, że nie wracamy na obiad, dziewczyny też mogą zostać długo, zrobimy ucztę! – wołał z entuzjazmem Julek. Był obładowany puszkami po konserwach, torbą z kartoflami, a jego kieszenie napęczniały od dziwnych niekształtnych przedmiotów. Marian niósł litrową butlę z mlekiem, ogórki i nieznanego kształtu menażkę.

– Ja mam czereśnie! – powiedziała Pestka. Ula nie mówiła swoim zwyczajem nic, chociaż i ona miała się czym przyłączyć do „uczty": przyniosła w swoim koszyczku cukier i herbatę oraz plastikową płaską szklaneczkę, którą przed wyjazdem dostała od ciotek.

Korzystając z zamieszania, spojrzała na Zenka. Był dziś jakiś inny: jaśniejszy, czystszy. Włosy, najwidoczniej umyte, stały się połyskliwe, jeden miękki kosmyk ładnie opadał na czoło. Kiedy go odgarnął do tyłu, zauważyła wyczyszczone porządnie paznokcie.

Te wszystkie zmiany zrobiły na Uli silne wrażenie. Poczuła lęk, czy się nie zdradzi, nie chciała za nic, by sobie ktokolwiek uświadomił, że ona je w ogóle dostrzega, i odwróciła się szybko w stronę rzeki. Nie było to zresztą potrzebne, i tak nikt nie zwracał na nią uwagi. Chłopcy otoczyli Zenka, Pestka również patrzyła na chłopaka.

„On wcale nie jest brzydki — pomyślała ze zdziwieniem. — A brwi ma ładne, nawet bardzo ładne".

— Dunaj płynie — odezwała się Ula.

Rzeczywiście, pies płynął wolno i pracowicie przez ciemny nurt, zwracając spojrzenie w stronę dziewczyny. Pestka spojrzała na niego przelotnie, chłopcy nie zainteresowali się nim wcale. Dunaj wylazł z wody i otrząsnął się mocno, rozsiewając naokoło setki kropel. Potem swoim zwyczajem znikł w krzakach, nie oglądając się, jakby nawet z Ulą nie miał nic wspólnego.

— Chodźmy — rzekł Julek, pragnąc jak najszybciej pokazać, co przyniósł. Kiedy znaleźli się na polanie, ukląkł na trawie i zaczął wyładowywać kieszenie.

— Widzisz? — pytał Zenka z dumą. — Widzisz? Nie będziemy już jedli kartofli bez soli, jak wczoraj. I gwizdnąłem babce maggi, do kartofli to jest bardzo dobre.

Oprócz soli w blaszanym pudełeczku i buteleczki z maggi, którym umazał sobie kieszeń i palce, Julek ustawił jeszcze na trawie trzy szklanki po musztardzie, paczkę nieco połamanych herbatników i stos kromek chleba z masłem.

— Fajnie, co? — zwrócił się do Zenka jeszcze raz, żądny pochwały.

— Fajnie — uśmiechnął się lekko tamten. — A co to za menażka? — spytał Mariana.

– Dziadek mi dał – odparł Marian. – To jest menażka wojskowa. Stara jak świat, z pierwszej wojny światowej.

– Dobra jeszcze – wyraził uznanie Zenek, obejrzawszy menażkę i jej pokrywkę. – Na takim dekielku można smażyć ryby.

– Umiesz smażyć ryby? – zdziwił się Julek.

– I smażyć, i łapać.

– Na wędkę?

– Tak.

Julek rzucił na Mariana i dziewczyny wyraziste spojrzenie, które miało im uświadomić, że Zenek okazuje się coraz bardziej niezwykły. Oni zresztą pomyśleli to samo. Nie powiedzieli jenak nic, nikomu nie jest miło przyznać się, że czegoś ważnego nie umie. Marian poszedł z menażką po wodę, dziewczęta, narwawszy dorodnych liści dzikich malin, układały na nich przyniesione zapasy, a Julek szybko pobiegł po chrust na rozpałkę.

„Polowa kuchnia" wyglądała już inaczej niż wtedy, kiedy Ula parzyła Zenkowi miętę. Każda ścianka składała się z czterech cegieł, pęknięcia wypełniono gliną, palenisko było wyrównane. Zenek wymiótł zeń nagromadzony poprzedniego dnia popiół i kiedy Julek rzucił na ziemię naręcze gałązek, zaczął je układać w zgrabny stos.

– Słuchaj – przypomniało się nagle Julkowi – to ty paliłeś tutaj ognisko, prawda?

– Kiedy?

– No, dwa dni temu, wieczorem.

– Ja! – Zenek uśmiechnął się, co nie zdarzało mu się często, i po chwili dodał od niechcenia: – Widziałem was... ciebie i Mariana.

– Widziałeś nas? – zdumiał się Julek. – Byłeś tu na wyspie, jakeśmy przyszliśmy po scyzoryk?

– Byłem. Siedziałem w krzakach.

– To czemu się nie odezwałeś? – zdumiał się Julek.

– Bo nie. Nie chciało mi się.

– Ale dlaczego? – Julek zupełnie nie mógł tego pojąć. – Dlaczego?

Zapytany nie odpowiadał. Pestka roześmiała się lekko.

– Mówiłam już, że Zenek lubi być tajemniczy – odezwała się do Julka, mając nadzieję, że Zenek zaprotestuje i wyjaśni, z jakiego powodu tak się ukrywał. Zenek jednak, zajęty rozpalaniem ogniska, nie zareagował na zaczepkę ani jednym słowem. Po jakimś czasie, usłyszawszy ciche ptasie podzwanianie, uniósł głowę i powiedział:

– Zięba. Szuka żeru na ziemi.

– Skąd wiesz? – spytała Pestka. – Przecież jeszcze tego ptaka nie widzisz.

– Co z tego? Znam głos.

– A jakby nie szukał żeru, toby miał inny głos? – zainteresował się Julek.

– Inny. Podzwania tylko wtedy, kiedy żeruje. Zaraz ją zobaczycie.

Ptak jednak umilkł i zdawało się, że wcale go w pobliżu nie ma. Zenek patrzył w krzaki, czekając. Po chwili wyfrunął spomiędzy gałązek śliczny ptaszek z rudawym brzuszkiem i szarozielonym grzbietem; chodził w trawie o parę kroków od nich, odzywając się co chwila monotonnym, czystym głosikiem.

– Wcale się nie boi – zauważyła ze zdziwieniem Pestka.

– Zięby nie są płochliwe – rzekł Zenek.

– To zięba? – dowiadywał się Marian, który właśnie nadszedł z menażką pełną wody. Lubił wszystko wiedzieć na pewno.

– Tak – powiedział Zenek i po chwili dodał: – Tutaj jest dużo ptaków, na tej wyspie. Widziałem mnóstwo sikorek, dzikiego gałębia, zielone dzięcioły. Zielone dzięcioły są bardzo rzadkie.

— Gdzie je widziałeś? — dopytywał się Julek z błyszczącymi oczami. — Tu, na polanie?

— Tu. Ale jak się rozmawia, to one się nie pokazują. W ogóle najwięcej ptaków widzi się rano, po wschodzie słońca.

— Słyszysz, Marian! — szepnął z żalem Julek. — Jakbyśmy spali w namiocie, tobyśmy zobaczyli!

— Rano to szpaki się tak kąpią, jak wróble — uśmiechnął się Zenek. — Patrzyłem dziś z pół godziny, co wyprawiały.

Julek nigdy nie widział kąpiących się szpaków. Westchnął cicho, jeszcze raz pozazdrościwszy Zenkowi; wiedział dobrze, że babka na żadne nocowanie poza domem nie pozwoli.

Marian, Pestka i Ula, nic nie mówiąc, wodzili wzrokiem po drzewach i krzakach, jakby spodziewając się, że ptaki, o których mówił Zenek, ukażą się od razu ich oczom. Nie ukazały się jednak. Mimo to wyspa, w której gąszczu zechciały zamieszkać, wydała im się jeszcze ciekawsza i piękniejsza niż dotychczas.

Przygotowanie „uczty" wymagało sporo czasu i wysiłku, bo nie tylko trzeba było zagotować wodę na herbatę (właśnie do tego użyto wojskowej menażki), ale także upiec kartofle, co, jak wiadomo, wymaga nagromadzenia dużej ilości żaru. Załoga nakręciła się więc niemało, ściągając paliwo ze wszystkich stron wyspy, tym bardziej że należało przygotować je na zapas, żeby Zenek mógł bez trudu palić ognisko wieczorem, kiedy już zostanie sam. W końcu wszystko jednak było gotowe i przystąpiono do jedzenia. Obok trzech szklanek po musztardzie Ula postawiła swój zielony kubeczek, a że Pestka, jak się okazało, przyniosła filiżankę — każdy miał swoje własne naczynie do picia, co nadało wspólnemu posiłkowi charakter bardzo uroczysty.

— Bierz — mówił Julek, podsuwając chleb Zenkowi i nie dbając wcale, że najpierw powinny sięgnąć po jedzenie dziewczęta.

One zresztą nie obraziły się o to, uważały tak samo jak chłopcy, że Zenek jest gościem i główną osobą, i zależało im, żeby przede wszystkim on najadł się jak należy. Tymczasem Zenek, ku niemałemu zdziwieniu załogi, oświadczył najpierw, że nie jest głodny, bo jadł swój chleb, który mu został z wczorajszego dnia, a potem — kiedy Julek zakrzyknął swoje „zwariowałeś czy co?" i kiedy wszyscy zaczęli go gwałtownie zapraszać — sięgał po najmniejsze kawałki i pogryzał je powoli i bez zainteresowania.

Tymczasem Dunaj, który niedawno pojawił się na skraju polany i leżał tam pod krzakiem, podniósł się i podszedłszy parę kroków, stanął bez ruchu — jak cierpliwy żebrak, który nie śmie upominać się o datek, ale ma nadzieję, że w końcu się go jednak doczeka. Ula odłamała kawałek chleba i rzuciła mu. Pies uskoczył lekko w bok, ale zaraz zawrócił i wywęszywszy jedzenie, połykał je szybko, patrząc bez przerwy na dziewczynkę.

— Prosi o więcej — roześmiała się Pestka. Zamachnęła się mocno i rzuciła Dunajowi pół kartofla. Pies podkulił ogon i odbiegł aż pod krzaki.

— Głupi ten Dunaj, prawda? — spytał Julek. — Pestka rzuca mu jedzenie, a on ucieka.

— On nie jest głupi, on jest mądry — powiedział Zenek. — Zobaczył, że Pestka podniosła rękę, i to mu wystarczyło. Jak ktoś chce rzucić w psa kamieniem, podnosi rękę w taki sam sposób, i on to sobie zapamiętał. Musiał nieraz dostać kamieniem.

Julek, Marian i Pestka, którzy dotąd nie zajmowali się Dunajem prawie wcale, spojrzeli teraz na niego z takim zainteresowaniem, jakby to był jakiś niezwykły okaz.

— Ale jak Ula rzuciła chleb, to on się przestraszył dużo mniej, tylko tyle, że się trochę cofnął — rzekła Pestka.

— Bo nie wzięła takiego rozmachu jak ty. A poza tym ona już parę razy dawała mu jeść.

— Skąd wiesz? — zdziwiła się Pestka.

— Mówiła mi... — odrzekł nie od razu Zenek.

Ula, która w czasie tej wymiany zdań miała głowę spuszczoną, podniosła ją i rzuciła na chłopca szybkie spojrzenie. Więc pamiętał! Dlaczego w takim razie wcale się do niej nie odzywa, dlaczego na nią nie patrzy? Teraz także miał oczy zwrócone w inną stronę.

— Ale z ręki jedzenia nie weźmie — rzekł Marian. — Nawet od Uli.

— Weźmie — odpowiedział Zenek.

— Skąd wiesz? — zainteresował się Julek.

— Trzeba tylko cierpliwości.

— Ula, spróbuj! — zakrzyknął Julek i podał jej kawałek chleba z masłem. Marian i Pestka także byli zaciekawieni i patrzyli uważnie na psa, który tymczasem wrócił na swoje dawne miejsce.

— Dunaj! — zawołała z cicha Ula, wyciągając do niego rękę z chlebem. — Dunaj, chodź!

Pies zbliżył się o krok — i stanął. Po chwili wyciągnął łeb w stronę ręki dziewczyny i nawet zaczął machać ogonem, ale widać było, że bliżej nie podejdzie.

— Boi się nas — odezwał się Zenek. — Jesteśmy za blisko.

— I po raz pierwszy od tamtej rozmowy, zwracając się do dziewczyny, powiedział cicho: — Idź z tym chlebem trochę dalej.

Ula wstała i kucnęła w trawie z dala od ogniska. Dunaj cofnął się, nie przestawał jednak śledzić jej ruchów. Zenek polecił dziewczynce, żeby położyła chleb na dłoni, wyciągnęła ją i trzymała bez ruchu.

— Tak, teraz dobrze — oświadczył, kiedy zastosowała się do jego wskazówek. — Wołaj go, ale cicho i spokojnie.

— Dunaj... — mówiła Ula monotonnie, a równocześnie serdecznie. — Chodź, Dunaj, no chodź, piesku, nie bój się...

Pies, który na chwilę znowu nerwowo się cofnął, zbliżył się do dziewczyny krokami wprawdzie ostrożnymi i powolnymi, ale bez wahań. Wyglądało, że tym razem na pewno już sięgnie po ofiarowane mu jedzenie.

— Dunaj — nie przestawała przywabiać Ula — Dunaj...

Był już bardzo blisko, tak blisko, jak nigdy dotąd; Pestka i chłopcy, którzy śledzili każdy ruch zwierzęcia, zauważyli to doskonale. Nagle, na krok przed wyciągniętą ręką, stanął bez ruchu, jakby niespodziewanie wyrosła przed nim nieprzekraczalna przeszkoda.

— No chodź — mówiła Ula — nie bój się, chodź.

Spojrzał na nią bezradnie i machnął parę razy swoim biednym, ciężkim ogonem, jakby przepraszając za brak zaufania. Nie ruszał się jednak, tylko po chwili oblizał nerwowo wargi.

— Nie weźmie — rzekła cicho Ula, nie zmieniła jednak pozycji. — Rzucić mu?

— Nie — równie cicho odpowiedział Zenek. — Wyciągnij rękę troszkę dalej. Ale powoli, bardzo powoli.

Pochyliła się lekko do przodu, wysunięta dłoń zbliżyła się do Dunaja o parę centymetrów. Zauważył to i nagle, obnażywszy zęby, rzucił się naprzód tak gwałtownie, jakby chciał ugryźć wyciągniętą rękę. Zanim ktokolwiek z patrzących zorientował się, co się stało, odbiegł na bok i położywszy na ziemi schwytany kąsek, rozejrzał się, czy nic mu nie grozi. Uspokojony — zaczął rozgryzać twardą skórkę. Ula patrzyła na psa ze wzruszeniem.

— Mówiłem, że weźmie — odezwał się Zenek.

— Myślałam, że Ulę ugryzie! — krzyknęła Pestka, bardzo przejęta tym, co zaszło.

— Pokazał całe zęby, prawda? — zdumiewał się Julek. — Ja też byłem pewny, że ugryzie.

— To dlatego, że ma jeszcze mało zaufania — rzekł Zenek. — Pies, który się nie boi, b i e r z e jedzenie. A on r z u c i ł s i ę na nie jak na zdobycz w czasie polowania. Bał się, że mu ucieknie.

— Jak się przestanie bać, to musimy mu wystrzyc ogon — rzekł Marian.

— Do tego trzeba nożyc — mruknął Zenek.

Pestka, która dwa dni wcześniej śmiała się z Uli, że ta nie brzydziłaby się tym zająć, oświadczyła od razu, że gospodarz, u którego mieszkają z matką, ma nożyce do strzyżenia owiec i ona mogłaby je pożyczyć.

— Ale nam chyba pomożesz? — zwrócił się do Zenka Julek.

— W czym?

— No, w tym strzyżeniu.

— Mnie tu przecież nie będzie... — rzekł Zenek.

Załoga zamilkła. Wszyscy czworo mieli uczucie, że nigdy jeszcze nie było im na wyspie tak dobrze jak dziś. A jak Zenek odejdzie... Na ich radość padł cień.

Wyprawa na rowerach

Marian i Julek mieli początkowo wyruszyć do Strykowa bardzo rano, po namyśle doszli jednak do przekonania, że mogłoby to wywołać niepotrzebne pytania ze strony dziadków. Bezpieczniej było wyjść z domu tak jak zwykle, to znaczy koło ósmej, niczym nie podkreślając, że wybierają się gdzieś dalej, a nie nad rzekę.

Rower Antka, po odwiezieniu Zenka na wyspę, został natychmiast zwrócony i Marian mógł go zabrać od właściciela dopiero przed odjazdem. Taką samą umowę miał z Grzesikiem Julek. Chłopcy wstali wcześniej i, wcale się nie umówiwszy, starali się wypełnić wzorowo wszystkie czynności, których o tej porze dnia wymagała od nich babka. Żądanie „poprawek", na przykład zamiecenia pokoju drugi raz albo lepszego wymycia szyi, mogłoby opóźnić wyjazd i spowodować trudności. Groźna też była możliwość jakichś nieprzewidzianych poleceń, toteż starali się jak najmniej nasuwać babce na oczy. Ona jednak, bystra jak zawsze, zauważyła te manewry i spoglądała na chłopców z lekką podejrzliwością.

— Co wy takie ciche? — spytała w jakiejś chwili. — Pewnoście coś przeskrobali?

— My? — Julek otworzył szeroko niewinne oczy. — My nic! — I pomyślał z ulgą, że kubek po mleku, pozostawiony jeszcze przedwczoraj w krzakach pod gruszą, udało mu się niepostrzeżenie przynieść do domu z powrotem.

— Skocz no do spółdzielni po kawę — rzekła babka.

— Po kawę? — głos Julka zabrzmiał takim zdumieniem, jakby polecono mu kupić w spółdzielni ciężarówkę albo fortepian.

— Wczoraj był remanent — przypomniał Marian, kończąc słanie łóżka.

— Wczoraj był remanent! — ucieszył się Julek.

— Wczoraj było wczoraj, a dzisiaj jest dzisiaj. — Babka wręczyła Julkowi pieniądze. — Kawa z młynkiem, za złoty sześćdziesiąt.

— My wolimy mleko! — spróbował jeszcze raz Julek. Bez powodzenia, bo babka oświadczyła spokojnie, że jednakowoż ona woli kawę. Trzeba było iść.

Przy śniadaniu Julek kopał Mariana, żeby go skłonić do pośpiechu, co nie dawało większych wyników, bo Marian lubił odżywiać się gruntownie. Ponadto babka stanęła obok nich przy stole i oświadczyła, że Julek nie wstanie, dopóki nie zje leżących przed nim pajdek chleba. Sama je przedtem ukrajała i posmarowała, oznajmiając, że Julek przyjechał chudy jak hak, a ona nie ma życzenia, żeby po wakacjach u dziadków wyjeżdżał jeszcze chudszy.

— Ale jestem silny! — zawołał Julek, zrywając się i napinając mięśnie jak bokser. — Niech babcia pomaca.

— Siadaj — rzekł Marian. — Nie wygłupiaj się.

— Siadaj! — rzekła babka, nie poświęcając bicepsom Julka żadnej uwagi. — Doleję ci mleka.

Wreszcie jednak można było wepchnąć kolanem stołki pod stół i szurnąć na podziękowanie nogami, jak to było u dziadków wymagane.

— Idziecie nad wodę? — spytała babka. Byli już na progu.

— Aha! — odpowiedział Julek. Marian spojrzał na niego przelotnie, marszcząc brwi. Wyszli szybko.

— Więc co miałem babce powiedzieć? — spytał obronnie Julek, kiedy znaleźli się na drodze. Zauważył, że Marian jest zły.

Marian milczał. Wyprawę do Strykowa należało zachować w tajemnicy, to oczywiste, skoro już raz obiecali Zenkowi, że nic nikomu nie będą mówić. Nie lubił jednak kłamać i wolałby, żeby babka nie zadała swego pytania, a Julek nie udzielał wykrętnej odpowiedzi. Na to nie było już jednak żadnej rady.

– Wielka mi nadzwyczajność, dwadzieścia kilometrów rowerem! – zlekceważył sprawę Julek. – Nikt się nawet nie spostrzeże, gdzieśmy byli!

W środku wsi rozstali się. Marian szedł do Antka, z którym mieli obniżyć siodełko i napompować dętkę, a Julek do Grzesika.

– Nie zapomniałeś znaczków? – spytał na odchodnym Marian. Czuł się za Julka odpowiedzialny.

– Ale skąd!

Julek zastał małego Edzia przed jego domem na środku drogi, ocienionej przez kasztany. Było to miejsce wilgotne i zapadłe, kałuże utrzymywały się tu dłużej niż gdzie indziej. Edzio wraz z młodszą od niego siostrą Hanią przekopywał kanał między jedną kałużą a drugą. Zauważył nadchodzącego Julka, nie przerwał jednak roboty.

– No? – spytał niecierpliwie Julek. – Mnie się śpieszy.

Edzio kopał dalej.

– Ruszaj się! Gdzie masz rower?

Edzio wyprostował się, ale milczał i patrzył w ziemię. Jego pucołowata blada twarz wyrażała niepewność.

– Nie... – rzekł z wolna. – Nie pożyczę ci...

– Zwariowałeś? – zdumiał się Julek.

Edzio odął wargi z wyrazem tępego oporu.

– Przecież się umówiłeś!

– No to co? – spytał gnuśnie Edzio i zwrócił się ku Hani: – Przekopiemy teraz do łąki, niech spłynie.

– Edek! – wrzasnął Julek.

– Czego chcesz?

— Umawiałeś się czy nie?

— To co, że się umawiałem? Nie opłaci mi się pożyczać.

— Ty świnio! — krzyknął Julek przez łzy. Ogarnęła go wściekłość. Rzucił się ku Edkowi z pięściami, ten uskoczył na brzeg drogi, Julek dopadł go tam i przewróciwszy na ziemię, grzmocił pięściami. Hania, przestraszona, pobiegła w stronę domu, ale zaraz zawróciła i ze złością w okrągłej, śmiesznej buzi usiłowała złapać Julka za nogę. Pomoc nie była zresztą Edkowi potrzebna. Niezgrabny, ale znacznie od Julka silniejszy, zdołał wreszcie złapać napastnika za ręce i trzymał je teraz, sapiąc głośno. Julek patrzył na niego z zaciętością.

— Dam ci tego Izraela — rzekł z pogardą, ochłonąwszy nieco. — Miej go sobie, jeżeli jesteś taki.

Edek wzruszył ramionami. Puścił ręce Julka i znowu patrzył na ziemię.

— Nie wystarcza ci? — pytał Julek. Jego pogarda wzrosła. — Więc czego jeszcze chcesz?

Postanowił poświęcić się dla dobra sprawy, ale nie miał zamiaru ukrywać, że zerwanie umowy uważa za nikczemność.

— Ja i tak nie pożyczę ci roweru — powiedział Edek.

— Dlaczego? — krzyknął Julek.

— Bo... — zaczął Edzio i przerwał.

Julek zrobił w myślach przegląd swoich znaczków. Przełknął ślinę i rzekł bohatersko:

— Jeżeli chcesz Gwatemalę... no to ci dam.

Edek milczał. Było w jego twarzy coś takiego, co Julka nagle bardzo zdziwiło: zupełnie jakby Edek się wstydził. Spytał jeszcze raz, teraz już nieco spokojniej:

— Dlaczego mi nie chcesz pożyczyć?

— Bo nie — wystąpiła nagle Hania, zła, że przez Julka Edek przerwał zabawę. — Bo mama mówi, że ty zepsujesz albo zgubisz. Wtedy co? Szukaj wiatru w polu! — Rozłożyła ręce ruchem osoby dorosłej, doskonale świadomej, że szukanie wiatru w polu jest zajęciem bezsensownym.

Julek odwrócił się do Hani plecami, rozmawiać z tym dzieciakiem było poniżej jego godności.

— Przecież ja jadę z Marianem! — mówił do Edka, wkładając w słowa całą duszę. — A Marian jest jak dorosły, wiesz? Babka daje mu pieniądze i on wszystko załatwia, nawet w Łętowie. W ogóle!... Więc nie tylko ja będę pilnował, on także!

— Wszystko jedno, mama nie da — odrzekł ponuro Edek. Julek poczuł się bezradny. Myśl, że ma się wyrzec jazdy do Strykowa, przyprawiała go o rozpacz.

— Mama mówi, że jak kto ma życzenie pożyczyć drogą rzecz, to musi dać zastaw — wmieszała się znowu Hania.

— Zastaw? — Julek nie zrozumiał.

Edek wzruszył niechętnie ramionami.

— No... coś drogiego — wyjaśnił, wstydząc się — że... gdybyś popsuł ten rower...

— A co ty masz, Julek? Ty nic nie masz! — zajazgotała Hania.

— Cicho bądź! — krzyknął na siostrę Edek. Umilkła obrażona i zdumiona takim obrotem sprawy.

Julek popatrzył na chłopca i klepnął go przyjaźnie po ramieniu.

— Zaraz tu wrócę! — zawołał, odbiegając. Zanim zniknął między domami, odwrócił się i wywalił na Hanię język — na całą długość.

— Pestka! — mówił po chwili, łapiąc powietrze ustami, tak był zdyszany. — Pestka, teraz wszystko zależy od ciebie.

— Dlaczego ode mnie? — w pięknych oczach Pestki zalśniło zdziwienie. — O co ci chodzi?

Siedzieli na pniaku do rąbania drzewa przed domem dziewczyny. Wysłuchała wzburzonej opowieści o Edku, Hani i ich mamie i zastanawiała się, co teraz będzie.

— Masz przecież zegarek!

— No to co? — zdziwiła się, nie rozumiejąc wcale związku między jej zegarkiem a pożyczką roweru. — Co z tego, że mam zegarek?

— To będzie ten zastaw, kapujesz? Daj mi go na parę godzin! Pestka nie odpowiedziała, jej myśli były spłoszone.

— No? — przynaglił Julek. — Nic mu się przecież nie stanie!

— Marian mógłby przecież jechać sam...

— Wykluczone, musimy razem. Jak Marian będzie chodził i pytał, to ja będę przy rowerach. I zresztą ja pierwszy powiedziałem, że chcę jechać do Strykowa. Ja pierwszy! Więc się nie bój i daj.

— Wcale się nie boję — rzekła pośpiesznie Pestka, czując, że kłamie. Bała się o swój zegarek! Lubiła go tak strasznie, miała go zaledwie od paru miesięcy! Jeżeli z pożyczonym rowerem coś się stanie, to mama Edzia gotowa zegarka nie oddać. Nie, nie można się narażać na coś podobnego.

— Wcale się nie boję — powtórzyła jeszcze bardziej porywczo. — Ale naprawdę uważam, że Marian może jechać sam. Na pewno wszystko doskonale załatwi.

Julek podniósł na nią oczy pełne niedowierzania.

— Więc nie dasz? — spytał załamującym się głosem. — Naprawdę nie dasz? A ja myślałem...

Zrozumiała nagle, że liczył na nią jak na dobrego kolegę, jak chłopak na chłopaka. Nie przyszło mu w ogóle na myśl, że w ważnej chwili Pestka może zawieść.

— Weź! — odpięła szybko pasek zegarka i podała go chłopcu. — Tylko pamiętaj, nie zgub, nigdzie z nim nie lataj!

— Zwariowałaś? — odpowiedział poufale Julek, odzyskując błyskawicznie dobre samopoczucie. — Idę prosto do Edka, a potem zaraz jedziemy.

Zawróciła ku domowi, ale pod drzwiami zatrzymała się nagle. Mama... Co będzie, jak zauważy brak zegarka i zapyta?

Nie można tej sprawy wyjaśnić bez wspomnienia o Zenku! A na pewno zauważy, nie ma się co łudzić, nieraz przecież zwraca córce uwagę, że pasek od zegarka trzeba zapinać dokładnie, czasem pyta o godzinę, żeby sprawdzić ze swoim...

Pomysł wybrnięcia z sytuacji zjawia się, kiedy Pestka mija sień: wisi tam na wieszaku cienki sweterek, trzeba go tylko przerzucić przez lewą rękę...

— To ja już pójdę, mamo — mówi, wchodząc do pokoju — do Uli, a potem nad wodę.

— Dobrze, że wzięłaś sweter — odpowiada matka. — Dzisiaj znowu jest chłodnawo.

— Tak... — Słówko brzmi niepewnie, niejasno... Pestka odwraca oczy, wzięła sweter tylko po to, żeby ukryć przegub ręki, na którym nie ma zegarka. Czuje się nieprzyjemnie, w dodatku musi załatwić jeszcze jedną „sprawę", nie zdradzając się przed matką, o co właściwie chodzi: musi zdobyć jakieś jedzenie dla Zenka. Na wyspie są jeszcze kartofle, ale to przecież nie dosyć. Poprzedniego dnia poszło łatwo, pogoda była piękna i matka chętnie przystała na to, żeby dać Pestce zapasy i pozwolić jej wrócić do domu później niż zwykle. Dziś jest chmurno i kto wie, czy nie będzie padał deszcz.

— Mamo, daj mi parę kanapek z kiełbasą — mówi Pestka, starając się, żeby to zabrzmiało jak najbardziej zwyczajnie.

— Nie możesz siedzieć nad wodą zbyt długo, moje dziecko — protestuje matka, tak jak to Pestka przewidziała. — Wracaj na obiad o normalnej porze.

— Wrócę, oczywiście, ale po pływaniu to się strasznie chce jeść!

Matka uśmiecha się serdecznie i, utykając lekko po niedawnym złamaniu nogi, odchodzi do kuchni, żeby przygotować córce drugie śniadanie. Wreszcie obdarowana nie tylko kanapkami, ale także ogórkiem i cukierkami Pestka wybiega z domu i znalazłszy się poza zasięgiem spojrzenia matki, która odprowadziła ją na ganek – oddycha z ulgą. Udało się, ale przyjemnie nie było...

Zenek, tak jak poprzedniego dnia, czekał na brzegu. Ledwo Pestka i Ula ukazały się na kładce, spytał szybko:
– Pojechali?
– Pojechali! – odkrzyknęła Pestka. – Ale niewiele brakowało, a Julek byłby został!
– Dlaczego? – zaniepokoił się Zenek.
Pestka, śmiejąc się, zdała sprawę z przeżyć Julka w związku z niespodziewanym żądaniem mamy Edzia.
– Całe szczęście, że Julkowi przypomniał się ten mój zegarek! – zakończyła. Tak, teraz, kiedy mogła o tym Zenkowi opowiedzieć, była naprawdę rada, że mały właśnie do niej zwrócił się o pomoc i że mu jej nie odmówiła.
Zenek spojrzał na nią uważnie.
– Nie bałaś się pożyczyć?
– Ale skąd! – i dziewczynka roześmiała się serdecznie.
Ula uczuła żal do losu, że nie posiada nic cennego. Zresztą gdyby nawet coś takiego miała w rozporządzeniu i postąpiła tak jak Pestka, nikt by się o tym nie dowiedział, chyba przypadkiem; ona sama nie powiedziałaby ani słowa. Swoboda przyjaciółki jeszcze raz wydała się Uli czymś niedościgłym.
– Jak twoja noga? – spytała Zenka Pestka.
– Lepiej.
– Myślisz, że się będzie goić?
– Myślę.
Pestka roześmiała się znowu.
– Przyznaj się, Zenek, z wypracowań z polskiego to ty musisz dostawać same dwóje, prawda?
– Dlaczego?

— Poznaję po twoim stylu: „Lepiej — gorzej", „tak — nie", „poszedłem — przyszedłem", „chcę — nie chcę". Żadnego rozwinięcia!

— Ja gadać nie lubię.

— To się daje zauważyć bez wielkiego trudu!

Zenek nie odrzekł już nic. Przeszli na polanę, w chwilę potem spomiędzy krzaków wstał Dunaj i popatrzywszy z dala, czy nie szykuje się jakieś jedzenie, ułożył się w trawie do spania.

— Rozpalimy ognisko — zdecydowała Pestka, nie pytając nikogo o zgodę. Paliwa było już mało, najpierw trzeba więc było nazbierać gałęzi. Zenek, kuśtykając, również brał udział w tej pracy, chociaż Pestka twierdziła, że to nie ma sensu, a i Ula odważyła się powiedzieć cicho, żeby siedział i czekał. Mruknął po swojemu „nic mi nie będzie" i z gąszcza, do którego nikt przedtem nie zaglądał, przyciągnął parę wielkich sosnowych gałęzi, złamanych kiedyś przez wiatr i opadłych w rosnące pod drzewami krzaki. Kiedy Ula napełniła menażkę wodą i ustawiła ją na cegłach, rozpalił ogień; Pestka przykucnęła obok, Ula, oczywiście, nieco z tyłu. Przez dłuższą chwilę wszyscy troje przyglądali się w milczeniu, jak czarne gałązki objęte jasnym płomieniem stają się czerwone, przejrzyste i kruche, potem szarzeją i obracają się w popiół. Czasem, przed tym ostatecznym rozpadnięciem się, wystrzelał z nich niespodziewanie niebieski ogieniek — i to zawsze wydawało się zaskakujące i dziwne.

— Lubię patrzeć w ogień — odważyła się powiedzieć Ula.

— Ja także — rzekła Pestka. Spojrzała łobuzersko na chłopaka i, najwidoczniej mając już dosyć ciszy, rzekła ze śmiechem:

— Ogień ma w sobie coś tajemniczego. Jak Zenek.

— Ja? — odezwał się z grymasem niechęci w twarzy. — Zdaje ci się.

— Wcale mi się nie zdaje. Dotąd nie wiemy nawet tego, gdzie mieszkasz.

Zenek przyciągnął ku sobie sękatą gałąź i łamał ją z trzaskiem. Pestka przyglądała mu się z lekko kpiącym uśmiechem, czekając, co powie.

— Widzisz? — parsknęła śmiechem. — Teraz też nie chcesz powiedzieć.

— Mieszkam we Wrocławiu.

— We Wrocławiu? — zdumiała się Pestka. — To przecież bardzo daleko!

— Daleko — potwierdził, ciągle zajmując się ogniem.

— I z Wrocławia jechałeś autostopem aż tutaj?

— Tak.

Pestka odczuła zazdrość, tak jak przedtem Marian i Julek. Rodzice zapowiedzieli jej, że nie puszczą córki na taką wyprawę wcześniej niż po ukończeniu szkoły. Nie chciała się jednak przyznać do swoich uczuć, tylko cicho westchnęła.

— Byłam raz we Wrocławiu, jechaliśmy z tatą samolotem. Latałeś kiedy samolotem?

— Nie.

— A ja latałam dwa razy — odczuła zadowolenie, że przynajmniej tym może Zenkowi zaimponować. — Raz do Wrocławia, a potem do Szczecina. A co robi twój ojciec?

— Woda się gotuje — rzekła Ula.

— Co robi twój ojciec? — powtórzyła swoje Pestka. Zrozumiała doskonale, że Ula chce zmienić temat rozmowy i uważa jej zachowanie za niedelikatne, ona jednak nie miała zamiaru ustąpić. Przecież to naprawdę nie ma sensu tak się zachowywać jak Zenek!

— Ojciec ma warsztat samochodowy — mruknął chłopiec.

— A mój jest inżynierem — poinformowała go Pestka, choć wcale o to nie pytał. — A mama pracuje w biurze projektowym, a teraz ma urlop i jest ze mną w Olszynach. Nigdzie ze mną nie chodzi, bo niedawno zdjęli jej gips z nogi i nie wolno jej się męczyć. Ale wiesz... — zamyśliła się na chwilę —

wczoraj, jak mówiłeś o tych ptakach, to myślałam, że mieszkasz na wsi.

— Jeździłem na wieś. Do dziadka.

— A teraz już nie jeździsz?

— Nie.

— Dlaczego?

Zenek nie odpowiedział, był już wyraźnie zły. Tym razem Pestka zorientowała się, że należy skończyć z wypytywaniem się, i oświadczyła, że zaparzy herbatę.

— Przyniosłam — rzekła Ula i, sięgnąwszy do swego koszyka, wydostała paczuszkę herbaty oraz półkilową torebkę cukru.

— Po co tyle? — roześmiała się Pestka. — Wystarczyłyby dwie łyżeczki.

Ula wiedziała dobrze, że wystarczyłyby dwie łyżeczki... ale w sklepie takiej ilości nie sprzedadzą, ona zaś wolała kupić to, co było potrzebne, niż brać cokolwiek z domu. Nie przyznała się do tego nawet przed Pestką, zbyt przykro było powiedzieć, że w domu własnego ojca czuje się jak obca. O tym, żeby wynieść cokolwiek bez pytania, nie było mowy, a sama myśl, żeby poprosić o jakąś dodatkową porcję — drugie śniadanie czy podwieczorek — była dla niej nie do zniesienia. Poprzedniego dnia długo walczyła z sobą, zanim zdecydowała się wziąć z podręcznej apteczki doktora kawałek gazy, watę i bandaż; uznała jednak, że musi to zrobić, bo zaniedbanie opatrunku mogło być niebezpieczne, uspokoiła ją także myśl, że przy najbliższej sposobności odkupi w miasteczku to, co wzięła. Na szczęście miała trochę pieniędzy; ciotki, pragnąc, żeby nie czuła się uzależniona od ojca w każdym drobiazgu, dały jej na wyjezdnym kilkadziesiąt złotych na drobne wydatki.

Od chwili kiedy zdecydowano zająć się Zenkiem, Ula myślała z wdzięcznością o ich dobroci.

– Wszystko jedno – powiedziała do Pestki, podając torebkę.
– Niech zostanie na wyspie w naszym magazynie, może się jeszcze przyda.

Pestka zaparzyła herbatę i, rozłożywszy na papierze przyniesione kanapki, podsunęła je Zenkowi.

– Jedz, kiełbasa pierwsza klasa.

– Jadłem już śniadanie.

– Co jadłeś?! – zakrzyknęła gniewnie. – Nie zaczynaj znowu, tak jak wczoraj!

– Jadłem – powtórzył, wzruszając nieznacznie ramionami.

– Julek mi przecież kupił.

– Ale to jest bułka z masłem i kiełbasą, a nie chleb! Nie złość mnie i weź.

– Weź – rzekła Ula.

Sięgnął wreszcie i pogryzał niby od niechcenia. Dunaj, poczuwszy apetyczny zapach, wstał i czekał nieruchomo, jak zawsze. Pestka oświadczyła, że dzisiaj i ona spróbuje nakarmić psa z ręki. Starała się zachowywać tak jak Ula, położyła kawałek bułki na dłoni i, klęknąwszy, długo i cierpliwie wzywała Dunaja ku sobie. On jednak nie chciał się do niej zbliżyć. Lęk przed zetknięciem z obcym człowiekiem był w nim silniejszy niż głód.

– Trudno, niech Ula mu da – rzekła Pestka z lekkim podrażnieniem. Nie zdając sobie z tego sprawy, uważała za naturalne, że to jej, a nie Uli, wszystko udaje się lepiej.

Do Uli Dunaj podszedł dużo szybciej niż poprzedniego dnia i nie chwytał już chleba tak gwałtownie. Jednakże, kiedy po zjedzeniu paru kęsów spróbowała go pogłaskać – uskoczył lekko do tyłu.

– Na głaskanie jeszcze za wcześnie – rzekł Zenek. – Takie stworzenie oswaja się bardzo powoli.

Kiedy wypili herbatę, Pestka oświadczyła, że dość już mą siedzenia na miejscu i że trzeba popływać.

— Zenek przecież nie może pływać, a ja nie wzięłam kostiumu — zwróciła jej uwagę Ula.

— Ty gapo! — roześmiała się Pestka. — W takim razie popływam sama, a wy posiedzicie na brzegu.

Ula zawinęła resztkę kanapek w papier i wsunęła je między gałęzie szałasu. Poszli przez gąszcz na „plażę", jak nazywali maleńkie półkole piasku, miękko opadające ku wodzie. Pestka pływała jak szatan, czuła się w wodzie jak ptak w powietrzu, i sądziła, że Zenek to oceni. I choć nigdy by się do tego przed samą sobą nie przyznała, była trochę zła, że Ula nie jest z nią razem, chłopiec zobaczyłby wtedy, jak bardzo Pestka przewyższa swoją przyjaciółkę.

On jednak i tak zdawał sobie widocznie sprawę z wartości jej wyczynów, bo przyglądał jej się uważnie. Tak uważnie — jakby Uli wcale koło niego nie było. Nie zwrócił się w jej stronę ani razu, nie powiedział do niej ani jednego słowa.

Wreszcie kiedy Pestka wyszła na brzeg i ułożyła się koło nich na piasku, Zenek rzekł od niechcenia:

— Fajnie pływasz.

Ula poczuła, że ogarnia ją smutek. Zrobiła wielki wysiłek i powiedziała:

— Pływa najlepiej z całej naszej klasy.

Pestka parsknęła wesołym, serdecznym śmiechem. Pochwała Zenka, tak mocno podkreślona przez przyjaciółkę, pozwoliła jej odzyskać dobry humor, zmącony przedtem zachowaniem Dunaja.

Chmury, które rano zalegały sporą przestrzeń nieba, znikły, zaczynał się robić upał, piasek nagrzany słońcem promieniował ciepłem. Prąd wody, otaczający łuk plaży, przepływając w ciemną głębię pod korzeniami drzew, wydawał cichy, dziwny szmer. Pestka nasłuchiwała tego głosu przez dłuższą chwilę. Było jej tak dobrze!

— Wspaniała ta nasza wyspa — rzekła, odwracając się w stronę Zenka. — Prawda?

Nie odrzekł nic, spoglądał właśnie w niebo, mrużąc oślepione słońcem oczy.

— Co tak patrzysz?

— Nie wiem, która godzina... Pewno koło jedenastej.

Ula domyśliła się od razu, co miał na myśli, i czując nieco więcej śmiałości niż poprzedniego dnia, rzekła uspokajająco:

— Niedługo powinni nadjechać.

Pestka zdziwiła się niemile. Więc on zamiast cieszyć się, że tak jest dobrze i pięknie, rozmyśla o powrocie chłopców? Dlaczego to jest dla niego takie ważne? Ciekawość obudziła się w niej na nowo.

— Bardzo lubisz tego swojego wujka?

— Tak.

— To brat twojego ojca czy twojej mamy?

— Mamy.

— Twoja mama pracuje?

— Mama nie żyje — rzekł Zenek twardym, nieprzyjemnym głosem, jakby chcąc się w ten sposób odgrodzić od jakichkolwiek objawów współczucia.

Dziewczynki, wstrząśnięte, milczały chwilę, patrząc przed siebie i lękając się podnieść oczy na chłopca. Potem Ula, niepewna, czy Pestka nie wróci lekkomyślnie do swoich pytań, odezwała się nieśmiało:

— Julek mówił, że twój wujek jeździł do Chin czy do Indii.

— A jeździł — ożywił się niespodziewanie Zenek. Twarz mu się odprężyła, oczy nabrały pogodnego wyrazu. — Nawet dwa razy. Z Indii do Chin i z powrotem. Wuj Antoś. Był w czasie wojny w Rosji i stamtąd dostał się do Indii. I tam się zaciągnął na statek, chociaż wcale nie był marynarzem, tylko technikiem. Chcieli go koniecznie zatrzymać, ale on nie chciał.

Ula pomyślała, że nigdy jeszcze Zenek nie mówił tak swobodnie, jak w tej chwili.

Po raz pierwszy było widać, że rozmowa sprawia mu przyjemność.

– Dlaczego chcieli go zatrzymać? – spytała Pestka.

– Z nim zawsze tak – rzekł z dumą. – Jak już gdzieś pracuje, to nikt go nie chce puścić. Szanują go.

– Nie pokazałeś nam tego kompasu – przypomniała sobie Pestka.

– To jest pamiątka – wyjaśnił, wydobywając kompas z kieszeni. I wcale niepytany, dodał z własnej potrzeby: – Jak wujek wrócił do Polski, to ja się niedługo potem urodziłem. I wujek dał go mamie – dla mnie.

– Żebyś się nie zgubił! – roześmiała się życzliwie Pestka i, obejrzawszy błyszczący przedmiocik, podała go Uli.

– Wujek powiedział, że może będę marynarzem.

– Chciałbyś być marynarzem?

– Tak.

Ula oglądała kompas w skupieniu, rozumiejąc dobrze, że trzyma w ręku coś, co Zenek uważa za skarb. Ona także miała takie skarby.

Zapadło milczenie. Po twarzy Zenka przelatywał radosny, a zarazem niepewny uśmiech – jakby człowieka, którego szukał tak długo, miał już przed sobą i nie wiedział, jak go powitać.

– Julek gwiżdże – rzekła nagle Pestka. Chłopak zesztywniał w pełnym napięcia bezruchu.

– Gwiżdże – powtórzyła Pestka. – Wrócili.

Zenek szedł szybko, opierając się na swoim kiju, i chociaż trudno mu było stąpać normalnie, nie patrzył, gdzie stawia chorą nogę. Ula była obok, Pestka wybiegła nieco naprzód, ale zawróciła, żeby być razem: poczuła, że Zenek, a nie kto inny, powinien zobaczyć chłopców pierwszy. Zresztą już po kilkudziesięciu krokach Marian i Julek ukazali się między drzewami. Nadchodzili w milczeniu.

– Zenek! – krzyknął Julek. Coś w tym okrzyku zaniepokoiło nie tylko Zenka, ale także i Ulę. Nawet Pestka, mniej wrażliwa na takie rzeczy, zdała sobie sprawę, że mały jest nieswój – zupełnie jakby był winien i chciał za to przeprosić.

Podeszli jeszcze parę kroków i Zenek zatrzymał się nagle. Nie pytając o nic, patrzył na nadchodzących szeroko otwartymi oczami.

– Nie ma twojego wujka w Strykowie – powiedział Marian.

– Jak to, jak to nie ma? – zająknął się Zenek. – Jak to?

– Szukaliśmy – zaczął Marian.

Pestka przerwała mu gwałtownie:

– Byliście przy moście? Tam, gdzie budują most?

– Byliśmy, wiadomo.

– Sam pójdę do Strykowa! – krzyknął Zenek, uniósłszy się nagłym gniewem. – Pójdę i znajdę! Zobaczycie!

– Słuchaj... – odpowiedział Marian z wahaniem, przykro mu było odbierać chłopakowi ostatnią nadzieję. – W Strykowie w ogóle mostu nie budują. Mieli budować, ale plany się zmieniły i teraz robią jakieś wiercenia, pracuje pięciu robotników. I żadnego Antoniego Janicy nie znają.

Zenek bez słowa patrzył w ziemię. Po chwili, nie podnosząc głowy, odszedł między drzewa i zniknął za grubą topolą.

Julek i Pestka chcieli pobiec za nim.

– Nie! – szepnęła Ula. – Nie! Lepiej go zostawić samego.

Ruszyli odruchowo ku polanie. Kiedy mijali gąszcz, Ula zamarudziła chwilę i znalazła się na końcu. Pestka, Marian i Julek znikli jej z oczu, ona zaś zawróciła szybko i pobiegła w las, wypatrując chłopca. Zobaczywszy go pod sosną, zaczęła iść cicho i ostrożnie, niepewna, jak ma się zachować. Stał oparty o pień, musiał wcale jej kroków nie słyszeć, bo nawet nie drgnął, choć była zupełnie blisko. Podeszła jeszcze bliżej i, spojrzawszy w twarz chłopca, znieruchomiała. Serce biło jej mocno, zlękła się, że sam ten dźwięk zdradzi jej obecność. Po chwili zawróciła ostrożnie i oddalała się najciszej, jak tylko potrafiła. Nie powinien wiedzieć, że tu była.

— Gdzie się podziewasz? — spytała Pestka, zobaczywszy przyjaciółkę wchodzącą na polanę.

— Nie, nic — bąknęła Ula, z trudem opanowując drżenie ust. O tym, że Zenek płakał, nie powiedziała ani słowa.

Napaść

Że Zenek nie nadaje się na razie do żadnej rozmowy, to było oczywiste dla wszystkich. Oni sami czuli jednak potrzebę pomówienia o tym, co zaszło, i patrzyli wyczekująco jedni na drugich.

— Chodźmy lepiej na topolę — rzekła nagle Pestka. Rada była słuszna, Zenek mógł się tu pojawić w każdej chwili, a należało odbyć tę rozmowę bez niego. Zawrócili ku brzegowi, minęli kładkę i, wszedłszy na przewrócone drzewo, usiedli na znanych sobie dobrze gałęziach, odgrodzeni od świata gęstą koroną liści. Było to drugie miejsce, poza polaną, gdzie lubili się naradzać lub po prostu pobyć.

Julek usiadł najwyżej, prawie nad głowami innych, i nic nie mówiąc, zaczął kopać ze złością sterczący u jego stóp gruby sęk.

— Nie kop — rzekł Marian.

— Bo co?

— Bo śmiecisz. Kora leci na głowę — odezwała się Pestka.

— Wielkie rzeczy! — Ton Julka był kłótliwy.

— Oddałeś jej zegarek? — przypomniał Marian, jak zwykle pamiętający o wszystkim. — Oddaj, bo jeszcze zgubisz.

Julek podał Pestce zegarek i znowu zaczął machać nogami. Jego chuda, dziecinna jeszcze twarz, pokryta kurzem drogi i umazana zaschłymi strużkami potu, wyrażała głębokie rozgoryczenie. Pestce zrobiło się go żal.

— Nie martw się — powiedziała serdecznie. — Przecież to nie wasza wina, że nie znaleźliście Zenkowego wuja.

— Co z tego? — mruknął Julek. Nie było to dla niego żadną pociechą. Od chwili kiedy zdecydowano, że obaj z Marianem pojadą do Strykowa, Julek żył jak w gorączce. Zenek szukał wuja Antosia przez dwa tygodnie, ale kiedy zbliżył się najważniejszy moment, to właśnie Julek miał go zastąpić (no, oczywiście, razem z Marianem, ale zrobiłby to i sam, gdyby się tak złożyło). Było to przecież coś wspaniałego, coś, co trudno było sobie nawet wymarzyć. Jeżeli Julek miał jakieś zastrzeżenia, to tylko to, że Stryków jest położony za blisko. Byłoby daleko lepiej podróżować kilometrami, nocować w polu, no i w ogóle pokonać mnóstwo trudności. Ale i tak — to przecież nie byle co zjawić się nagle u kogoś dorosłego (kto w dodatku był w Chinach i kto się wcale tego nie spodziewa) i powiedzieć mu: „Proszę pana, przyjechaliśmy od Zenka. Zenek jest z nami. Ma chorą nogę, ale nic złego mu się nie stanie, bo my się nim opiekujemy. Musi pan do niego jechać, tam nie jest łatwo trafić, bo to nieznana wyspa, ale ja panu wszystko wytłumaczę...”.

Julek wyobrażał sobie bardzo dokładnie, jak wuj Antoś się zdziwi i ucieszy (tak go Julek w myślach nazywał, czuł się prawie jego siostrzeńcem) i jak się będzie o Zenka wypytywał. A potem wrócą i ledwo dopadną wyspy, krzykną Zenkowi: „Znaleźliśmy! Wuj Antoś dziś (lub lepiej jutro, żeby nie było za prędko) po ciebie przyjedzie!”. I wtedy Zenek nie tylko Mariana, ale i Julka, choć jest o tyle młodszy, uzna za kolegę. I zaprosi ich do Strykowa, będą się spotykać i zrodzi się między nimi wielka, wspaniała przyjaźń na całe życie... A zamiast tego wszystkiego było tylko milczenie Zenka i coś takiego w jego twarzy, że Julek prawie się przestraszył.

— Według mnie Zenek niepotrzebnie tak się tym przejął — powiedział Marian. Już wielokrotnie doznał uczucia, że zachowanie tamtego jest jakieś przesadne, nigdy jednak nie wystąpiło to tak silnie, jak przed chwilą. A poza tym... Marianowi nie śniło się, oczywiście, żądać jakichś podziękowań, ale ostatecznie zrobili z Julkiem coś niecoś, żeby chłopakowi pomóc, wydali forsę, machnęli dwadzieścia kilometrów – a za to wszystko Zenek odwrócił się do nich plecami i odszedł, nie mówiąc ani słowa.

– Zachował się dziwnie, to prawda... – rzekła Pestka z rzadkim u niej namysłem. – Może dlatego, że skoro postanowił tego wuja znaleźć i tak wszystkim w domu zapowiedział, to teraz jest mu strasznie głupio.

– No właśnie! – wtrącił Julek. – Szukać kogoś trzy tygodnie, a w końcu jest z tego guzik z pętelką. Ja też bym się wściekł!

Ula nie mówiła nic, pogrążona w myślach. Czuła, że to nie wściekłość widać było w twarzy Zenka, kiedy chłopcy stanęli przed nim ze złą nowiną. To było coś innego, coś straszniejszego, od czego twarz Zenka pobladła, a oczy rozszerzyły się strachem...

– Nie wypełnił postanowienia, bo przeszkodziła mu siła wyższa – rzekł uczenie Marian, zwracając się do Pestki. – Gdyby mostu w Strykowie nie zdjęli z planu, wszystko byłoby inaczej. Więc nikt nie może mieć do niego pretensji.

Julek, na którym zwrot „siła wyższa" zrobił pewne wrażenie, nie znalazł na razie odpowiedzi na logiczny wywód Mariana.

– No dobrze – rzekła Pestka – ale najważniejsze to to, co on teraz ze sobą zrobi.

– Co ma zrobić? Wróci do domu, wiadomo – odrzekł bez wahania Marian. – Oczywiście, jak sobie wygoi nogę.

– A tymczasem zostanie na wyspie, prawda? – spytał niespokojnie Julek. – Ja chcę, żeby został!

– Musi zostać – oświadczyła natychmiast Pestka.

– Na wyspie jest przecież świetnie!

Pestka, Ula i Marian nie odpowiedzieli nic na to Julkowe oświadczenie. Oni także uważali, że wyspa jest świetna, ale czy tak samo myśli Zenek?... Mieli co do tego poważne wątpliwości.

– Polecę do niego, dobrze? – spytał Julek, na nowo spragniony ruchu i działania. – Powiem, żeby się nie martwił. Że zostaje tutaj i koniec!

– Wszyscy chodźmy – zdecydowała Pestka.

Znaleźli Zenka na polanie. Leżał w trawie, na brzuchu, z głową schowaną w skrzyżowanych ramionach. Myśleli przez chwilę, że śpi, ale kiedy podeszli bliżej, uniósł głowę.

– Słuchaj... – zaczął Julek.

Zenek patrzył w ziemię, bawiąc się bezmyślnie trzymaną w ręku trawką. Twarz miał obojętną i gnuśną, zdawał się wcale małego nie słyszeć.

– Słuchaj... – powtórzył Julek. Zatrzymał się, jego słowa potknęły się o tę obojętność. Przełamawszy się, zaczął mówić szybko, szybko, z żarliwym przekonaniem. Że wszystko będzie dobrze. Że jeśli Zenek nie znalazł wujka, to z powodu siły wyższej. Że może sobie mieszkać na wyspie, dopóki mu się noga nie wygoi, a właściwie to dopóki mu się będzie chciało. Że nikt tu nie przychodzi. I wszystko się zorganizuje, co trzeba, jedzenie i tak dalej. Oswoją Dunaja. Zenkowi wcale nie będzie się nudziło, przyjdą przecież codziennie... I jeśli Zenkowi się zachce, to przyniosą na wyspę książki. Julek ma ze sobą „Winnetou", a Marian coś o jakimś okręcie, więc naprawdę będzie fajnie.

Zenek słuchał tych słów nieporuszony, ciągle bawiąc się swoją trawką. Potem odwrócił się na wznak i patrzył w niebo. Można by pomyśleć, że z całego świata interesuje go tylko przepływający przez błękit biały obłok.

Załoga spojrzała po sobie, wszyscy czworo poczuli się zupełnie bezradni. Marian nie myślał już o tym, że Zenek mu nie podziękował, to były głupstwa... Wpatrywał się w leżącego, chcąc mu powiedzieć coś, co by pomogło, co by go wytrąciło z tej niemożliwej do zniesienia odrętwiałości. Ale takie słowo znaleźć jest trudno. Nie umiała go znaleźć także i Ula. Gdyby byli sami, może udałoby się jej łatwiej, ale tak? Pestka nie namyślała się tak długo jak tamci.

— Zenek, czego się tak martwisz? — rzekła serdecznie. — To nie ma sensu! Trudno, wujka nie znalazłeś, ale coś się autostopem przejechał, toś się przejechał! Posiedzisz trochę z nami, a potem znowu fajna jazda z powrotem! Żadne nieszczęście się nie stało!

— A czy ja mówię, że się stało nieszczęście? — odezwał się ponuro Zenek. — Wcale nie mówię.

— Zenek! — krzyknął nagle Julek z twarzą tak rozpromienioną, jakby nagle znalazł wyjście ze wszystkich trudności. — Wiesz co? Dziadek musi mi zrobić wędkę! Przyniosę ją i będziemy łapać ryby!

Zenek nie odpowiedział, znowu nie było wiadomo, czy w ogóle to, co Julek mówił, jakoś do niego dotarło. Wobec tego Marian osądził, że i tak na razie nie osiągnie się żadnego porozumienia i że najwyższy czas iść do domu. Kiwnął na Julka.

— Zaraz — mruknął do niego Julek. Postanowił dać jeszcze jeden dowód dobrej woli: — Jeśli chcesz — zwrócił się do Zenka — to ci kupię chleba, po obiedzie przyniosę, daj tylko forsę.

Zenek usiadł, rzucił na małego niepewne, spłoszone spojrzenie, potem spojrzał na Mariana i dziewczynki. „Zupełnie jakby szukał wyjścia z pułapki" — pomyślała Ula; powzięła nagle podejrzenie, że Zenek nie ma pieniędzy i że wstydzi się do tego przyznać. On jednak sięgnął do kieszeni i podał Julkowi złotówkę.

— Kup ćwierć bochenka.

Minęło parę dni. Zenek mieszkał na wyspie, chłopcy i dziewczęta przychodzili tam co dzień i spędzali z nim po parę godzin. Przynosili mu zawsze coś do jedzenia, z czym zresztą zaczęli mieć kłopoty. Ula, po dawnemu kryjąc się z tym nawet przed Pestką, kupowała, co mogła w wiejskiej spółdzielni, ale pieniędzy było coraz mniej i dziewczyna czuła lęk na myśl, że niedługo się skończą. Chłopcom też nie było łatwo. Dla Mariana, nieprzyzwyczajonego do kłamstw, wyłudzanie dodatkowych porcji było czymś nieznośnym. Julek żywił skrupułów znacznie mniej i lekka blaga nie sprawiała mu różnicy. Niestety babka, hojna w dawaniu kartofli, kiedy zwracano się o to od czasu do czasu, ograniczyła „przydział", kiedy zaczęto o nie prosić codziennie.

Sytuacja Pestki przedstawiała się w zasadzie najlepiej: zawsze wolno jej było jeść i zabierać ze sobą, ile jej się podobało, matka wiedziała, że córka lubi częstować kolegów, i zazwyczaj wcale się o to nie gniewała. Tak, tylko że przedtem można było mamie powiedzieć, dokąd się idzie, z kim, komu najbardziej smakują bułki, cukierki czy owoce. Teraz każde pytanie na ten tamat stawiało Pestkę w trudnej sytuacji – i żeby do nich nie dopuścić, często bywała dla matki szorstka i nieprzyjemna.

Nie było to w jej zwyczaju, toteż pani Ubyszowa najpierw spoglądała na córkę ze zdziwieniem, potem zwróciła jej uwagę, że zachowuje się niegrzecznie, a gdy to nie poskutkowało, zaczęła się córce bacznie przyglądać. Pestce trudno było to znieść, starała się więc jak najmniej przebywać w domu. Jedzenie dla Zenka – bojąc się oczu matki – wynosiła ukradkiem, z konieczności były to więc niewielkie porcje.

Zenek zresztą nigdy się o nie nie upominał i nadal wcale nie dziękował za to, co przynieśli. W ogóle odzywał się mało, prawie wcale. Jeżeli było ciepło i słonecznie, zastawali go na plaży, jeżeli chłodno i dżdżysto – w szałasie lub jego pobliżu.

Czasami czytał, częściej jednak leżał bezczynnie z nieruchomą twarzą, marszcząc swoje piękne brwi. Wyraz nadziei, tak widoczny w jego spojrzeniu, kiedy czekał na powrót chłopców ze Strykowa – zniknął bezpowrotnie.

Jedynym zajęciem, które wyraźnie lubił, było zajmowanie się Dunajem. Kiedy pies zjawiał się na wyspie, chłopiec ożywiał się od razu. Ula przynosiła dla Dunaja skórki chleba, Julek podkradał świniakowi babki, zabierając z jego „żarcia" dwa, trzy ugotowane w łupinach kartofle, Pestka zjawiała się z kością i okrawkami sera. Było tego wszystkiego dosyć, żeby psa odżywić i przeprowadzić „lekcje" oswajania.

Pies wykazywał wyraźne postępy – ku zadowoleniu Mariana i Pestki, tajemnej radości Uli i głośnemu zachwytowi Julka. Po paru dniach pozwolił się Uli pogłaskać i brał jedzenie nie tylko od niej, ale także od Zenka, a potem od Pestki i Mariana. Najdłużej męczył się z tym Julek; był zbyt ruchliwy i często niechcący Dunaja płoszył. W końcu jednak i małemu udało się zdobyć niełatwe zaufanie przybłędy.

Kiedy Julek przyniósł wyproszoną u dziadka wędkę, drugim zajęciem Zenka stało się łowienie ryb. Niestety, było ich w Młynówce mało i tylko czasem udawało się chłopcu złowić coś większego niż płotkę.

Któregoś dnia, pod wieczór, kiedy wszyscy czworo wybierali się do domu, Julek jak co dzień przypomniał Zenkowi o „forsie na chleb". Zenek nie odpowiedział, jakby wcale tego nie słyszał, a kiedy Julek powtórzył żądanie, rzekł od niechcenia:

– Nie potrzeba. Sam sobie kupię.

– Sam? – zdumiał się Julek. Pestka i Marian również byli zdziwieni. Przez głowę Uli przeleciała niepokojąca myśl, że chłopak nie ma pieniędzy. A oni z każdym dniem przynosili mniej jedzenia!

— Dlaczego nie? — spytał niedbale Zenek. — Noga mnie już nie boli.

Wiedzieli dobrze, że chłopiec porusza się prawie swobodnie. Zdziwili się czym innym: tym, że ni z tego, ni z owego okazał gotowość pokazania się we wsi. Do tej pory wystrzegał się bardzo pilnie, żeby go nikt nie widział.

— To wszyscy cię zobaczą! — zawołał Julek. — Doktor też może cię zobaczyć!

— Sklep jest nie tylko w Olszynach — wzruszył ramionami Zenek. — Jest także na warszawskiej szosie, koło pegeeru.

— No tak, jest — przypomniał sobie Marian, który był w tamtej stronie zaledwie parę razy. — Ale to będzie ze trzy kilometry stąd.

— Mam czas — uśmiechnął się niewesoło Zenek. — Mogę się przespacerować.

Marian popatrzył na niego i podniósł do góry brwi, jak zawsze, kiedy odczuwał jakąś trudność. Od pewnego czasu parokrotnie postanawiał, że musi o coś Zenka zapytać, nie mógł się jednak na to zdobyć. Teraz uznał, że chwila nadeszła.

— Właściwie... — zaczął z wahaniem — to przecież teraz mógłbyś się już nie ukrywać. Jeżeli noga cię nie boli, to przecież nikt cię do szpitala nie weźmie, bo po co?

Zenek nie odpowiadał długą chwilę. Ula zauważyła, że opanował go gwałtowny gniew i że szczęki zaczęły mu drgać pod skórą.

— Język cię świerzbi, co? — spytał drwiąco. — Nie możesz wytrzymać?

— Wcale nie o to chodzi — odpowiedział z godnością Marian. — Uważam tylko, że byłoby o wiele lepiej, gdybyśmy mogli o tobie powiedzieć.

— Komu? — Głos Zenka był ostry, nieprzyjemny.

— No chociażby dziadkom...

— Dlaczego to ma być lepiej?

Marian nie znalazł odpowiedzi na to pytanię. Nie mógł przecież ujawnić przed Zenkiem tego, co miał na myśli: że utrzymanie tajemnicy jest z każdym dniem trudniejsze, że nieustanne wykręty przepełniają go coraz większym obrzydzeniem...

— Poczekaj trochę... — rzekł kpiąco Zenek. — Nie bój się... niedługo i tak sobie pójdę.

— Zenek, nie mów tak! — krzyknął Julek. — Ja nie chcę!

— Głupie gadanie! — rozgniewała się na Zenka Pestka. — Siedź na wyspie, dokąd ci się podoba.

Ula patrzyła na chłopaka w milczeniu, szeroko otwartymi oczami. Chociaż przez cały ten czas po dawnemu zdawał się prawie jej nie widzieć, chociaż — jeżeli z kimś rozmawiał, to z Julkiem i Pestką — poczuła nagły strach, że go tu może zabraknąć.

— Marian! — zawołał namiętnie Julek. — Powiedz mu, że ma zostać! Powiedz, słyszysz?

— Ja przecież wcale nie chcę, żeby odchodził — odrzekł Marian, wzruszywszy ramionami. — Ani mi się to śniło.

Zenek nie powiedział już ani słowa. Wszyscy zrozumieli, że tajemnica musi być utrzymana nadal.

Ula czekała na chłopców w zagajniku u końca wsi, żeby razem iść na wyspę. Pestka miała przyjść później, mama zapowiedziała jej, że musi wreszcie napisać list to ojca, odkładany z dnia na dzień.

Marian i Julek nie nadchodzili, zjawił się za to Dunaj. Mniej płochliwy niż dawniej, podszedł blisko i czekał, żeby go pogłaskała. Tak, pozwalał się już teraz głaskać, a nawet bardzo to widać polubił, bo chwalił dotknięcie przyjacielskiej ręki spokojnym wahadłowym ruchem ogona. Potem pobiegł naprzód, Ula zaś pomyślała, że Pestka powinna przynieść nożyce do strzyżenia, Dunaj nie będzie się już bał tej operacji.

Przykrzyło jej się stać samej i po jakimś czasie postanowiła dłużej nie czekać, chłopcy powinni ją za chwilę dogonić. Ruszyła dróżką między polami, Dunaj ciągle był na przodzie. W miejscu, w którym droga zakręcała w stronę ugoru, zatrzymała się nagle, usłyszawszy głosy rozmawiających. Było to niezwykłe, nigdy dotąd nie spotykali tu nikogo; w okresie, kiedy zboża dojrzewały i nie było żadnych robót w polu, mieszkańcy wsi nigdy z ich „drogi ku wyspie" nie korzystali. Ula nie lubiła spotykać się z obcymi, a myśl o tym, że ktoś nieznany mógłby ją zaczepić, wprawiała ją w prawdziwy popłoch. Obejrzała się, Marian i Julek nie nadchodzili. Tymczasem głosy zbliżały się, wesołe okrzyki mieszały się ze śmiechem. Cofnęła się, gotowa zawrócić – i nagle usłyszała rozpaczliwy skowyt psa.

– Dunaj! – krzyknęła w popłochu. Nie było go nigdzie. Pobiegła przed siebie i na skraju pola, gdzie kończyło się żyto, stanęła jak skamieniała. Na ugorze, w pobliżu wielkiego dębu i nadrzecznych zarośli, stało dwóch wyrostków. Jeden z nich, rozrosły i wysoki, trzymał w ręku kamień. Celował w Dunaja, który uciekał z podkulonym ogonem. Nastąpił nagły gest, Dunaj zaskowyczał po raz drugi, potknął się, poderwał i biegł znowu. Towarzysz rzucającego, tęgawy blondynek z czerwoną twarzą, zaśmiał się głośno:

– Ty, Wiktor, to masz oko, jak pragnę zdrowia!

– Ja, bracie, trafię wróbla na topoli – odpowiedział chłopak, nazwany Wiktorem, i znowu schylił się po kamień.

Ula tkwiła bez ruchu, niezdolna zrobić kroku. Dunaj znikł za małym wzniesieniem gruntu, ale chłopcy patrzyli pilnie, kiedy ukaże się znowu.

– Jest! – krzyknął triumfalnie tłusty blondynek, dojrzawszy Dunaja między jałowcami. – Wal, Wiktor!

– No, teraz się go wykończy – odpowiedział Wiktor. – Przyuważ sobie.

Pokazując szczególnie piękny styl rzutu, wyprężył w przód lewą rękę dla oznaczenia celu, a prawą skręcił do tyłu jeszcze gwałtowniej niż przedtem. Ula skuliła się, jakby to w nią miał ugodzić trzymany w dłoni wyrostka kamień – nagle Wiktor upadł twarzą w piasek. To Zenek, wyskoczywszy z zarośli, runął mu na plecy, przewrócił i przycisnął kolanami do ziemi. Ale prześladowca Dunaja, oszołomiony gwałtowną napaścią i własnym upadkiem, tylko na chwilę uległ przewadze przeciwnika. Dźwignął się na rękach, obrócił i chwycił Zenka wpół. Tarzali się po ziemi, sczepieni ramionami, rozwścieczeni i zażarci. Co chwila to Wiktor, to Zenek miał drugiego pod sobą. Wiktor był wprawdzie silniejszy, ale Zenek bardziej zwinny i zwycięstwo mogłoby się przechylić na jego stronę, gdyby nie to, że tamten miał przecież towarzysza.

Blondynek przez długą chwilę patrzył na bijących się z wyrazem tępego zdumienia, nie mogąc zrozumieć, skąd wziął się niespodziewany napastnik, ocknąwszy się jednak, wyczekał spokojnie chwili, kiedy Zenek znalazł się na wierzchu, i wymierzył mu cios w głowę. Ula krzyknęła, blondyn obrócił się w jej stronę i w tym samym momencie Zenek, uwolniwszy rękę z uchwytu Wiktora, szarpnął blondyna za nogę. Ruch był tak niespodziewany, że chłopak przewrócił się jak długi.

Kiedy się podniósł, miał na twarzy wyraz złości. Stanął nad walczącymi i przydeptał nogę Zenka do ziemi.

– Puść! – krzyknęła Ula, zapominając o strachu i biegnąc ku niemu. Schwyciła go za rękaw, on jednak jednym ruchem ramienia odtrącił ją o kilka kroków. Upadła, podniosła się – i zobaczyła, że Marian i Julek biegną przez ugór.

Julek był pierwszy – zrozumiawszy w lot sytuację, skoczył ku blondynkowi. Siłę zastąpiła furia: małe pięści grzmociły tak szybko, że flegmatyczny wyrostek, nie mogąc ich uchwycić i czując przy tym bolesne kopnięcia w łydki – cofnął się o krok i zwolnił nogę Zenka.

– Trzymaj go! – krzyknął Julek do nadciągającego Mariana i rzucił się ku Zenkowi, który zdawał się słabnąć. Wiktor leżał mu na piersi i przyciskał jego ręce do ziemi. Julek stanął nad nim w rozkroku, schwycił obu garściami za kołnierz i ciągnął z całej siły ku górze. Wiktor poczuł dławienie, uniósł się i zamachnął ku tyłowi, chcąc strącić małego z pleców. Wystarczyło tej jednej chwili, żeby Zenek zwinął się i wydobył na wierzch. Julek przewrócił się, ale już po sekundzie zerwał i przytrzymał kolanem i obu rękami lewą rękę Wiktora; ten leżał twarzą do ziemi, z prawą wykręconą do tyłu w mocnym uścisku Zenka. Był pokonany. Blondynowaty kolega również.

Marian nie lubił się bić, ale zmuszony koniecznością, wykazywał odwagę i upór. Jego przeciwnikowi tej odwagi brakowało, bał się ciosów, a zauważywszy, że towarzysz przegrywa, zaprzestał atakowania i cofał się, dając do zrozumienia pogardliwym wyrazem twarzy, że uważa to wszystko za głupie.

— Masz dosyć? — zwrócił się do Wiktora Zenek. Tamten milczał.

— Masz dosyć, czy mam ci jeszcze przylać?... No?

— Puść.

Zenek puścił rękę Wiktora i wstał. Twarz miał umazaną ziemią i potem. Wiktor dźwignął się z wolna. Marian stał z boku, zaczerwieniony z wysiłku, ale już spokojny. Julek skrzyżował dumnie swoje chude ramiona.

— Chodźcie — odezwał się do nich Zenek.

Ruszyli w stronę wyspy. Kiedy uszli parę kroków, Wiktor krzyknął:

— Jeszcze się z tobą policzę, ty włóczęgo!

— Skąd wiesz, że on włóczęga?! — odkrzyknął z oburzeniem Julek.

— Nie odzywaj się do tych bydlaków! — rzekł ostro Zenek.

Julek zamruczał pod nosem coś bardzo dla Wiktora uwłaczającego, ale nie odwrócił się więcej. Kiedy uszli kilkanaście kroków, Marian spytał, gdzie Ula.

— Pewno szuka Dunaja. Ci wszarze rzucali w niego kamieniami.

Teraz Julek nie wytrzymał.

– Świnie! – wrzasnął do odchodzących. W oczach miał łzy wściekłości. – Świnie! Durnie! Łajdaki!

Marian poczuł także, że ponosi go gniew. Zacisnął zęby i pociągnął Julka za sobą.

– Chodźmy, trzeba psa poszukać.

Szli, rozglądając się wśród porastających ugór jałowców i wrzosów, i nagle zobaczyli Ulę tuż przed sobą. Klęczała na ziemi.

– Czemu się nie odzywasz? – oburzył się Julek. – Szukamy i szukamy, a ty... – Zauważył nagle, że Ula ma twarz mokrą od łez. Na ziemi, koło jej kolan, leżał Dunaj.

– Nie żyje? – spytał Zenek.

– Żyje – szepnęła. – Ale...

Spoczywał na boku, dziwnie płaski, z rozciętego ucha sączyła się krew, tylna łapa też była skrwawiona. Kiedy się nad nim pochylili, spróbował się dźwignąć.

– Nie bój się – powiedziała Ula, gładząc go. – Nie bój się.

Pies jednak spoglądał na nich niespokojnie. Widać było, że gdyby tylko mógł, toby zerwał się i uciekł.

– Dlaczego on się nas boi? – spytał Julek zdławionym głosem. – Przecież przedtem się już nie bał!

Nikt małemu nie odpowiedział na to pytanie. Zenek kazał się chłopcom odsunąć.

Kucnął na ziemi i badał głowę i grzbiet poranionego stworzenia.

– I co? – dopytywał Julek. – I co?

– Nie wiem... Chyba nie jest przetrącony – mruknął Zenek. Podłożył pod psa obie dłonie i dźwignął go do góry. – Wezmę go na wyspę, tu go zostawić nie można.

Szli wolno i ostrożnie, Julek wybiegał naprzód, wybierając najwygodniejsze przejście wśród krzaków. Kiedy minęli kładkę, Marian spytał:

– Gdzie go położysz?

– W szałasie. Julek, rozłóż równo koc.

Chłopiec skoczył na przełaj przez krzaki, a Zenek mijał ścieżkę, idąc bokiem, żeby ochronić psa przed zwisającymi gałęźmi.

– Już! – rzekł Julek, wyłażąc z szałasu.

Zenek ukłęknął ostrożnie i wsunąwszy się do wnętrza, złożył Dunaja na posłaniu. Pies poczuł, że nie jest już trzymany, i przywarł ze strachu do ziemi.

– Zostawmy go – powiedział Zenek. – Niech ma spokój.

Chłopcy cofnęli się i podeszli do Uli, która stała pod leszczyną, z trudem hamując łzy.

– Ale on nie zdechnie, prawda? Nie zdechnie? – pytał natarczywie Julek. I nagle krzyknął dziecinnie: – Ja nie chcę!

– Myślę, że się wyliże – odpowiedział Zenek. – Dostał w głowę i dlatego jest taki otumaniony. Trzeba by mu dać pić.

– Zaniosę mu – poderwał się natychmiast mały.

– Nie, lepiej Ula, Uli boi się najmniej.

Ula poszła po wodę, a tymczasem niespodziewanie zjawiła się na polanie Pestka.

– Co się tu stało? – spytała, spojrzawszy na chłopców. – Biliście się czy co?

– Biliśmy się – rzekł Julek. – Biliśmy się z chłopakami.

Opowiedział Pestce, co zaszło. W jej szarych oczach za każdym słowem małego lśniło coraz większe wzburzenie.

– Ja go znam, tego Wiktora, i tego grubego też, nazywa się Władek – rzekł Marian, kiedy mały skończył opowiadać. – Oni są z Olszyn.

– Popamiętają nas – zakończył relację Julek.

– Ja też bym im dosoliła! – zakrzyknęła Pestka. Postępek Wiktora wzbudził w niej gniew, odwaga Zenka – podziw. Sam jeden rzucił się przeciwko dwóm wyrostkom! Nie mogła odżałować, że nie brała udziału w walce, pokazałaby, że i ona potrafi sprostać niebezpieczeństwu.

Ula, wróciwszy z wodą, kucnęła przed wejściem do szałasu, żeby się wsunąć do wnętrza, i natychmiast się podniosła. W jej wyrazistej twarzy był lęk.

– Co się stało? – spytała Pestka.

– Dunaja nie ma.

– Jak to: nie ma? – krzyknął Julek.

Skoczyli ku szałasowi wszyscy czworo, oglądali go pilnie ze wszystkich stron. Od tyłu gałęzie były lekko podgięte. Pies musiał się wyczołgać właśnie tamtędy.

– Więc poszedł... – mruknął Zenek; widać było, że trochę się tego spodziewał. – Poczuł trochę sił i poszedł.

– Ale dlaczego? Dlaczego? – pytał Julek. – Nie powinien się teraz ruszać, powinien leżeć!

– Ciskali w niego kamieniami, więc się zląkł – wyjaśnił ponuro Zenek. – Stworzenie, które się boi, nie chce być z ludźmi, jak mu coś jest.

– Przecież nie myśmy ciskali w niego kamieniami! – zawołał Julek, pełen buntu przeciw niesprawiedliwości świata. – My byliśmy dla niego dobrzy!

– Czy on wróci? – zwróciła się do Zenka Pestka.

– Może i wróci, a może zdziczeje na nowo.

Milczeli dłuższą chwilę, potem przyszło im nagle na myśl, że pies nie będzie miał siły płynąć, poszli więc szybko ku rzece. Kiedy znaleźli się przy kładce, Dunaj wyłaził właśnie z wody na przeciwległy brzeg.

– Dunaj! – zawołała Ula. – Dunaj!

Nawet się nie obejrzał. Odbiegł chyłkiem, kulejąc, z brzuchem przy ziemi.

Ula pomyślała z bólem, że pies, skrzywdzony przez złych, stracił zaufanie nawet do dobrych.

Zaskoczeni

Marian prowadził: tylko on znał drogę wiodącą od wybrzeża Młynówki do warszawskiej szosy. Przed chwilą byli na wyspie i po raz pierwszy od czasu, kiedy Zenek został jej stałym mieszkańcem, nie zastali go na miejscu. Zaskoczyło ich to, uważali za naturalne i oczywiste, że jest tam zawsze i że na nich czeka. Ula wyraziła przypuszczenie, że może poszedł szukać Dunaja.

– Niemożliwe – osądziła Pestka. – Przecież nikt nie wie, gdzie się Dunaj podziewa. Więc jak go szukać?

– A może Zenek się po prostu schował? – zakrzyknął Julek.

– Na pewno nie – rzekł Marian. Wiedział, że Zenek nie zabawiałby się tak dziecinnie. – Zagwiżdż, może jest gdzieś w głębi albo na plaży i nie słyszał nas.

Julek wygwizdał parokrotnie hasło załogi, potem razem z Pestką oblecieli wyspę dookoła, bez rezultatu.

Ula zajrzała do szałasu, nic się tam jednak nie zmieniło: puszka i stara menażka wisiały u sufitu, na uplecionej przez Julka „półce" leżała książka, obok stało pudełko po nesce, w nim trochę cukru i reszta herbaty w papierowej torebce.

– Nic nie powiedział, że się gdzieś wybiera – odezwała się Pestka z pretensją. – Mógł powiedzieć!

– Mógł, ale nie chciał. Zenek nie potrzebuje się tłumaczyć nikomu – oświadczył z dumą Julek. I pragnąc podkreślić, jak wielka jest różnica między Zenkiem a resztą załogi, dodał wojowniczo: — Komu ma się tłumaczyć? Jest ze wszystkich najstarszy i najodważniejszy.

— Przecież już wczoraj poszedł sobie z wyspy, nic nikomu nie mówiąc. Wyskoczył na tego Wiktora i na Władka z zarośli koło dębu — przypomniał Pestce Marian.

— Wiesz, on mnie dzisiaj zaczepił. — Julek z pogardą odął wargi. — Jak leciałem rano do sklepu.

— Wiktor? — spytały równocześnie Pestka i Ula. Marian spojrzał na małego z niepokojem.

— No, Wiktor.

— Lepiej, żebyś mu w drogę nie wchodził — rzekł ostro Marian.

— A czy ja mu wchodzę? — Julek wzruszył ramionami, wyrażając w ten sposób miażdżące dla Wiktora lekceważenie. — To on zaczął do mnie mówić. Że mu się przypomniało, że już raz Zenka widział. W Łętowie na jarmarku. Że Zenka ganiała milicja. To zupełny idiota ten Wiktor.

— Chyba mu się śniło! — oburzyła się Pestka.

— Kretyn — mruknął Marian.

— I pytał mnie, gdzie Zenek mieszka — ciągnął Julek. — Myślał, że mu powiem, głupi.

— On może Zenka szukać, żeby się zemścić — zaniepokoiła się Ula.

— Swoją drogą, trzeba będzie teraz uważać, jak idziemy na wyspę, czy się kto nie kręci — rzekła Pestka. — Brakowałoby jeszcze, żeby tu za nami przyleźli!

Tego samego zdania był Marian. Natomiast Julek oświadczył lekkomyślnie:

— Wszystko jedno, Zenek i tak Wiktora naleje, jak mu się będzie podobało. Zenek naleje, kogo tylko zechce. — Po chwili, namyśliwszy się nieco, dodał, wypinając dumnie swoją chudą pierś: — Ale gdyby na przykład napadło go trzech, to bez nas nie dałby rady. I dlatego my z Marianem powinniśmy zawsze z nim chodzić. Gdzie on, tam i my.

— A ja mam siedzieć i czekać, aż wrócicie? — spytała Pestka, ciągle jeszcze pełna żalu, że poprzedniego dnia nie wzięła udziału w walce z Wiktorem. — Ani mi się śni!

— Słuchajcie! — zakrzyknął nagle Julek, nowa myśl zaświtała mu w głowie. — Już wiem, dokąd Zenek poszedł! Do sklepiku na szosę — po chleb!

Było to zupełnie możliwe, zdziwili się, że dotąd nie przyszło im to na myśl. Julek oświadczył, że wobec tego nie ma nic innego do roboty, tylko iść tam także, przynajmniej, jeśli chodzi o niego i Mariana, bo co do dziewczyn... tu Julek skrzywił się, dając do zrozumienia, że dziewczyny nie są na takim spacerze pożądane. Jak się jest najmłodszym, ma się wielką chęć zaznaczyć każdą swoją przewagę: Julek, bądź co bądź, walczył przeciwko Wiktorowi ramię w ramię z Zenkiem i uważał, że ten fakt dał mu prawo do wynoszenia się nawet nad Pestkę. Niestety, Marian nie podzielał takich nastrojów i poradził bratu krótko i spokojnie, żeby się nie wygłupiał. Pestka zresztą ani myślała się obrazić i wyraziła natychmiastową gotowość wymarszu, tym bardziej że jest zimno i może padać, więc wcale się jej nie chce dzisiaj pływać. Co do Uli, to oczywiście nikt jej o zdanie nie pytał, było wiadomo, że podporządkuje się przyjaciółce.

— No, to czemu stoimy? — rzekła Pestka. — Zostawmy, co kto przyniósł, i chodźmy.

Złożyli w szałasie przyniesione zapasy. Było tego bardzo niewiele. „Tyle jak dla dziecka" — pomyślała Ula.

Wędrowali najpierw ścieżką wzdłuż wybrzeża rzeki, potem rozjeżdżoną, szeroką drogą wysadzaną wierzbami. Zachmurzone niebo wisiało nisko nad ziemią, parę razy sypnął się drobny, niemiły deszczyk. Nie wadziło to jednak nikomu, przeciwnie, spacer w taką pogodę sam przez się miał w sobie coś z przygody i pozwalał zapomnieć o wczorajszym przykrym zdarzeniu. Podniecała też wszystkich świadomość, że wkraczają w nieznane strony i że z każdym krokiem są dalej od domu. Julek, który bardzo szybko pogodził się z obecnością dziewczyn, wpadł w dobry humor i wygwizdywał kawałki rozmaitych melodii.

Po jakimś czasie, minąwszy mały sosnowy lasek, znaleźli się na szosie, otoczeni otwartą przestrzenią. Okolica falowała tu lekko, wilgotny asfalt odbijający kolor nieba opadał łagodnie w dół, przebiegał przez kamienny most, potem znowu wznosił się ku górze. Czwórka rozejrzała się wokoło. Przyjemnie było patrzeć na sady i domy, rozległe pola, dalekie wsie o nieznanych nazwach. Szosa niknąca na horyzoncie wzywała do marszu w daleką, niewiadomą drogę.

– Fajnie! – powiedział Julek.

Tamci troje także uważali, że jest fajnie. Szli równym, długim, porządnym krokiem, nie mówiąc nic i czując radość.

– A do tego sklepiku jeszcze daleko? – spytał Mariana Julek.

– Ja mogę iść na koniec świata! – odezwała się natychmiast Pestka.

– Będzie jeszcze z półtora kilometra, sklepik jest na górce – odpowiedział Marian. – A bo co?

– Napijmy się tam oranżady!

Julek lubił oranżadę, w tej chwili kierowało nim jednak nie tylko łakomstwo, ale i coś innego: chciał, żeby ten świetny spacer jeszcze bardziej uświetnić. Marian, Pestka i Ula zrozumieli to od razu.

– Można – rzekła Pestka. Marian, zamiast zakpić, jak to miał w zwyczaju, że Julek wydaje ostatnie pieniądze na oranżadę i cukierki, spytał od niechcenia:

– A masz forsę? Bo ja nie mam.

– Dwa złote! – Julek podrzucił pieniążek do góry. Pestka miała tyle samo. Ula nic. Uznali, że starczy i że, jeśli Zenka spotka się po drodze, będzie musiał zawrócić z nimi do sklepiku.

Ruch na szosie był niewielki, minęło ich kilka hałaśliwych ciężarówek, kilkanaście cichych aut osobowych, za którymi zawsze trzeba się było obejrzeć, potem przetoczył się odrapany i chroboczący autobus międzymiastowy. Szli w dół, ku mostowi, myśląc o rzece, którą będzie się oglądać z góry, stojąc przy barierze – to zawsze jest przyjemne. Nagle powietrze nad szosą przecięło coś jasnego i na telefonicznym drucie przysiadł duży, niebieski ptak. Zatrzymali się – był niezwykły, cały błyszczący kolorem, jak klejnot.

– Co to za ptak? – spytał konspiracyjnym szeptem Julek.

– Nie wiem – również szeptem odpowiedział Marian.

– Zenek by wiedział – rzekła Pestka.

– Na pewno! – Julek poczuł żal do nieobecnego. Ptak zerwał się, leciał chwilę nad szosą, a potem wzdłuż żywopłotu, świecąc egzotycznym błękitem na tle ciemnej zieleni.

– Może on ma tu gniazdo? – spytał z nadzieją mały. – Poszukajmy!

– Chodźmy! – zdecydowała natychmiast Pestka.

Zeszli z szosy w dół i stąpali cicho po miękkiej trawie wzdłuż zarośli, wypatrując pilnie, czy ptak nie pokaże się znowu, i nic nie mówiąc.

Coś zaszeleściło, stanęli, wstrzymując oddech. Parę kroków przed nimi trzasnęła jedna i druga gałązka chrustu, coś zaszurało, jakby jakieś duże stworzenie przedzierało się przez gęstwinę, i nagle u dołu żywopłotu, tuż nad ziemią, ukazały się wyciągnięte ręce, potem chłopięca, potargana głowa. Ręce chłopaka trzymały jabłka. Wypełzł spod żywopłotu i zerwał się na nogi. Był to Zenek.

Zobaczył przed sobą cztery pary wlepionych w siebie oczu. Stał, nie poruszając się, tylko ręce z jabłkami cofały się z wolna, aż wreszcie znikły za plecami. Na policzki wypłynął rumieniec, ogarnął czoło i uszy, potem zniknął.

— Zenek? — zakrzyknął z cicha Julek głosem zduszonym ze zdumienia. — Zenek?!

Nikt się nie odezwał, nie poruszył. Nikt nie znajdował słowa, którym można by wyrazić to, co się tłukło w piersiach. Nagle w twarzy Zenka zaszła gwałtowna zmiana. Roześmiał się głośno ostrym, nieprzyjemnym śmiechem.

— Co się tak gapicie? — skrzywił się pogardliwie. — A w ogóle... skądeście się tu wzięli?

— Szliśmy... Myśleliśmy, że ty... że chleb — bąkał niedołężnie Julek, jakby zrobił coś bardzo złego i chciał się z tego wytłumaczyć. — Chcieliśmy naprzeciwko ciebie... i dlatego... A potem zobaczyliśmy ptaka...

Zenek znowu się roześmiał, wyciągnął ręce, pokazując piękne, jasne jabłka.

— Widzicie? Papierówki. Pierwszy gatunek. Możecie sobie wziąć, ja się już najadłem.

Ula cofnęła się za Mariana, Pestka patrzyła w ziemię, Marian zmarszczył się tak mocno, że brwi pojechały mu na czoło, Julek przenosił niespokojnie wzrok z Zenka na Mariana i z Mariana na Zenka.

— A może sami sobie narwiecie? — spytał Zenek od niechcenia. — Nikt teraz nie pilnuje, można iść! — mówił zachęcająco.

— Naturalnie, jeśli się kto nie boi.

— Pójdę! — odezwał się szybko Julek, wysuwając się naprzód. — Ja pójdę.

— Julek! — rzekł ostro Marian. Dziewczyny nie odezwały się. Julek znowu cofnął się ku Marianowi.

— Macie rację — powiedział drwiąco Zenek. — To nie jest sport dla tchórzów.

„Sport? To kradzież, nie sport" — pomyślał Marian wzburzony. Ale jak można takie słowo powiedzieć? To niemożliwe, Marian czuł, że nie jest do tego zdolny, i milczał.

— Nie jestem tchórzem! — krzyknął Julek.

Oczy Pestki zamigotały.

– Ja też nie – rzekła porywczo. – Żebyś wiedział!

– Skąd mam wiedzieć? – zakpił Zenek. – Nie ma dowodów.

– Może wrócimy na szosę? – spytał Marian. Wyglądał na spokojnego, był jednak głęboko dotknięty. Zenek nie ma prawa uważać go za tchórza! Poprzedniego dnia dał dowody odwagi i Zenek powinien był o tym pamiętać!

– Można – rzekł lekko Zenek.

Zawrócili wzdłuż żywopłotu, nic nie mówiąc. Ula szła pierwsza, szybko, jakby przed czymś uciekała. Ciągle miała przed oczami obraz chłopaka z jabłkami w ręku, jak stał blady naprzeciwko nich i jak na jego blade policzki wypływał rumieniec wstydu.

Zenek schował trzy jabłka do kieszeni, czwarte zaczął jeść, odgryzając z chrzęstem wielkie, soczyste kawałki. Szedł niedbale, dużymi krokami, rozglądając się swobodnie wokoło. Rzuciwszy ogryzek na pole, spytał nie wiadomo kogo:

– Co to był za ptak?

– Duży, niebieski – odpowiedział skwapliwie Julek, rad, że nareszcie przerwało się to nieznośne milczenie, od którego robiło się duszno, jakby nie było czym oddychać. – Usiadł na drzewie i zaraz poleciał.

– Cały niebieski czy tylko na skrzydłach?

– Cały!

– To kraska – orzekł Zenek. – Sójka ma też niebieskie pióra, ale tylko trochę, na skrzydłach.

Kiedy znaleźli się na szosie, Marian zwrócił się do Zenka sucho:

– Idziesz do sklepu?

– A po co?

– Myśleliśmy, że po chleb.

– Niepotrzebny mi, najadłem się jabłek! – rzekł ironicznie Zenek.

— No to wracamy.

— Jak to? — zaprotestował gorąco Julek. — A oranżada? Mieliśmy pić oranżadę! Obiecaliście! Przecież obiecaliście!

— Ale im się odechciało, nie widzisz? — zwrócił się do Julka Zenek. — Przejmują się byle czym.

Oczy Pestki znowu zamigotały gniewem. Kpiny Zenka dotykały ją boleśnie. Nigdy jeszcze nie zachowywał się w ten sposób. Był najstarszy, najsilniejszy, najodważniejszy z nich wszystkich, do tej pory nie miał jednak zwyczaju przechwalać się tym ani w ogóle o tym mówić. Nie podkreślał, że w porównaniu z nim są naiwni i dziecinni. Dopiero teraz. Dlaczego? Dlatego, że rwał jabłka w cudzym ogrodzie, a oni tego zrobić nie chcieli? Mówił, że to jest sport dla odważnych! „Przekona się jeszcze, że jestem odważna — zawzięła się Pestka. — Musi się przekonać". I na dowód, że kpiny Zenka nic dla niej nie znaczą, mówi zdecydowanie:

— Mylisz się, nie odechciało nam się niczego. Idziemy!

Szosa wznosiła się teraz ku szczytowi pagórka, na którym rozsiadły się rozległe zabudowania pegeeru. Sklepik mieścił się w murowanym budynku, w którym kiedyś była karczma.

Ula, Pestka, Marian i Zenek siadają na ławeczce przed sklepem, po oranżadę idzie oczywiście Julek. Wraca z butelkami, udało mu się nawet wyprosić dla dziewczynek szklankę po musztardzie. On sam gardzi piciem ze szklanki, wie, że taką samą pogardę żywią Marian i Zenek.

— Masz — mówi, podając butelkę Zenkowi. Drugą wręcza Pestce.

Zenek pociąga łyk, oddaje butelkę Marianowi. Tymczasem przed sklepem zatrzymuje się szeroki wózek, w jakim ogrodnicy wożą na targ warzywa i sadzonki. Z siedzenia unosi się młoda kobieta i uwiązuje lejce do kłonicy.

– Zostań, synku – mówi do chłopaczka, który spał z głową opartą na kolanach matki, a teraz przebudził się i patrzy nieprzytomnie przed siebie. – Zostań, śpij sobie. Mama zaraz wróci, zaraz.

Dziecko układa się do snu z powrotem, kobieta zeskakuje po osi na ziemię i znika we wnętrzu sklepu.

Marian pije oranżadę małymi łykami, ale tak jakoś długo, że wzrok Julka zaczyna śledzić poziom płynu ze zdenerwowaniem. Marian jest jednak sprawiedliwy, trzyma palec tam, gdzie wypada połowa, i po chwili sprawdza, ile mu się jeszcze należy. Wreszcie mały dostaje upragnioną butelkę i sączy ją tak długo, że zaniepokojony o butelki sklepikarz pokazuje się na progu.

– Już! – mówi Julek z żalem. – Już oddaję!

Oranżada nie rozładowuje złego nastroju. Padają nieliczne słowa, przegradza je dokuczliwe milczenie. Siedzą, gapią się na konia, strzygącego uszami, na dropiatą kurę, która rozgrzebawszy ziemię pazurami, zwołuje kurczęta cichym pogdakiwaniem, na wróble skaczące wśród źdźbeł słomy i końskiego nawozu. Potem wzrok załogi przyciąga szosa, która z pagórka, gdzie odpoczywają, znowu zbiega w dół. Stoją tam dwie bariery, oznaczające roboty drogowe, z boku dymi kocioł ze smołą. Przyglądają się, jak pojazdy mijają się tu na wąskiej przestrzeni, zjeżdżając na sam skraj drogi. Julek wymienia marki przejeżdżających aut: Marian lub Pestka czasem go poprawiają; jeżeli robi to Marian, Julek uznaje swój błąd; jeżeli Pestka – kłóci się. Ula milczy. Zenek również. Jest ciężko.

Pomiędzy zabudowaniami rozlegają się nagle trzaski zapalonego motoru i zza wielkiej stodoły z hurgotem i zgrzytem gąsienic wytacza się na szosę potężny ciągnik. Julek, Zenek i Marian wstają, takiej maszynie zawsze warto się przyjrzeć.

Hałas ciągnika głuszy wszystkie inne dźwięki. Traktorzysta poprawia się na wysokim siodełku i mówi coś do umazanego smarem pomocnika, który stoi za nim. Śmieją się. Nagle zaczyna dziać się coś niezwykłego: twarze krzepną, w oczach zjawia się wyraz przerażenia, krzyczą na całe gardło jakieś słowa, których nikt nie słyszy, pokazują rękami coś, co się dzieje na szosie przed nimi, a za plecami patrzących na traktor chłopców. Zenek, Julek i Marian odwracają się gwałtownie, równocześnie rozlega się ostry krzyk dziewcząt.

– Koń! Koń! – wybucha Pestka. Ula robi się biała jak papier.

Ogrodniczy wózek nie stoi już przed sklepikiem. Toczy się w dół za oszalałym ze strachu koniem, który sadzi przed siebie w potężnych susach galopu. Wózek chwieje się, podskakuje, w każdej chwili może się rozbić o przydrożne drzewo. Przebudzone dziecko leży na siedzeniu, trzymając się obu rękami krawędzi desek.

Pestka, Ula, trzej chłopcy, traktorzysta i jego towarzysz patrzą na to jak skamieniali; ich mózgi są wymiecione z wszelkiej myśli, ich członki niezdolne do ruchu. Trwa to jednak nie dłużej niż sekundę. Zenek, który stał za Marianem i Julkiem, roztrąca gwałtownie chłopców – Julek przewraca się, Marian leci bezwładnie parę kroków w stronę rowu – i przeciąwszy szosę na ukos, puszcza się w pogoń za mijającym go wozem. Mechanik hamuje, zeskakuje z traktora, ze sklepiku wywołana krzykiem wybiega matka chłopca.

– O Jezu! – krzyczy nieprzytomnie. – O mój Jezu!

Tuż za nią ukazuje się w progu sprzedawca.

– Dziecko! – krzyczy kobieta, biegnąc w dół. – Ludzie, ratujcie! Ludzie, ratujcie!

Koń pędzi przed siebie. Równocześnie na górze za barierami ukazują się dwie ciężarówki, za nimi auto osobowe. Ciężarówki zasłaniają autu widoczność, auto mija je i z ostrą szybkością zjeżdża w dół ku barierom, ku wąskiemu gardłu szosy na wprost oszalałego konia.

Ula wbija palce w ramię Pestki, Pestka wcale nie czuje bólu. Marian jest blady. Julek wpatruje się w pędzący wóz z otwartymi ustami.

— O Boże! — szepcą kobiety, które nadbiegły z pobliskich zabudowań. — O Boże!

— Auto! — krzyczy sprzedawca, jakby nikt inny nie zauważył niebezpieczeństwa. — Przecież auto!

Tymczasem Zenek biegnie dalej potężnymi, długimi susami jak szybkobiegacz. Znajduje się teraz bliżej wozu niż na początku, jest coraz bliżej. Ale odległość między koniem a barierami zmniejsza się również. Wózek podskakuje, dziecko puszcza krawędź deski, zsuwa się z siedzenia w tył wozu.

— Spadnie! — krzyczą kobiety. — O Jezu, spadnie!

Zenka dzieli już od wozu nie więcej niż trzy kroki. Rzuca się naprzód, chwyta ręką za kłonicę, biegnie chwilę przy kole, po czym gwałtownym ruchem odbija się od ziemi i wskakuje na wóz. Dalsze ruchy są błyskawiczne: chwyta dziecko, przerzuca je na przód, przeskakuje siedzenie i schyla się po lejce. Już ma je w ręku, skraca je, ciągnie ku sobie, hamując konia. Równocześnie przytrzymuje dziecko nogami, więzi je między deskami i siedzeniem.

Koń, poczuwszy ściąganie lejcami, szarpie głową, nie poddaje się, mija bariery, wbiega na najwęższą część szosy. Od drugiej strony, z góry, zjeżdża z wyciem klaksonu auto osobowe. Patrzący przestają oddychać, matka biegnąca brzegiem drogi wydaje straszny, przeciągły krzyk.

Zenek przechyla się do tyłu tak mocno, że tylko naprężone lejce utrzymują go w równowadze, i równocześnie całym ciałem skręca się w prawo. Ten sam skręt wykonuje głowa konia — i nagle wózek stacza się z wysokiego nasypu szosy w dół, na łąkę. Koń biegnie jeszcze kilkanaście kroków po zielonym, miękkim bezdrożu i wreszcie staje, zdyszany i zlany potem.

Pierwsza dopada wozu matka. Chwyta dziecko w ramiona, opiera się plecami o deski, wyzbyta nagle z sił. Potem nadciągają Julek, Marian, Pestka, pracownicy drogowi.

— Zenek! — wykrzykuje cichym, zdławionym szeptem Julek.

— Zenek! — Nie umie powiedzieć tego, co czuje. Przysuwa ramię do ramienia przyjaciela, chce być blisko.

Pestce i Marianowi także brakuje słów. W oczach mają jeszcze przeżyty dopiero co strach i zdumienie. Ten Zenek!...

To, co pół godziny wcześniej zdarzyło się pod ścianą żywopłotu, staje się nieważne, jakby nigdy nie istniało lub jakby wcale nie dotyczyło tego chłopca, którego mają przed sobą i który zachował się jak bohater. Patrzą na niego z zachwytem.

Ula jest znowu blada, usta jej drżą. Na szczęście nikt tego nie dostrzega, wszyscy skierowali wzrok na Zenka.

— No, ale syna to pani masz dzielnego — mówi do kobiety jeden z drogowych. — Zrobić taką rzecz to i niejeden dorosły się nie poważy.

— Nie poważy się albo nie będzie umiał — mówi drugi. — Tu bariera, a tu samochód — rozważa, przeżywając zdarzenie na nowo. — Skręcił w ostatniej sekundzie.

— O Jezu, o mój Jezu — szepce kobieta w zdumieniu, jakby dotąd nie była w stanie uwierzyć, że niebezpieczeństwo minęło. — Alem się tyż przelękła... — wzdycha głęboko jak po płaczu, przygląda się Zenkowi, a potem wyjaśnia drogowemu: — To wcale nie mój syn, mam tylko tego małego.

Dziecko już nie płacze, jest jednak bardzo wystraszone. Matka unosi je ku Zenkowi.

— Podziękuj, syńciu, podziękuj — mówi tkliwie, przysuwając usta do jasnych, rozrzuconych włosów. — Obejmij rączkami, on ci życie wyratował.

Dziecko krzywi się, odwraca głowę ku matce. Zenek śmieje się, cofa, jest bardzo tym podziękowaniem skrępowany.

— Boi się mnie, zanadto go przycisnąłem, ale musiałem, inaczej nie dałbym rady.

— Pewno, dzieciak by wyleciał.

Tymczasem nadbiega mechanik, jest bardzo zły.

— Na takiego konia trzeba uważać! Nieszczęście mogło być! Kobieta tłumaczy, że przecież wiele razy jeździła szosą, a nigdy nic takiego się nie zdarzyło. Marian wyjaśnia, że koń zlękł się ciągnika. „Ciągnik wyjechał zupełnie nagle, ze strasznym hałasem" — mówi Julek. Zenek w tych wyjaśnieniach nie bierze żadnego udziału, wyszarpuje z siedzenia garść słomy i wyciera spoconego konia, potem sięga po lejce i wolno wyprowadza wóz na szosę.

I tu następuje rozstanie: kobieta z dzieckiem odjeżdżają w swoją stronę, drogowi zostają na miejscu i zabierają się do przerwanej pracy, Zenek z towarzyszami i mechanikiem zawracają w stronę sklepiku.

Tymczasem przed sklepem zgromadził się mały tłumek, zdarzenie wywołało ludzi z domów i pól, nadbiegły i dzieci. Otaczają sprzedawcę, który opowiada, co widział, gestykulując i machając rękami. Kilku małych chłopców wybiega naprzeciwko idących.

— To ten — mówi sprzedawca, wskazując na Zenka. — Ten najwyższy.

— Niedorosły chłopak! — dziwi się stojąca obok gruba kobieta. — Że to się nie bał!

— Skąd on jest? — pytają inni. — Znasz go pan?

— Znać nie znam, ale pił tu oranżadę. Z tymi młodszymi. Na tej ławce siedział. — Sprzedawca jest najwyraźniej dumny, że to właśnie jego sklepik stał się ośrodkiem niezwykłego zdarzenia.

— Chodź no tu do nas! — woła do zbliżającego się Zenka. — Skąd ty jesteś?

Chłopak nie odpowiada, idzie prosto przed siebie, wymijając zabiegające mu drogę dzieciaki.

— Słyszysz, woła ciebie — zwraca mu uwagę Julek.

— No to co? — Zenek jest wyraźnie zły. — Chodźmy.

Julek nie może się jednak wyrzec szczęścia sławy. Ciągnie przyjaciela za rękę, ludzie otaczają ich, Pestka i Ula zostają na boku.

— Skąd ty jesteś? — pyta sprzedawca.

— A bo co?

— Bo wszyscy ciekawi — śmieje się jowialnie sprzedawca. — Pokazałeś ładną sztukę, więc każdy chce wiedzieć. Można by cię podać do gazety! Jak się nazywasz?

— On się nazywa Zenek — mówi z dumą Julek. — Zenek Wój...

— Zenon Wójtczak — przerywa szybko Zenek i zdecydowanym ruchem wysuwa się poza grupę ciekawych.

— Zenek? — mówi ze zdziwieniem Julek, idąc szybko u jego boku. — Przecież ty się nazywasz Wójcik.

— To co? — Zenek jest wyraźnie rozdrażniony. — Do gazet będzie podawał, bałwan!

— Ty byś nie chciał?... — Mały kieruje na przyjaciela zdumione oczy. — Naprawdę?

— Pewno, że nie.

— Dlaczego? — pyta Marian, marszcząc ze zdziwienia czoło. Jeżeli się zrobiło coś takiego jak Zenek, to musi być przecież przyjemnie przeczytać o tym w gazecie.

— Bo nie — Zenek krzywi się pogardliwie. I na dowód, że uważa temat za wyczerpany, rozgląda się po niebie i stwierdza, że się przejaśniło. Julek milknie. Być wydrukowanym w gazecie... Wszyscy czytaliby, wszyscy! Jak o tamtych chłopcach, którzy ocalili pociąg przed wykolejeniem. A Zenek o to nie dba, nie zależy mu!... Serce Julka zalewa nowa fala podziwu...

Po chwili przyłączają się do Pestki i Uli — i ruszają w stronę domu. Zenek idzie między braćmi, dziewczęta z tyłu. Obie nie odrywają oczu od smukłej postaci chłopaka.

— Gdzie się nauczyłeś powozić? — pyta Marian. Wyraża w ten sposób swoje uznanie, nie będzie przecież mówił wprost, że wyczyn Zenka strasznie mu zaimponował, takich rzeczy się nie mówi, brzmią zbyt głupio. I Zenek nie chciałby nic takiego usłyszeć.

— U dziadka — odpowiada Zenek. — Na wsi.

Julka interesuje co innego. Czy Zenek wiedział od razu, że ma skręcić na łąkę, czy też postanowił to zrobić dopiero w ostatniej chwili?

Zenek śmieje się.

— Żeby nie samochód, to po co bym miał skręcać? Myślałem tylko, żeby minąć bariery. Ale jak samochód wyskoczył, to innej rady nie było.

— Tam było stromo, wóz mógł się przewrócić!

— Pewno, że mógł. Ale lepiej nawet wywrócić, niż wpaść pod auto. Marmolada by z nas została.

— Ula — mówi cicho Pestka. — Przecież Zenek mógł się zabić.

— Tak...

— A on teraz jakby nigdy nic. Jakby to nie było nic wielkiego. Zauważyłaś?

— Tak...

Znowu widać w dole most, przewieszony wysokim betonowym przęsłem nad Młynówką. Idą wesołym krokiem, spadek szosy odbiera ciału ciężar. Czują radosne odprężenie po przeżytym wzruszeniu, cieszą się, że mają Zenka wśród siebie. Wiatr owiewa twarze i odgarnia włosy. Niebo poweselało, pomiędzy chmurami pokazuje się gdzieniegdzie błękit, parę razy przesunął się po polach promień słońca, nasycając kolorem wszystko po drodze.

Postali chwilę na moście, Julek spłoszył stadko małych rybek, rzucając na wodę patyk, potem ruszyli znowu i szli wzdłuż ściany żywopłotu, odgradzającej sad od strony drogi. Kiedy mijali furtkę, Zenek wybiegł naprzód i zajrzawszy do środka, zaśmiał się cicho. Po kilkunastu krokach, w miejscu gdzie żywopłot załamywał się pod kątem prostym i tworzył ochronę od strony pola, Zenek stanął, znowu się roześmiał i odgarnąwszy niedbałym ruchem włosy, powiedział niegłośno:

– Nikogo nie ma. Ja idę, a wy – jak sobie chcecie.

– Na jabłka? – spytał zdumionym szeptem Julek.

– Jak kto się boi, może nie iść – rzekł z wolna Zenek. – Nikomu nie każę.

– Idę z tobą! – krzyknął Julek. – Nie boję się wcale! Chodź, Marian!

Marian stanął bez ruchu. Spłoszone myśli przelatywały mu pędem przez głowę. Co zrobić! Narazić się, żeby taki chłopak jak Zenek uważał go za tchórza?

– Marian! No! – zawołał Julek.

Oczy Pestki roziskrzyły się, powzięła błyskawicznie decyzję.

– Boisz się? – spytała Mariana ze śmiechem. – Bo ja nie!

Marian przełknął z trudem ślinę. Nie chciał iść. Nie chciał za nic! Ale zostać? Oni będą wszyscy razem – z Zenkiem! I Pestka także!

– Pójdę – mruknął przez zęby.

– A Ula? – To pytanie zadał Julek, zabrzmiała w nim nutka pogardy. – Ula na pewno ma stracha!

– Zostaw ją! – rzekł ostro Zenek. – Niech zrobi, jak chce. Dziewczyny się do tego nie nadają.

– Ja się nadaję! – zaprotestowała ostro Pestka.

Zeszli z szosy w dół, szli cicho jak wtedy, kiedy wypatrywali kraski. Ula jest na końcu. Słyszy podniecony oddech Pestki idącej przed nią. Chwyta ją kurczowo za rękę, Pestka odwraca się.

– Co?

– Pestka! – błaga cicho Ula. – Pestka!

— Możesz nie iść! — Twarz Pestki jest zamknięta, prawie odpychająca.

Julek wymija Mariana, podsuwa się ku Zenkowi i pyta z podnieceniem, którędy się będą przedostawać:

— Tą samą dziurą co ty?

— Można — mówi Zenek. — Ale jest i druga, lepsza. Pokażę wam.

To lepsze przejście znajduje się na samym końcu zielonej ściany, tuż koło narożnika. Rośnie tu młoda lipa. Chłopcy i Pestka przeciskają się do sadu między jej pniem a gałązkami żywopłotu.

Ula zostaje na zewnątrz. Stoi chwilę, potem siada w bruździe, obejmuje rękami kolana. Płacze gorącymi, gorzkimi łzami, szlochając i z trudem łapiąc oddech. Dlaczego ich nie zatrzymała? Dlaczego?... Powinna im zabronić, powinna była krzyczeć... nie dać im!

Sąd

Skręciwszy w stronę domu, Pestka zobaczyła, że matka stoi przed gankiem i patrzy niespokojnie na drogę.

— Idę! Idę! — krzyknęła głośno i machnęła powitalnie ręką. Pani Ubyszowa drgnęła lekko i choć dzieliło je już tylko kilkanaście kroków, wbrew zwyczajowi nie poczekała na córkę, tylko szybko weszła do sieni. Zanim znikła, Pestka zdążyła zauważyć, że wyraz niepokoju w jej twarzy ustąpił wyrazowi gniewu. Poczuła się nieprzyjemnie. Zbliżała się do domu, niezdecydowana, co ma powiedzieć, i w ostatniej chwili postanowiła, że najlepiej będzie zachować się tak, jakby nic szczególnego nie zaszło. Wkroczyła raźno do kuchni i oświadczyła z punktu, że umiera z głodu. Brzmiało to zwyczajnie (Pestka „umierała z głodu" parę razy na dzień) — powinno było wywołać uśmiech i pośpieszną, życzliwą krzątaninę. Tym razem matka nie zareagowała. Dokładała patyki do ognia i nie tylko nie przerwała tej czynności, ale nawet się do Pestki nie odwróciła. Był to zły znak: mama się gniewa i w dodatku w taki sposób, jakiego córka najbardziej nie lubiła — na zimno. Pestka natychmiast poczuła bunt.

— Gdzie jest kubek? Pić mi się chce! — oświadczyła nieprzyjemnym tonem, świadczącym, że nie ma zamiaru zwracać uwagi na „niehumor" matki. Pani Ubyszowa sięgnęła po kubek wiszący nad kominem i odwróciła się ku córce.

— Jak ty wyglądasz?
— A bo co?
— Przejrzyj się w lusterku.

Pestka podeszła do lusterka wiszącego między oknami. Potargane włosy nie zrobiły na niej wrażenia. Ale na policzku i na szyi widać było parę zadrapań. „Jak przełaziłam przez żywopłot" – przypomniała sobie. Przestały już boleć i Pestka o nich zapomniała.

– Nic wielkiego! – rzekła lekceważąco, czując równocześnie niezadowolenie, że zadrapania ją zeszpeciły i że Zenek na pewno musiał to zauważyć. – Łaziłam po krzakach.

– Jest czwarta godzina, miałaś być o drugiej – mówi matka.

– Zapomniałam.

Była to prawda. Dopiero zbliżając się do domu, Pestka uświadomiła sobie, jak bardzo jest spóźniona.

– Zapomniałaś... I przez to twoje zapomnienie ja spędziłam dwie godziny między kominem, żeby nie wygasło, i gankiem – wypatrując, czy wracasz, i rozmyślając, co ci się stało!

– A co mi się mogło stać? – mówi Pestka lekko. – Nic! To nie moja wina, że od razu musisz sobie wyobrażać Bóg wie co.

Matka obrzuca Pestkę niedobrym spojrzeniem, mówi sucho, stawiając na stole talerz zupy:

– Umyj ręce i siadaj.

– A ty już jadłaś?

– Nie.

– To dlaczego sobie nie bierzesz?

– Nie mam ochoty, straciłam na razie apetyt.

To powiedzenie jest oczywiście napiętnowaniem... Pestka buntuje się coraz bardziej, chce, żeby matka to zauważyła. Zaczyna jeść, nie prosi wcale, żeby matka jadła także. Na drugie danie dostaje ulubione naleśniki z serem i umyślnie spożywa je z miną obojętną, tkwiąc nadal we wrogim milczeniu. Jeżeli mama chce mieć taki nastrój, to niech ma! Talerze są już zabrane, teraz Pestka dostaje jabłko. Nie ma na nie ochoty, najadła się dosyć tamtych papierówek.

– Nie chcesz?

– Dziękuję, może później.

Matka zabiera jabłko, odkłada z powrotem na szafkę, siada naprzeciwko córki. Pestka zbiera pośpiesznie rozpierzchłe myśli, mobilizuje przytomność umysłu. Wie, że przeżyje teraz niemiłą chwilę.

– Dlaczego tak się spóźniłaś? Czy nie sądzisz, że należałoby się wytłumaczyć?

– Chodziliśmy na szosę.

– Na szosę? Po co?

– Tak sobie, na spacer.

– Umówiłyśmy się, że nie będziesz chodziła nigdzie dalej bez opowiedzenia się.

– To wcale nie jest daleko.

– Z kim chodziłaś? – Pytaniu towarzyszy wnikliwe spojrzenie, przed którym nie można uciec.

– Tak jak zawsze – mówi Pestka szybko. – Z Ulką, Julkiem i Marianem.

Pani Ubyszowa nie spuszcza oczu z twarzy córki. Mówi ze spokojnym naciskiem:

– Zdaje mi się, że nie mówisz prawdy.

– Chodziłam z Ulką, z Julkiem i Marianem! – powtarza Pestka wyzywająco i o wiele głośniej, niż potrzeba.

Spojrzenie matki twardnieje, głos staje się jeszcze bardziej spokojny i zimny.

– Dlaczego tak krzyczysz? Bądź łaskawa mówić do mnie uprzejmiej.

Pestka chce jednak krzyczeć – to jej jedyna obrona przed uczuciem winy, która w niej tkwi, i przed spojrzeniem matki, którego nie może znieść. Zrywa się od stołu i, zarumieniona z gniewu, wykrzykuje, podniecając się własną niegrzecznością:

– O co ci właściwie chodzi? Że się spóźniłam?... No więc, spóźniłam się, tak! Trzeba było wcale z obiadem nie czekać, mogę doskonale zjeść zimny, czy to takie ważne? Dla mnie to nie jest ważne, mnie wcale na tym nie zależy. Są wakacje i muszę mieć trochę swobody! Nie jestem dzieckiem!

— Uważasz, że masz mało swobody? — dziwi się pani Ubyszowa.

— Naturalnie, że mało! — brnie w niesprawiedliwość Pestka.

— Jeżeli o głupie spóźnienie jest od razu cała awantura...

Pani Ubyszowa wstaje bez słowa: nie będzie rozmawiała z córką w takim tonie. W progu wydaje polecenie, żeby Pestka po sobie pozmywała.

Godziny popołudnia wloką się beznadziejnie. Matka czyta książkę, siedząc na leżaku pod kasztanem, robi na drutach sweter, rozmawia z gospodynią o tym, skąd zdobyć więcej drzewa na opał, idzie do sąsiedniego domu po śmietanę, wraca... Pestki nie widzi. Nie pyta, czym córka ma zamiar się zająć, nie zdradza ani jednym słówkiem, że w ogóle dostrzega jej obecność. Ta obojętność staje się po jakimś czasie nie do zniesienia. „Jeżeli tak — myśli z gniewem Pestka — to po co mam być w domu? Pójdę sobie gdzieś, wszystko jedno gdzie". Pójdzie i umyślnie spóźni się na kolację. Ale dokąd? Na wyspie chłopcy już dziś nie będą, a samej byłoby głupio. Do Uli?... Pestka uświadamia sobie ze zdziwieniem, że wcale nie ma na to ochoty — w czasie powrotu z sadu Ula nie odezwała się do niej ani słowem. Więc dokąd?... Ach, wszystko jedno, po prostu w pole, przed siebie, byle daleko od domu!

Wychodzi na drogę i, uszedłszy kilkadziesiąt kroków, zawraca. Coś trzyma ją jak na uwięzi. To mama — od której nie można odejść i z którą tak trudno jest być. Od niedawna zresztą... przedtem było łatwo, miło, wesoło. Przedtem nie było tego muru, który zaczął wyrastać między nimi od czasu zjawienia się Zenka i teraz stał się nie do przebycia.

Było już ciemno, kiedy pani Ubyszowa wróciła do mieszkania. Pestka tkwiła przy oknie, usiłując czytać. Kiedy usłyszała kroki matki, odłożyła książkę i zaraz chwyciła ją z powrotem. Czekała w zdenerwowaniu, kiedy padnie pierwsze słowo i jak będzie brzmiało.

Pani Ubyszowa zamknęła za sobą drzwi i, nic nie mówiąc, zdejmowała sweter.

– Mamo... – szepnęła Petka, czując, że nie zniesie dłużej ciężaru tego milczenia. Matka zbliżyła się z wolna, objęła córkę ramieniem i przytuliła do siebie.

Pestka oddycha z ulgą, ale już po chwili ogarnia ją niepokojące uczucie, że teraz właśnie nastąpi to, czego od kilku dni boi się najbardziej: rozmowa, w czasie której matka nie zadowoli się zdawkowymi odpowiedziami. Jeżeli będzie surowa i nieprzyjemna jak przy obiedzie, można sobie poradzić, choćby niegrzecznością. Ale jeśli będzie serdeczna?

– Kochanie moje – głos mamy jest ciepły i tkliwy. – Bardzo nam było źle w ciągu tych paru dni, prawda?

– Wiem, że byłam niegrzeczna, przepraszam – mówi dziecinnie Pestka. – I przepraszam, że się spóźniłam.

– Dobrze, już dobrze... – uśmiecha się mama pobłażliwie; po chwili głos jej poważnieje: – W gruncie rzeczy nie chodzi o to, że się spóźniłaś, tylko o coś ważniejszego. Chciałabym, żebyśmy pomówiły ze sobą zupełnie szczerze.

Jak dobrze, że w pokoju jest już ciemno! Inaczej mama zobaczyłaby od razu, że jej prośba o szczerość wzbudziła w córce lęk.

– Bardzo się ostatnio w stosunku do mnie zmieniłaś...

– Zmieniłam się?

– Jeszcze niedawno za każdym powrotem z tej waszej plaży czy ze spaceru miałaś mi tyle do opowiadania... Od jakiegoś czasu – prawie nic. Dlaczego? Coś przede mną ukrywasz, prawda?

Pestka milczy.

– Kochanie?... – mówi pani Ubyszowa z leciutkim upomnieniem.

To słowo również nie wywołuje oddźwięku. Matka nie zniechęca się, przygarnia córkę jeszcze bliżej ku sobie.

– Córeczko, zrozum. Jeżeli pytam, to po to, żeby ci pomóc.

– W czym? Nic się przecież nie stało.

Ramię, otaczające dziewczynę, opada, porozumienie nie zostało osiągnięte. Pani Ubyszowa wstaje i zapaliwszy lampę, bez słowa zabiera się do szykowania kolacji. Pestka wymyka się na ganek.

Jest już ciemno, dopiero po dłuższej chwili widzi się drogę, zarys płotu, czarną kopułę kasztana, nad nim jaśniejsze niebo. Pachnie maciejką, słychać wieczorne odgłosy wsi, poszczekiwanie psów, skrzypienie zamykanych wrót i furtek, ostatnie okrzyki zwoływanych do domu dzieci. Pestka, pogrążona w myślach, słyszy to wszystko tylko na pół.

Przez poprzednie dni nie mówiła mamie o Zenku, bo była związana słowem. Tajemniczość całej sprawy przynosiła kłopoty – niemiło było wyłgiwać się i przemykać – ale dawała też dużo przyjemności. Wiedziało się przecież, że nie ma w tym wszystkim nic złego, Pestka parokrotnie przeżyła nawet pokusę, żeby opowiedzieć mamie o dziwnym gościu wyspy. Było tak – aż do dzisiaj. Od dzisiaj Pestka ma przed mamą nie tylko sekret Zenka, ale i swój własny: wyprawę do sadu. Mama na pewno uważałaby, że stało się coś niesłychanego, nie zrozumiałaby, że to po prostu kawał, wyczyn sportowy. Pestka musiała w nim wziąć udział. Musiała! Inaczej uważano by ją przecież za tchórza! Miała się zgodzić, żeby w ten sposób myślał o niej taki chłopak jak Zenek?

Następnego dnia babka zabrała Mariana na targ do Łętowa, żeby jej pomógł nieść przeznaczone na sprzedaż sery i jaja. Julek został sam, a że mu się nudziło, poszedł na wyspę, nie czekając na dziewczyny. Nadeszły w jakiś czas potem i zastały obu chłopców przy robocie: ścianka szałasu przewróciła się, kiedy Zenek niebacznie oparł się o jeden z palików, i trzeba ją było postawić na nowo.

Ula cieszyła się z zajęcia; ścinając gałęzie, mogła trzymać się na boku. Pestka także była rada, że jest się czym zająć. Obie myślały bez przerwy o tym, co zaszło poprzedniego dnia, i obie nie chciały o tym ze sobą rozmawiać.

Kiedy szły na wyspę, Pestka, czując zły nastrój przyjaciółki, spytała ją z nieprzyjemnym śmieszkiem, czy bardzo jest „zgorszona". Ula nie odpowiedziała, zabrakło jej odwagi, jak zwykle, kiedy trzeba się było Pestce w czymś przeciwstawić. Ale Pestka i tak czuła jej potępienie – i była nim podrażniona. Umyślnie też, zaledwie zobaczyła Zenka i Julka, rzekła prowokacyjnie, że chyba niedługo znowu wybiorą się na jabłka. Julek oświadczył natychmiast, że gotów jest iść choćby zaraz, natychmiast. Zenek, zajęty obciosywaniem palika, nie odezwał się ani jednym słowem, a po chwili poszukał wzrokiem Uli i spytał:

– Dunaj się nie pokazał?

– Nie – odrzekła cicho, zaskoczona, że się do niej zwrócił.

Po jakimś czasie Julek, pogłębiwszy biegnący wzdłuż ścian szałasu rowek, w którym w czasie deszczu zbierała się woda, oświadczył głośno, że chce mu się pić i że zdałoby się zjeść papierówkę.

– Zdałoby się! – potwierdziła Pestka i, roześmiawszy się głośno, wyraźnie czekała, co na to powie Zenek. On jednak znowu zachował się tak, jakby wcale jej nie słyszał. Dokończył wiązania palików, a potem zabrał się do rozpalania ognia.

I właśnie wtedy wszedł na polanę Marian.

Miał w twarzy niezwykły u niego wyraz ponurej determinacji. Zauważyli to od razu. Julek, który zobaczył brata z daleka i chciał mu natychmiast powiedzieć o przygodzie z szałasem, zatrzymał się w pół słowa. Pestka rzuciła na ziemię naręcze chrustu i stała bez ruchu, patrząc na chłopca oczami rozszerzonymi niepokojem. Ula zbladła, wiedziała już, że coś się stanie.

Zenek klęczał przed paleniskiem z głową uniesioną — czujny i wrogi jak za pierwszych dni. Marian stanął przed nim, mierzyli się spojrzeniami w zupełnym milczeniu.

— Zenek... — zaczął Marian i przerwał. Gardło zaciskało mu się z lęku przed wypowiedzeniem słów, które miały paść. Opanował się jednak, odetchnął głęboko — i zdecydowany już na wszystko, powiedział twardo i wyraźnie:

— Ukradłeś pieniądze przekupce na targu. Prawda?

Nikt się nie poruszył. I nagle Julek skoczył ku bratu.

— Co ty gadasz, Marian? Co gadasz? — mówił cichym, zdławionym szeptem. — Zwariowałeś?

Marian odsunął go ręką i nadal nie spuszczał z Zenka oczu. Ten wstał i przegarnąwszy włosy niedbałym ruchem, uśmiechnął się z pogardą.

— Widziałeś mnie, jak kradłem?

Policzki Pestki oblał rumieniec gniewu. Zdawało się, że rzuci się na Mariana tak jak Julek.

— Jak możesz? — wybuchła. — Jak ci nie wstyd!

— To jemu niech będzie wstyd. Gwizdnął przekupce pięćdziesiąt złotych.

— Nie wierzę w to! Nie wierzę, rozumiesz?!

— To podłe! Podłe! — miotał się Julek. — Ktoś ci nagadał głupstw, a ty uwierzyłeś. Może ten Wiktor, co? A ty... a ty... — zatknął się z oburzenia, nie mógł dokończyć.

— Nie żaden Wiktor — odezwał się Marian. Czuł gorycz, że wszyscy są przeciwko niemu, jakby to właśnie on, a nie Zenek, był winien. — Przekupka opowiadała, jak było, słyszałem na własne uszy dziś w Łętowie. Dwa tygodnie temu jakiś chłopak ukradł jej pieniądze. Miał zieloną wiatrówkę i obwiązaną nogę.

Chwila osłupienia znowu została przerwana przez Julka.

– To nieprawda! – wrzeszczy na całe gardło. Nie zastanawia się nad tym, dlaczego tak gorąco bratu zaprzecza, nie pamięta, jak wiele razy słyszał o kradzieżach popełnianych przez chłopaków. Zenek stoi przed nimi sam jeden, oskarżony, potępiony, bez oparcia i – to małemu wystarcza, by go bronić ze wszystkich sił. – Nieprawda!

Ale Pestka nie jest już tak pewna swego jak przedtem. Podchodzi szybko do Zenka, w jej głosie brzmi coś szczególnego, ona sama nie zdaje sobie sprawy, czy to jest prośba, czy rozkaz:

– Powiedz, że to nie ty, słyszysz? Powiedz, że nie ty!

Twarz Zenka staje się drewniana, odpychająca. Oczy nie patrzą na nikogo.

– Zenek? – szepce bezradnie Pestka.

– Zenek! – krzyczy znowu Julek.

Ula nie odzywa się. Ona jedna wie od początku, że Marian mówi prawdę. Po jego pierwszych słowach spojrzała na Zenka i zrozumiała w lot, że jego uśmiech i pogarda to po prostu wybieg – a nie dowód niewinności.

Marian dopowiada przez zęby:

– Wiem teraz, dlaczego się tak ukrywał.

– Nic nie wiesz! – odpowiada mu Zenek. Szczęki mu drgają. Pięść zaciska się do ciosu. Marian pyta z nieubłaganym spokojem, nie cofając się ani o krok:

– Wziąłeś te pieniądze czy nie?

Twarz Zenka zmienia się znowu. Chłopak parska śmiechem i rzuca Marianowi długie, ironiczne spojrzenie.

– A jak wziąłem, to co? Wziąłem, bo mi się tak podobało!

– Jesteś złodziejem – odpowiada Marian.

Zenek schyla się spokojnie po wiatrówkę leżącą na ziemi i przerzuca ją niedbale przez ramię.

– No, to bywajcie.

Odwraca się, idzie przez polanę swobodnym, kołyszącym się krokiem, jak ktoś, kto wybiera się na spacer. Jeszcze chwila, a zniknie w krzakach.

— Zenek! — krzyczy Julek.

Ula uświadomiła sobie nagle, co znaczy słowo „bywajcie". Szarpie Mariana za rękę.

— Zatrzymaj go! Nie daj mu odejść! Nie daj! On nie jest złodziejem! To nieprawda! Słyszysz, Pestka, to nieprawda! Zatrzymajcie go... Zenek! Zenek!

Ostatni okrzyk sprawia, że odchodzący przystaje i ogląda się, Pestka i Marian nadal jednak stoją nieporuszeni. Skręca więc na ścieżkę wśród zarośli — i już go nie widać.

— Nie odchodź! — prosi Julek, dopadłszy Zenka między tarninami, w oczach ma łzy. — Nie odchodź, nie, nie!

— Julek, wracaj! — woła z daleka Marian.

Ręka Zenka ogarnia wątłe, chude ramię ciepłym uściskiem.

— Bywaj, mały. Bywaj.

Ula siedzi na werandzie przy chwiejnym stoliku. Pali się niska lampa, po kątach jest ciemno, szyby powlokły się nieprzeniknioną czernią. W głębi mieszkania pani Cydzikowa sprząta kuchnię, słychać stukanie naczyniami. Ojca jak zwykle nie ma, pojechał do jakiegoś pacjenta. Dziewczyna jest sama i samotna, pisze list.

Bardzo szczególny list. Nie zostanie nigdy wysłany, a pisze się go nie na osobnych kartkach papieru, tylko w grubym zeszycie. Jest w nim już sporo takich listów, ale tych wakacji ten jest pierwszy.

„Mamo, najdroższa Mamo! Stało się coś bardzo złego: Zenek odszedł. Kiedy tu był, miałam ciągle nadzieję, że może w końcu stanie się tak, że go poznam naprawdę, a teraz go już w ogóle nie ma. Chciałam też, żeby i on mnie poznał i żebym mogła mu o sobie opowiedzieć. I teraz czuję straszny żal i nikomu nie mogę się zwierzyć, bo nikt by tego nie zrozumiał. Nawet ja sama siebie nie rozumiem. Zenek nie zawsze postępuje tak, jak trzeba (gdybyś tu była koło mnie, powiedziałabym Ci, co zrobił, ale w liście pisać o tym nie mogę). I właściwie tylko jeden raz ze mną rozmawiał, i tylko jeden raz naprawdę na mnie patrzył. A mimo to, kiedy pomyślę, że jutro będzie znowu dzień, a ja go nie zobaczę, to nie chce mi się żyć. Czy to coś złego, Mamo? Nigdy jeszcze tak o nikim nie myślałam, nawet o Pestce, i nigdy nie byłam taka smutna".

Na podłogę werandy przez uchylone okno pada kamyk. Ula wzdrygnęła się. Rozgląda się, oczy, oślepione lampą, dłuższą chwilę nie widzą nic. Jest... leży koło nogi stolika, zawinięty w kawałek papieru. W głowie nie powstaje jeszcze żadna świadoma myśl, ale serce, które zawsze jest szybsze, bije na alarm.

„Wyjdź na drogę, czekam". Podpisu nie ma, nie jest wcale potrzebny.

Zenek stoi w ciemności, koło furtki. Kiedy Ula zjawia się przed nim na ścieżce, cofa się o dwa kroki pod nawisłe gałęzie krzaka jaśminu i pociąga ją za rękę. Stoją obok siebie, nie widząc się prawie, i upływa bardzo długa chwila, zanim pada pierwsze słowo:

— Nie przestraszyłaś się?

— Trochę. To nic.

— Bałem się, że może nie jesteś sama.

— Jestem sama... Zenek!

— Co?

— Zostaniesz?... Zostań!

— Nie, teraz już pójdę.

Ula nie zrozumiała.

— Dlaczego teraz?

— Czekałem tylko, aż się ściemni... Żeby tu przyjść.

— Tak... — Za zwyczajnym, nic nieznaczącym słówkiem, jak za tarczą, ukrywa się wzruszenie. Czekał, żeby do niej przyjść!

— Powiedziałaś... — Zenek mówi teraz szorstko, chce widocznie wyrazić coś, co sprawia mu trudność, ale ma dla niego wielkie znaczenie. — Dlaczego powiedziałaś, że nie jestem złodziejem?

— Bo nie jesteś.

— Wziąłem te pieniądze.

— Ja wiem. Ale złodziejem nie jesteś.

W ciemności słychać westchnienie ulgi. Dalsze słowa chłopaka brzmią swobodniej:

— Gdybym znalazł wujka, tak jak myślałem, toby się to nie stało.

Ula ma serce domyślne.

— Byłeś głodny?

— No tak... Długo wytrzymywałem, nie myśl. W końcu nie mogłem.

— Ale teraz wrócisz już do domu? — pyta szybko Ula. Nie może znieść myśli, że coś takiego mogłoby się powtórzyć. Niech Zenek będzie znowu bezpieczny i wśród swoich.

Chłopiec nie odpowiada.

— Myślisz, że ojciec będzie się gniewał?

Znowu żadnej odpowiedzi. Ciemna postać, ledwo widoczna na tle jaśminowego krzaka, która dopiero co pochylała się ku dziewczynie, stoi nieporuszona. Ulę ogarnia nagły niepokój. Tak jak wtedy na polanie, kiedy nadszedł Marian, tak samo teraz wie z zupełną pewnością, że następna chwila przyniesie coś złego.

— Mój ojciec — Zenek zacina się, ale zaraz kończy twardo: — Ja do ojca nie wrócę. Ojciec mnie nie chce.

Noc zapadła już dawno, ale dopiero teraz robi się naprawdę ciemno. Światło sączące się z werandy lśni bezsilnie na ścieżce, otoczone zwartym cieniem. W majaczących z dala drzewach, w pobliskich krzakach, w płaskiej podniebnej przestrzeni pól zaczaiła się nieruchoma, gęsta czarność. Ula patrzy w nią oczami pełnymi lęku, z ustami uchylonymi niemym krzykiem. Drży, jakby była chora. Co ma powiedzieć? Co ma zrobić? Jaką znaleźć radę?... Jedyne, co przychodzi jej na myśl, to zaprzeczyć temu, czego się dowiedziała.

— Słuchaj — szepce, zaciskając co chwila szczęki, żeby opanować dreszcz. — Słuchaj... To przecież niemożliwe! To ci się tylko tak zdaje! To nieprawda! To nie może być prawda!

— Widać może być, skoro jest — odpowiada gorzko Zenek.

Ula zamilkła. Wiedziała przecież i ona, że dzieją się w życiu takie rzeczy...

— Dlaczego ojciec cię nie chce?

— Nie mogę ci tego wytłumaczyć. Nie zrozumiałabyś.

— Ja dużo rozumiem, więcej, niż myślisz. Powiedz mi...

— Nie, tego nie...

Gdzieś daleko rozlega się warkot motoru.

— Więc co teraz z tobą będzie?

— Pojadę do Warszawy.

— Masz tam kogoś? — W pytaniu dziewczyny brzmi troska. Jakby właśnie ona była odpowiedzialna za losy tego większego od niej o głowę chłopaka.

— Nie mam. Jakoś sobie poradzę.

— Nie! Nie! — W Uli budzi się nagle gwałtowny protest. — Nie możesz tak odejść! Zostań tutaj — na wyspie. Ja im powiem — Marianowi i Pestce, wytłumaczę im! Obmyślimy coś, pomożemy ci, Zenek!

Motor słychać już bliżej. Auto zaraz minie zakręt.

— Nie zostanę. I tak bym przecież odszedł. Nie martw się.

Przez drzewa widać już reflektor oświetlający drogę.

— Ojciec wraca, muszę iść!

— Urszula — mówi Zenek cicho, zbliżając twarz do jej twarzy. — Ty jesteś jedyna na świecie.

Okoliczności łagodzące

Julek szwendał się po podwórzu, nie wiedząc, co ze sobą w ogóle zrobić. Z Marianem nie rozmawiał. Kiedy poprzedniego wieczoru, po odejściu Zenka, wracali do domu, Julek milczał zaciekle, dławiąc łzy za pomocą pociągania nosem. Potem, zanim weszli na podwórze, zniknął gdzieś między chałupami i, zjawiwszy się, kiedy było ciemno, przemknął przez sień i położył się do łóżka, nie myjąc się ani nie jedząc kolacji, i natychmiast usnął.

Rano babka przywołała go do siebie; mijał właśnie kuchnię i szedł z dzbankiem po wodę.

— Julek!

— Co? — Zatrzymał się w progu, parę kroków od niej.

— Chodź no tu do mnie.

Takie słowa oznaczały nieomylnie, że nastąpi nieprzyjemna rozmowa. Stał nieruchomo przy progu, patrząc w ziemię i żałując, że nie udało mu się przelecieć kuchni szybciej; babka nie zdążyłaby go wtedy zahaczyć.

— Może byś się przed babką wytłumaczył?

— Bo co?

— „Bo co?" — Rozgniewała się. — Ty mnie się tak nie pytaj, wiesz dobrze, o co się rozchodzi. Coś wczoraj robił?

— Nic.

— Marian też mówi, że nic, tylko że chodzi z miną, jakby siedem wsi zamiarował podpalić... To nie musi być takie całkiem nic, skoroś się dziadkowi i babce nie chciał pokazać na oczy.

A i teraz patrzysz w ziemię, nie na mnie. Odwracasz się od światła, ale ci nie pomoże, ja i tak widzę. I wcale mnie się to nie podoba. Dziecko powinno być szczere, jak jest u rodziny, bo rodzina jest życzliwa, rozumiesz? Nikt tu nie chce, żeby wam było źle, tylko żeby wam było dobrze.

Mały nie odpowiedział nic, tylko jeszcze niżej pochylił głowę. Babka poczuła niepokój, to zachowanie wcale nie było do Julka podobne. Wzięła chłopca za rękę i obróciwszy ku oknu, choć się opierał, ujęła za podbródek. Miała teraz przed sobą twarz winowajcy, chudą, ze sterczącymi uszami i zakręconym wicherkiem nad lewą skronią, z nieumytymi policzkami, na których widniały wyraźnie drogi wczorajszych łez. Zaciśnięte usta wyrażały wolę, żeby nie płakać.

Wszystko to razem obróciło gniew babki wniwecz.

— Juluś — powiedziała tkliwie, jak do małego dziecka. — Juluś!... No!

Taka nagła serdeczność jest zdradliwa i może skruszyć najbardziej męskie postanowienia. Spod przymkniętych powiek wytoczyła się łza i biegła ku brodzie, wymywając nową, jasną smugę.

Babka wydobyła z kieszeni chustkę i otarła zmoczony policzek.

— No, no... — mówiła dobrodusznie, widząc następną łzę. — Nie płacz...

Julek przywarł nagle do ramienia babki, chowając twarz w jej rękawie, pachnącym błogo słońcem, kuchnią i zielem.

Gładziła go po włosach spracowaną ręką, suchą i lekką jak wiórek.

— Skrzywdził cię kto? Powiedz babce, powiedz...

— Babciu... — westchnął głęboko i na tym się skończyło.

Nie może powiedzieć, nie wolno mu. Tajemnica, przedtem cenna jak skarb, teraz ciąży jak kamień.

— Powiedz, wnusiu, może znajdziemy radę na to zmartwienie.

149

Niestety, na to, co się stało, żadnej rady nie ma i dlatego właśnie Julkowi jest tak źle. Żeby przynajmniej ktoś mógł mu to wszystko wytłumaczyć! Marian mówił, że Zenek to złodziej, i jest zadowolony, że tamten sobie poszedł. Ale Zenek uratował dziecko, zrobił taką rzecz, na którą nikt inny się nie poważył, tak właśnie, jak to robi bohater.

I był dobry dla Dunaja, i obronił go, i w ogóle. I Julek tak tego Zenka lubił, tak strasznie lubił! W dodatku cała awantura stała się przez Mariana. Gdyby nie Marian, to Zenek byłby sobie na wyspie nie wiadomo jak długo, może nawet do końca wakacji. Julek ma do Mariana taki żal, że nie może na niego patrzeć.

– No?

– Kiedy nic...

– Ech, ty mały! – kiwa głową babka. Głupie to i postrzelone jak źrebak, a uparte jak kozioł. Frasuje go coś, a nie powie ani słowa. Babkę to gniewa, ale chęć, żeby ten frasunek jakoś zmniejszyć, jest od gniewu silniejsza.

– Idź się umyć. Po śniadaniu dam ci jajko, ukręcisz sobie kogel-mogel. Dobrze?

– Dobrze – odpowiada Julek. Kogel-mogel nie pocieszy go po stracie przyjaciela, ale jest smaczny.

Po podwórzu można łazić kwadrans, no, ostatecznie, pół godziny... A potem co? Czas od poranku do wieczora, który do tej pory był zawsze za krótki, teraz wydaje się długi jak wieczność, nie wiadomo wcale, jak go zapełnić. Marian się nie liczy, zresztą wyniósł się z książką na stryszek. Ten stryszek mieści się nad obórką, a że przechowywano tam siano, było to miejsce przyjemne i w czasie, kiedy nie było jeszcze zwyczaju chodzić co dzień na wyspę, dobrze tam było pobyć, zwłaszcza jeśli padał deszcz.

Od zjawienia się Zenka ten obyczaj został zarzucony, latało się na wyspę przy każdej pogodzie. Dzisiaj, chociaż jest słońce, obaj zostali w domu, jakby się umówili, a nie umawiali się wcale.

Iść do ogrodu, pomagać pleć buraki? Ostatecznie można by, ale kto wie, czy babka znowu nie zechce wypytywać? Poczytać?... Ale jak czytać, kiedy ma się głowę pełną myśli? Kręcą się i kręcą, nie dają spokoju i nie ma komu o nich powiedzieć. A może iść do Uli?... Do tej pory, jeśli miało się jakąś sprawę do dziewczyn, Julek odruchowo zwracał się do Pestki. Dzisiaj inaczej: to Ula chciała wczoraj zatrzymać Zenka na wyspie, nie Pestka.

Zbliżając się do domu doktora, Julek poczuł lekki niepokój na myśl, że Ula spyta, po co przyszedł. Gdyby miał dla niej jakieś zlecenie, jakąś wiadomość, to co innego, wtedy sprawa byłaby prosta. Mówi się: „przyjdź tam i tam", „zrób to i to", i leci się dalej. Teraz jednak chodzi właśnie o to, żeby nie lecieć dalej, tylko zostać i porozmawiać. Jak się taką rzecz robi? Julek boi się wygłupić, jego młodociana ambicja jest bardzo wrażliwa. Może Ula się roześmieje i da mu do zrozumienia, że do rozmowy z nią jest za dziecinny?

Żeby zapewnić sobie możność honorowego odwrotu, Julek wygwizduje hasło załogi od niechcenia, tak jakby to była obojętna melodyjka, którą się nuci pod nosem, nie zdając sobie z tego sprawy. Idzie z wolna wzdłuż płotu, postanawiając, że nie będzie się przed furtką zatrzymywał.

— To ty, Julek? — woła Ula, wychylając się przez drzwi; ze schodków werandy nie widać dobrze całej drogi, zasłania ją krzak jaśminu.

— Ja.

— Wejdź!

Ula wraca do stolika, przy którym właśnie siedziała, pisząc dalej swój list. Ostatnie zdanie brzmi: „Zenek myśli, że ja nie mogłabym go zrozumieć, wydaje mu się, że jestem taka, jak inne szczęśliwe dzieci. A ja właśnie zrozumiałabym go na pewno, bo mnie mój ojciec także wcale nie kocha. I Ciebie, Mamo, też nie kochał". Ula zamyka zeszyt szybko i rzuca go do szufladki. Potem zostanie schowany głęboko, na sam spód zamykanej na kluczyk walizki.

Tymczasem Julek minął furtkę i jest na ścieżce. Usiłuje patrzeć zuchowato, ale Ula dostrzega, że twarz ma zbiedzoną, usta odęte. Nie przebolał tego, co się stało, nie pogodził się... Ula czuje, że ten chłopak, z którym do tej pory nie miała właściwie nic wspólnego, stał jej się nagle bardzo bliski.

— Sama jesteś? — pyta Julek; o tej porze doktor jest zazwyczaj nieobecny, ale lepiej się upewnić.

— Sama. Siadaj.

Ula wskazuje mu miejsce na starej kanapce koło stoliczka, ale chłopiec zostaje przy progu, ciągle jeszcze bardzo skrępowany. Oboje nie wiedzą, co powiedzieć, choć oboje myślą o tym samym.

— Mam dla ciebie znaczek z Kanady — przypomina sobie Ula. — Poprosiłam panią Cydzikową, ma w Kanadzie syna.

Julek obejrzał znaczek i powiedział rzeczowo, że owszem, weźmie go sobie. Włożył znaczek do notesu i znowu nie wiadomo było, o czym mówić.

— Co będziesz dzisiaj robił?

— Nie wiem. Nic.

— A gdzie Marian?

— Ja z Marianem nie gadam! — wybucha nagle Julek. Dosyć ma tej głupiej rozmowy o niczym, musi wyrzucić z siebie to, co od wczoraj dolega mu jak wrzód. — Ula, słuchaj!

— No?

— Zenka na pewno ktoś zmusił albo mu kazał, prawda? Mogło przecież tak być? — pyta z niecierpliwą nadzieją. — Prawda, że mogło?

Wiara w okoliczności łagodzące, które usprawiedliwiałyby przyjaciela, jest chłopcu potrzebna jak powietrze. Ula, która przedtem postanowiła zataić wieczorne spotkanie z Zenkiem, mówi cicho:

— Zenek ukradł dlatego, że był głodny.

— Głodny? — W oczach Julka maluje się przestrach i zdumienie. — Jak to głodny?

— Nie miał pieniędzy, żeby sobie kupić coś do jedzenia — tłumaczy łagodnie dziewczynka. — Zabrakło mu, był w drodze bardzo długo.

— Skąd wiesz?

— Rozmawiałam z nim. Przyszedł tu wczoraj wieczorem. Żeby mi to powiedzieć.

— Tobie? — Julka opanowuje gwałtowna, bolesna zazdrość. — Dlaczego tobie?

Ula rozumie dobrze ten rodzaj cierpienia. Trzeba jakoś chłopca pocieszyć.

— Widzisz — mówi tonem dorosłej i rozważnej osoby, która dobrotliwie wtajemnicza dziecko w swoje pomysły — ten dom stoi trochę na uboczu. Do ciebie nie mógł pójść, na pewno ktoś by go zauważył.

— To jest racja — rozjaśnia się Julek. — Jakby przyszedł do nas, zobaczyliby go Kwiatkowscy. Wiesz — ci z drugiej strony drogi.

— Właśnie.

— I na pewno nie chciał się spotkać z Marianem — rozważa dalej Julek, kiwając głową dla podkreślenia, że taka postawa Zenka jest dla niego zupełnie zrozumiała. Niechęć do brata budzi się w nim na nowo. — Idę po niego — oświadcza z zaciętością. — Niech przyjdzie i niech się dowie!

— Po co ma przychodzić? Sam mu powiedz.

Nie, Julek nie chce, Marian powinien usłyszeć to od Uli. Skacze jednym susem ze schodów i z hukiem zatrzaskuje za sobą furtkę, bardzo mu się teraz śpieszy.

*

Po kilkunastu minutach przemierza tę drogę z powrotem, tym razem znacznie wolniej, bo obok idzie Marian – niechętny i mrukliwy. Z początku się opierał, mówił, że nie pójdzie. Dopiero oświadczenie, że Ula widziała się z Zenkiem i ma do powiedzenia coś bardzo ważnego, zmusiło chłopca do opuszczenia stryszku.

Wchodzili właśnie na werandę, kiedy usłyszeli za sobą szybkie kroki: nadbiegała Pestka. Ona także nie mogła dać sobie ze sobą rady. Sąd nad Zenkiem, który odbył się poprzedniego dnia na wyspie, odejście chłopca, rozżalenie Uli, że Pestka nie stanęła w jego obronie – wprawiły dziewczynę w głęboką rozterkę. Nieprzyzwyczajona do krytyki ze strony przyjaciółki, postanowiła, że do niej nie pójdzie. Ale że ciężar samotności był zbyt dotkliwy, a zawziętość nie leżała w jej naturze – zjawiła się przed domkiem doktora, złakniona porozumienia.

– Wiesz – zwrócił się do niej Julek, zanim ktokolwiek zdążył się odezwać – Zenek był u Uli wczoraj wieczorem! Dlatego u niej – podkreślił – że ten dom jest na uboczu, u nas mógłby go kto zobaczyć.

– Naprawdę? – zakrzyknęła Pestka w zdumieniu. – Rozmawiałaś z nim?

– Tak.

– I co? – Patrzyła bacznie w twarz przyjaciółki, pełną uroczystego skupienia.

– Zaraz się dowiesz! – rzekł wrogo Julek. Pamiętał, w jaki sposób Pestka zachowała się na wyspie.

Ula odetchnęła głęboko, jakby się zlękła, że zabraknie jej głosu. Przezwyciężywszy nieśmiałość, powiedziała cicho i wyraźnie:

– Zenek dlatego wziął te pieniądze, że był głodny. Nie miał za co kupić sobie jedzenia.

Julek patrzył na brata. Kiedy Ula skończyła mówić, po twarzy Mariana przemknęło coś, jakby niepewność, ale już po chwili stała się znowu niechętna i uparta. Widać było, że nie zmienił swego przekonania.

— To nie jest wytłumaczenie — osądził. — Wydał pieniądze, a jak mu zabrakło, to ukradł. W ten sposób to prawie każdy miałby prawo kraść.

— A ty byś wytrzymał bez jedzenia cały dzień albo dwa? — oburzył się Julek. — Od obiadu do kolacji nie możesz wytrzymać!

— Nie wygłupiaj się, dobrze? — zaproponował mu ostro Marian. — Ja mówię poważnie.

— Ja też poważnie. Zenek był wtedy w podróży, więc co miał zrobić?

Pestka zmarszczyła brwi. Czuła niepokój, z którego natury nie umiała na razie zdać sobie sprawy.

— Czekajcie — przerwała kłótnię chłopców. — Przecież Zenek mówił, że ojciec dał mu pieniędzy na drogę?

— Co z tego? — przeciwstawił się natychmiast Julek. — Dał mu na jakie dwa, trzy dni, a Zenek szukał wujka przez dwa tygodnie z hakiem!

— Więc po co szukał go tak długo? — zniecierpliwił się Marian. — Mógł nie szukać, nikt mu nie kazał.

— Łatwo ci powiedzieć! Wrócić do domu z niczym, kiedy postanowił, że musi tego wujka znaleźć. Musi, i koniec!

Wywody Julka nadal nie trafiały Marianowi do przekonania.

— Zenek nie jest dzieckiem! — rzekł ostro. — Za kradzież idzie się do więzienia, powinien o tym wiedzieć. A poza tym, no... — Czoło Mariana zafrasowało się jeszcze bardziej niż zwykle. Wypowiadał teraz słowa powoli i z trudem, jakby każde stawiało mu opór. — A poza tym przez niego... to i my też... Myśmy też kradli!

— Kradliśmy? — zdumiał się Julek.

— A jabłka?

— Wielka mi kradzież, jabłka! — Julek wzruszył ramionami.

— Taka sama jak każda inna!

— No... — zaczęła Pestka. Chciała powiedzieć, że jabłka to jednak co innego niż pieniądze — i nagle zrobiło jej się wstyd. Nie można osłaniać swoich postępków w taki głupi sposób.

— Poszedłem, bo chciałem być z Zenkiem — wyjaśnił niepewnie Julek. Była to już obrona, nie atak.

— Każdy chciał być z Zenkiem, wiadomo — rzekł ponuro Marian. — Powiedział, że to sport! — krzyknął głośno. — Ładny mi sport, chodzić do cudzego ogrodu!

— Ach! — zawołała Ula z niezwykłą u niej gwałtownością. — Czy ty nie rozumiesz? On nie kupował sobie chleba, nie miał za co... I te jabłka to dlatego...

— Skąd wiesz, że nie kupował? Mówił ci?

— Nie, ale się domyśliłam.

— A ja w to nie wierzę. Jak przynosiliśmy mu jedzenie...

— Tyle co kot napłakał! — wtrącił Julek.

— Jak przynosiliśmy mu jedzenie — kończył Marian — to Zenek zachowywał się tak, jakby go to nic nie obchodziło. I ani nie dziękował, ani nigdy o nic nie prosił.

— Więc miał mówić: „Dajcie więcej, bo mi się chce jeść"? Jak ktoś jest dumny, to nigdy tak nie powie! — zakrzyknęła z oburzeniem Pestka. Ula z punktu darowała jej wszystkie winy.

— Według mnie Zenek postąpił źle i głupio — rzekł Marian nieustępliwie. — Jak zobaczył, że pieniądze mu się kończą, to powinien wrócić do domu.

— Marianie — rzekła Ula cicho, ale tak jakoś dziwnie, że wszyscy na nią spojrzeli. — Zenek nie ma domu.

Na werandzie zapadła nagle zupełna cisza. Nikt się nie ruszył.

— Ja... — odezwał się szeptem Julek. — Ja nie rozumiem.

— A jego ojciec? — również szeptem spytała Pestka. — Przecież on ma ojca?

— Ojciec go nie chce — odrzekła Ula.

„Ojciec go nie chce"... Było w tym zdaniu coś przerażającego. Zdarzało się przecież, że dorośli wspominali o jakichś złych rodzicach, o zaniedbywanych, niekochanych dzieciach — nigdy jednak ani Pestka, ani Marian i Julek nie zetknęli się z kimś takim bezpośrednio. Czuli takie zdumienie, jakby się dowiedzieli, że po zimie nie będzie wiosny, że po nocy nie będzie dnia. Ojciec może się gniewać, może nawet być niesprawiedliwy, ale przecież to ojciec! A dom? Bywa w nim wesoło lub nudno, przyjemnie, czasem źle — ale jak można być gdzie indziej? Chętnie się z niego wybiega, odchodzi, wyjeżdża — ale zawsze się do niego wraca, bo to jest jedyne miejsce na świecie, które tak do każdego pasuje jak skóra do ciała.

Pestce staje przed oczami jej kącik w warszawskim pokoju mamy, gdzie stoi stolik z dwiema szufladami, przy którym odrabia się lekcje. W szufladach, oprócz zeszytów, są rozmaite rzeczy, do których jest się przywiązanym i które miło wziąć w rękę, żeby oddalić pisanie ćwiczenia czy wypracowania choć na chwilę. Ojciec, wróciwszy z biura, wkłada tu czasem czekoladę albo jabłko, albo pomarańczę. Robi to zawsze niepostrzeżenie. Pestka, znajdując prezencik, udaje, że nie ma pojęcia, skąd się mógł wziąć, ojciec robi minę człowieka, który nie rozumie, o co chodzi, i zwala wszystko na mamę, mama odrzuca podejrzenie w sposób kategoryczny — i wszyscy troje śmieją się, że w domu muszą być duchy...

Marian widzi przed sobą ojca, który siedzi po drugiej stronie dużego stołu, w kręgu lampy... Rozłożył arkusz milimetrowego papieru, rysuje i robi obliczenia, niedługo zacznie budowę nowego budynku. Przyjemnie jest patrzeć na precyzyjne, cienkie linie, na małe i równo wypisane cyferki, toteż Marian często odrywa wzrok od książki. W jakiejś chwili mama każe im się

„z tym wszystkim" zabierać, będzie szykowała kolację. Ojciec protestuje, mruczy, wreszcie jednak składa papiery i mówi: „Chodź, synu, my tu nie rządzimy. Tylko mama tu rządzi, znaczymy tu tyle, co nic". I od razu wie się doskonale, że te rządy bardzo się ojcu podobają...

Julkowi przypomina się dotyk maminej ręki, która go zatrzymuje w progu. „A szalik? A czapka?" Bierze się szalik i czapkę, przy sposobności mama wsuwa do teczki cukierek albo kawałek słodkiej bułki, jeżeli tylko coś takiego jest w domu, i mówi do Heli: „Helciu, idźcie razem, jesteś starsza, pilnuj, żeby się nie spóźnił, i niech nie lata z chłopakami". Julek za plecami mamy pokazuje Heli język, co oznacza, że i tak zaraz za rogiem wyrwie się spod siostrzanej opieki. Co innego, jeżeli idzie się z ojcem. Ojciec, który w domu porządnie nieraz na syna huknie, na ulicy rozmawia z nim jak z dorosłym, a z każdym ze spotkanych kolegów zagaja o ostatnich meczach. Koledzy mówią: „Twój ojciec jest fajny, wiesz?".

Więc może tego wszystkiego nie być? Może istnieć taki ojciec, który zamiast osłaniać swoje dziecko jak tarcza i troszczyć się, żeby nie spotkało go nic złego, mówi: „Idź sobie, wcale cię nie potrzebuję"?

— Ula! — mówi cicho Pestka. Zawiera w tym słowie zdumienie i przestrach wobec życia, które nagle ukazało jej oczom tak groźną tajemnicę.

— No więc... więc... co z nim teraz będzie? — jąka się Julek. — Co on ze sobą zrobi?

— Mówił ci, dokąd pójdzie? — pyta Pestka.

— Do Warszawy. Ale on nikogo w Warszawie nie zna.

Marian i Julek wracali do domu. Marian szedł dużymi krokami, ze zmarszczonym czołem, trzymając ręce w kieszeniach. Nie mówił nic i zdawał się nie dostrzegać kroczącego obok Julka. Ten milczał także i jak zawsze, kiedy był bardzo zły, podbijał do góry kamyki i grudki ziemi, spoglądając od czasu do czasu na brata z urazą i gniewem. Pragnął, żeby tamten się odezwał, pragnął się z nim pokłócić, a jeszcze bardziej pobić i wyładować w ten sposób gorycz, która od poprzedniego dnia zalewała Julkowi serce, a od wyznania Uli stała się trudna do zniesienia.

— Marian! — krzyknął nagle. — To wszystko przez ciebie!

— Daj mi spokój! — odrzekł ostro zaczepiony chłopak.

— Poszedł do Warszawy!... — krzyczał Julek. — Chciałbym wiedzieć, co on tam będzie robił, w tej Warszawie!

— Odczep się, dobrze?

— Tutaj miał wyspę i nas, i szałas. Znaliśmy go. A tam?... Właściwie mógł zostać całe lato. A teraz poszedł i... — głos chłopca załamał się w czymś podobnym do szlochu. Opanował się jednak i dokończył ze zgnębieniem: — I myśli, że my jesteśmy świnie!

Tymczasem Pestka i Ula ciągle jeszcze siedziały na werandzie domku doktora.

— Powiedz mi — szepnęła Pestka, jak tylko zostały same — mówił ci coś więcej o tym swoim ojcu?

— Nie.

— Zupełnie nic?

— Nic. Pytałam go nawet, ale odpowiedział, że nie mogłabym tego zrozumieć.

— To jest przeciwne naturze, nie kochać swego dziecka!... — mówiła z głębokim namysłem Pestka. — I ja ci powiem: to przez to Zenek jest taki dziwny. Bo on jest dziwny, prawda? Jakby był z jakiegoś innego świata.

Ula pomyślała ze smutkiem, że dla niej ten inny świat nie jest taki daleki, jak dla Pestki.

— Zenek jest nieszczęśliwy — rzekła cicho.

Oczy Pestki, rozszerzone jak zawsze, kiedy doznawała silnych uczuć, spojrzały na dziewczynę z żalem i skruchą.

— Ach, Ula!... A my pozwoliliśmy mu odejść, nie zatrzymaliśmy go, ja i Marian! Nie mogę sobie tego darować, nie mogę po prostu o tym myśleć! Ale widzisz... — głos Pestki prosił o wyrozumiałość — ja przecież wiem, że kradną, że to się zdarza, choćby w naszej szkole... Ale żeby Zenek mógł wziąć cudze pieniądze, to mi się nie chciało zmieścić w głowie. Bo on... on jest przecież wspaniały, prawda? O jabłkach, o tym, że ja sama... — plątała się ze wstydu — o tym zapomniałam na śmierć.

Ula przysunęła się do przyjaciółki i oparła o nią ramieniem. Doznała głębokiej pociechy, poczuwszy, że znowu kocha ją tak jak dawniej. Zapragnęła powiedzieć jej wszystko do końca. Ale nie... to było za trudne.

Siedziały długo obok siebie, pogrążone w głębokiej zadumie.

Wróć!

Popołudnie było dla Julka jeszcze cięższe niż ranek. Ciągle miał przed oczami Zenka. Oni wszyscy siedzą sobie w Olszynach, a tamten idzie do Warszawy, nie ma pieniędzy i w dodatku nikt tam na niego nie czeka. Mały pamiętał dobrze uczucie grozy, które go ogarniało wśród szerokich warszawskich ulic i mrowiącego się tłumu na myśl o tym, że idąca obok matka mogłaby się zagubić. Wokoło ani jednej znajomej twarzy, nie ma się pojęcia, dokąd jadą niezliczone tramwaje i autobusy, dokąd się zajdzie tą czy inną ulicą. Znaleźć się w takim mieście samemu wydaje się Julkowi czymś wręcz niesamowitym. A przecież wszystko mogło być inaczej...

Z goryczą i żalem plątały się w Julkowej głowie marzenia: czas zostaje zatrzymany. Zenek jest na wyspie i nikomu innemu, tylko oczywiście Julkowi zwierza swoją tajemnicę. Ach, jakiż wtedy zbudowano by szałas! Jak obmyślono każdy szczegół, żeby Zenkowi było dobrze! Żyłby tam sobie jak król przez całe lato, a potem... potem jakimś niewiadomym sposobem, o który na razie nie warto się troszczyć, znalazłby się z Julkiem w jego własnym domu i chociaż jest o tyle starszy, zawsze przyjaźniłby się tylko z nim, czego oczywiście wszystkie chłopaki strasznie by zazdrościli, a Helcia także.

Marzeniami nie można jednak żyć długo, wystarczy na nie paru sekund, mijają i potem jeszcze trudniej pogodzić się z rzeczywistością. Jak można pogodzić się z tym, że Zenek odszedł i że stało się to za sprawą Mariana? Przy każdym spotkaniu oczy Julka rzucają na brata spojrzenie pełne potępienia. Okazji do spotkań nie było zresztą wiele. Nad wieczorem Marian gdzieś znikł i wrócił dopiero po dwóch godzinach. Po kolacji, przy której obaj mieli miny ponure, babka poszła wydoić krowę, a dziadek reperował na podwórzu grabie z wyłamanymi zębami, Marian wyciągnął spod łóżka walizkę i zaczął w niej grzebać. Milczenie bardzo już Julkowi ciążyło, skorzystał więc z okazji i spytał z niechętną kpiną:

— Jedziesz w drogę?

Marian nie odpowiedział. Otworzył wydobytą z walizki portmonetkę i, wysypawszy pieniądze na stół, porachował złotówki, po czym zamyślił się, podnosząc z zafrasowaniem brwi do góry. Julek śledził go spod oka, zachowanie brata zaczęło mu się wydawać dziwne.

— Julek!

— Czego chcesz?

— Masz jeszcze trochę forsy?

— Bo co? — Julek miał rękę szeroką; jeśli wpadało mu parę groszy, zawsze gotów był je wydać, pożyczyć lub coś komuś zafundować. Ale teraz żal do Mariana, który tkwił w sercu jak cierń, skłaniał go do oporu.

— Potrzeba mi czterech złotych.

Julek wzruszył ramionami. Cztery złote w drugiej połowie miesiąca! Dziadek dał im pierwszego lipca po dziesięć złotych: to miało starczyć do sierpnia. Marian ma śmieszne pomysły!

— Mam jeszcze osiemdziesiąt groszy — mruknął niechętnie.

— Cholera — zaklął cicho Marian. Po chwili dodał: — No nic, mówi się trudno.

— Na co ci te pieniądze?

Brwi Mariana uniosły się w górę jeszcze wyżej. Spojrzał w okno, jakby zobaczył tam coś ciekawego, Julek wiedział jednak, że nic ciekawego tam nie ma i że Marian po prostu zwleka z odpowiedzią.

– Na autobus – rzekł po dłuższej chwili.

– Zwariowałeś? Jaki autobus?

Marian znowu spoglądał w okno.

– Możesz nie mówić i w ogóle robić, co ci się podoba. Nic mnie to nie obchodzi – rzekł Julek najbardziej obraźliwym tonem, jaki umiał z siebie wydobyć, i sięgnął ręką do klamki, żeby wyjść na podwórze.

– Czekaj. Ja... – zaczął Marian i Julek zdał sobie nagle sprawę, że tamten chce mu powiedzieć coś z tych rzeczy, które trudno przechodzą przez gardło. Zatrzymał się i patrzył chmurnie na brata, który wreszcie odwrócił się od okna i stał oparty o futrynę, z twarzą mało widoczną w zapadającym zmroku.

– No?

– Chciałbym dogonić Zenka.

– Marian! – wrzasnął Julek. Uraza wyparowała z niego tak błyskawicznie, jak kropla wody, gdy spadnie na gorącą blachę. Marian znowu był „fajny”, znowu był bratem, na którego można się czasem wściekać, ale który nigdy nie zawodzi w tym, co ważne.

– Myślisz, że ci się uda? – spytał szybko. – On przecież odszedł już wczoraj, a najpóźniej dzisiaj rano! Więc jak? Pojedziesz autobusem? Do Warszawy?

– Ale skąd! Muszę go tylko przeskoczyć. Dojadę do Bielic i będę wracał. Rozumiesz?

Julek nie rozumiał.

– Do jakich Bielic? Przecież on poszedł do Warszawy!

Marian wyjaśnił małemu swój plan. Zenek nie ma pieniędzy, więc idzie pieszo (z tym autostopem to przecież była lipa). Jak się idzie pieszo, to według obliczeń turystycznych robi się około dwudziestu kilometrów dziennie. Zenek na pewno nie maszeruje tak prędko, ale lepiej liczyć z hakiem dla wszelkiej pewności. Do tych dwudziestu kilometrów trzeba dodać z jakie pięć na wypadek, gdyby Zenek wyszedł na warszawską szosę od razu po rozmowie z Ulą (to jest wątpliwe, było już ciemno, prędzej przespał się w stogu siana i puścił się w drogę dopiero dziś), no i jeszcze pięć na ranek jutrzejszy. Więc razem trzydzieści. Jeżeli się Zenka o te trzydzieści kilometrów wyprzedzi i będzie się wracało, to może się go spotka. Nie na pewno, oczywiście, bo może w końcu Zenek poszedł zupełnie gdzie indziej albo wędruje jakimiś bokami i wtedy mogą się minąć. W każdym razie Marian postanowił jechać do Bielic. Bielice są o trzydzieści dwa kilometry od przystanku na skrzyżowaniu szosy z olszyńską drogą. I z tych Bielic będzie szedł z powrotem i upatrywał.

— Skąd wiesz o tych Bielicach?

— Pytałem we wsi, a potem jeszcze na szosie. Autobus do Warszawy leci o szóstej dziesięć. W Bielicach będę przed siódmą. — Julek wchłaniał każde słowo jak sucha ziemia życiodajny deszcz. Nagle nowa myśl dała o sobie znać uczuciem niepokoju.

— Marian, a ja?

— Musisz zostać.

— Pojadę z tobą! Pojadę! Dobrze, Marian? Dobrze? — prosi namiętnie Julek. — Przecież lepiej we dwóch, o wiele lepiej!

Niestety wspólna podróż nie jest możliwa, Marian tłumaczy to cierpliwie dobrym braterskim głosem, który sam przez się stanowi pewną pociechę. Przede wszystkim nie ma pieniędzy. Starczy tylko na jeden bilet i tylko w jedną stronę.

— A gdyby ktoś nas podwiózł za darmo? Przecież zdarza się, że podwożą!

— Ale nie chłopaków — stwierdza Marian. — Dorosłych, to tak. Albo takich, co mają książeczki autostopu. A powrót? Kto wie, czy się nie będzie szło pieszo te trzydzieści dwa kilometry. Oczywiście może się trafić jakiś szofer, który podwiezie, albo furmanka, ale na to liczyć nie można. Więc ten powrót potrwa długo, pewno do późnej nocy. Babka się będzie niepokoić, dziadek też, jak wróci z fabryki.

— To co im powiesz? Od razu rano będziesz musiał coś powiedzieć, przecież nigdy tak wcześnie nie wstajesz.

— Coś wymyślę... — rzekł niepewnie Marian. Widać było, że ta sprawa jest dla niego bardzo kłopotliwa.

— Co byś nie wymyślił, to i tak babka będzie krzyczeć, jeśli wrócisz późno — zafrasował się Julek. — A dziadek?... O rany! — krzyknął z nagłym przestrachem. — Dziadek to cię nawet może sprać!

— Wiem — powiedział mężnie Marian.

Julek teraz dopiero zdał sobie sprawę, jak trudnym przedsięwzięciem była zaprojektowana przez Mariana wyprawa. Spojrzał na brata z cichym podziwem. Dziadek był dobry i obaj go kochali, ale Julek do tej pory pamięta przerażającą, zbielałą z gniewu twarz dziadka i piekące uderzenia paskiem. Stało się to w parę dni po ich przyjeździe do Olszyn, kiedy mała plotkara z sąsiedztwa opowiedziała dziadkowi, jak to Julek próbował wleźć na słup wysokiego napięcia.

— Trzeba wymyślić coś dobrego — powiedział pełen najlepszej woli. — Coś takiego, żeby nie mogli się gniewać za bardzo, żeby tylko tak trochę.

— Więc wymyśl. — W tym zakresie Marian ufał Julkowi bardziej niż sobie.

— W każdym razie wstanę razem z tobą i razem wyjdziemy — wyraził gotowość Julek. — Inaczej babka jeszcze bardziej będzie się dziwić, już i tak patrzy na nas spod oka. Żeby tylko deszcz nie padał.

Deszcz nie padał, ranek był złocisty, a niebo przejrzyste i jasne jak szkło, toteż babka nie zdziwiła się zanadto, kiedy nazajutrz chłopcy zjawili się w kuchni wcześniej niż zwykle i oświadczyli, że wybierają się na Piaskową Górę. Piaskowa

Góra, słynna z porastających ją ogromnych jałowców, znajdowała się za szosą i nieraz bywała celem miejscowych wycieczek.

— A traficie? — spytała babka. Odpowiedzieli, że tak. Marian był tam z dziadkiem w ubiegłym roku. Zauważyła w lot, że między chłopakami panuje zgoda, że mały poweselał i oczy mu błyszczą „ku światu" tak jak zawsze.

— No więc niech będzie, idźcie — rzekła z dobroduszną gderliwością, za którą niezbyt dokładnie ukrywała się miłość do wnuków. — Dam wam chleba i po ogórku, bo wygłodniejecie.

Zamknęła za nimi drzwi, ale potem wyjrzała jeszcze przez okno i zawołała:

— Tylko bez żadnych wariactw, pamiętajcie!

— Dobrze, dobrze! — odkrzyknął lekkomyślnie Julek.

Kiedy minęli ostatnie budynki wsi, Julek oddał bratu swój chleb i ogórek oraz owe osiemdziesiąt groszy, całą resztę miesięcznej pensji, „żebyś miał na bułkę dla Zenka". Marian nie certował się, i tak, jeśli podróż potrwa cały dzień, to będą porządnie głodni. Umówili się, że Julek po odjeździe Mariana pójdzie na wyspę, zrobi tam porządki i nazbiera paliwa; dziewczyny będą musiały przygotować jakieś jedzenie. Co do dziadków, to Julek, wróciwszy do domu, powie, że Mariana zobaczył na szosie znajomy szofer i zabrał go do Kamionki, więc Marian na obiedzie nie będzie i pewno przyjdzie dopiero wieczorem. Było to dosyć mętne i głupie, ale i tak ze wszystkiego, co Julek wymyślił, brzmiało najprawdopodobniej i najbardziej uspokajająco.

W jakiś czas potem obaj na szosie pod słupkiem przystanku i patrzą w stronę, z której powinien nadjechać autobus. Ciemne wysokie ciężarówki, ukazujące się na dalekim zakręcie, parokrotnie pobudzają oba serca do szybszego bicia. Kiedy się zbliżają, wie się już, że to nie to, co trzeba, i czeka się znowu. Trwa to długo, w końcu Julek wyraża pełne goryczy przypuszczenie, że musieli się spóźnić, że autobus już dawno przeleciał albo w ogóle wypadł z rozkładu i nic z tego wszystkiego nie będzie. Marian także jest zdenerwowany, ale ukrywa to i złości się na brata za jego „głupie gadanie".

I wreszcie w miejscu, gdzie szosa jest tylko skręconą linią, przecinającą pola, widać coś, co jest autobusem na pewno, po chwili wygląda na ciężarówkę, a po następnej minucie wywołuje głębokie westchnienie ulgi. Znany niebieski PKS podjeżdża do przystanku.

– Siadaj, prędko! – woła Julek i szarpie nerwowo klamkę.

Marian naciska ją spokojnie, drzwi otwierają się, potem trzask – i Marian, zamknięty w drgającym, zakurzonym pudle, wygląda do Julka przez okno.

– Powiedz Zenkowi, że kartofle będą w magazynie, tam gdzie zawsze!... – woła Julek. – Pamiętaj!

– Dobrze, dobrze.

– Bo jak wróci po ciemku, to mógłby nie znaleźć!

– Żebym go tylko spotkał.

– Spotkasz go, na pewno!

I już Julek jest na szosie sam. Niebieski autobus oddala się, staje się coraz mniejszy, taki mały, że nie warto patrzeć.

Chłopiec wydaje głośne westchnienie, jak ktoś, kto odwalił szczęśliwie porządny kawał roboty, po czym płoszy gwizdnięciem kawkę, maszerującą brzegiem asfaltu tak wytrwale, jakby zamierzała odbyć pieszo dłuższą podróż – i zawraca w stronę Olszyn.

*

Marian wysiadł na przystanku w Bielicach i, rzuciwszy okiem na komin cegielni i małe nieciekawe domki osady, ruszył w drogę powrotną. Szedł długim, zrównoważonym krokiem, patrząc uważnie i spokojnie dokoła. Ten spokój był zresztą pozorny. Ktoś, kto dobrze by chłopca znał, na przykład matka, odczułby od razu, że „coś mu jest".

Od chwili rozmowy na werandzie Uli Marian nie miał spokoju. Tym, że Zenek cierpiał głód, przejął się niewiele, jego uraza do przybysza była zbyt silna. Ach, gdyby nie Pestka i jej pełne wzgardy podejrzenie, że Marian nie chce iść do cudzego ogrodu po prostu ze strachu, gdyby nie jej jawny zachwyt po bohaterskim ocaleniu dziecka – Marian byłby się oparł! Ale że nie do pięknej dziewczyny czuł o to pretensję, tylko do tamtego chłopaka, więc tym łatwiej jego niechęć zmieniła się w potępie-nie, kiedy na jarmarku w Łętowie dowiedział się o popełnionej przez Zenka kradzieży. Nie chciał już mieć do czynienia z tym wyrostkiem, mimo wszystkich jego zalet, mimo uroków jego odwagi, samodzielności i męskiego charakteru! Usłyszawszy wypowiedziane arogancko zdanie: „Wziąłem, bo mi się po-dobało", Marian poczuł wstręt i prawie nienawiść.

Te wszystkie uczucia zachwiały się i runęły pod wpływem wiadomości, że Zenek nie ma domu, że ojciec nie chce go mieć u siebie. Mimo to decyzja jazdy do Bielic nie przyszła Marianowi łatwo. Pogoń za Zenkiem i namawianie go, żeby wrócił na wys-pę, było przecież czymś takim, jak przyznanie się do winy. Do świadomej, prawdziwej winy Marian się nie poczuwał, ale kiedy wspominał „sąd" na wyspie, czuł wstyd. Zenek ukradł, to praw-da, ale wystąpili przeciw niemu ci, którzy też kradli – i nie z gło-du, ale dla głupiej fantazji, dla wykazania, że nie są tchórzami.

I cóż z tego, że to Zenek, najstarszy, ich namówił? Jak się już nie jest dzieckiem, to to nie jest żadne usprawiedliwienie! A co

168

będzie, jeśli teraz Zenek po prostu Mariana wykpi? Często przecież bywa opryskliwy i zachowuje się tak, jakby był dorosły, a ich wszystkich, nie wyłączając Mariana, uważał za dziecinnych i naiwnych.

I jeszcze jedno bardzo Mariana gnębi. Powie Zenkowi: „Wróć do nas na wyspę", i tamten wróci. A wtedy co?... To tylko małemu Julkowi może się wydawać, że wtedy już wszystko będzie w porządku. Jak długo Zenek może się ukrywać, jeżeli nikt z załogi nie ma pieniędzy? Jeżeli po to, by go jakoś przeżywić — trzeba potajemnie wynosić żywność z domu? I jeżeli nikt nie wie, jak się to wszystko ma zakończyć?

Ale zanim się jakoś zakończy — niech szałas na wyspie będzie nadal domem Zenka, skoro nie ma on innego domu na świecie. To jest najważniejsze ze wszystkiego. I dlatego właśnie Marian idzie teraz szosą, rozglądając się i odczytując na przydrożnych słupkach przebyte kilometry. Kiedy miał ich za sobą prawie osiem, zobaczył nadchodzącego ścieżką obok szosy chłopaka. Był to Zenek.

Pestka i Ula wracały z wyspy. Pomogły Julkowi zbierać gałęzie na opał, oczyściły z sadzy manierkę i puszki i zostawiwszy przyniesione dla Zenka jedzenie (Pestka bułkę z serem i dwa pomidory, a Ula pół bochenka chleba, kupionego w spółdzielni), szły teraz do domu. Julek został, kończył naprawiać drugą ścianę szałasu, która, jak się okazało, zaczęła przeciekać — i był trochę zły, że zostawiają go samego. Ale Pestka obiecała matce, że pójdzie po wiśnie na koniec wsi, Ula zaś pragnęła wykorzystać chwilę, kiedy będą same, i porozmawiać o pewnej sprawie, która dręczyła ją od czasu, kiedy Julek powiedział o wyprawie Mariana, i która mąciła radość, że Zenek może wrócić.

Sprawa była drażliwa i skomplikowana, toteż Ula wahała się długo, zanim powzięła postanowienie, że zwróci się do Pestki. I teraz jeszcze, kiedy szły obok siebie między dwoma łanami dojrzewającego żyta, czuła w sobie trudny do przezwyciężenia opór. Czas mijał i wreszcie nad kłosami żyta zamajaczyły sosenki i brzózki zagajnika. Jeszcze dziesięć minut drogi i znajdą się we wsi.

— Powiedz mi — rzekła Ula cicho i równocześnie trochę szorstko, jak zawsze, kiedy czuła skrępowanie — czy masz jakieś swoje pieniądze?

— Przy sobie?... Ani grosza!

— A w domu?

— Dwa czy trzy złote, nie pamiętam. A dlaczego pytasz?

— Myślałam, że może masz więcej — mówiła z rumieńcem Ula. — Bo czasem sobie na coś zbierasz...

— Nie, teraz nie mam nic — odpowiedziała Pestka, bardzo zdziwiona tymi pytaniami. — O co ci chodzi? Powiedz!

— Ach, Pestko! — wybuchnęła Ula. — Jeżeli Zenek tu wróci, to przecież mogą go zaaresztować!

— Zaaresztować? — przeraziła się Pestka.

— Jeżeli ktoś go zobaczy i rozpozna, że to właśnie on wziął te pieniądze w Łętowie?... Ta przekupka... albo ktoś inny? Zdaje się, że Marian wcale o tym nie pomyślał!

— Więc wolałabyś, żeby Zenek nie wrócił?

— Wolałabym, żeby wrócił — rzekła Ula. — Nie chcę tylko, żeby mu się stało coś złego.

Pestka pomyślała chwilę i rzekła z energią:

— Nie powinien nigdy chodzić do tego Łętowa. I w ogóle będzie lepiej, żeby się nigdzie nie włóczył. Przypilnujemy go!

— Na wyspę także może ktoś przyjść, to i tak jest niezwykłe, że do tej pory nikt tam nie zajrzał. Wiktor i ten drugi byli bardzo niedaleko od topoli. Gdyby zachciało im się iść po pniu między gałęzie, odkryliby kładkę od razu...

— Więc co możemy zrobić? Masz jakiś plan?

— Mam... tylko nie wiem, skąd wziąć pieniądze. Gdybyśmy oddali przekupce te pięćdziesiąt złotych, to Zenek byłby bezpieczny. Ale ja mam teraz tylko siedem złotych... — Ula zatrzymała się; wyznanie, że wydawała pieniądze na zakupy dla Zenka, bo nie chciała w domu o nic prosić, nie mogło jej przejść przez gardło. — Zastanawiałam się, czy nie napisać do ciotek, ale wiesz... one zarabiają bardzo niewiele... I tak dają więcej, niż mogą, naprawdę! — ciągnęła w pośpiechu, bojąc się z kolei, czy Pestka nie pomyśli, że daleko prościej byłoby zwrócić się do ojca.

Pestka myślała jednak o czymś innym, a mianowicie o własnym udziale w ratowaniu Zenka. Ofiarna i żądna działania uważała za naturalne, że jeżeli jest coś do zrobienia, to właśnie nie kto inny, tylko ona się tego podejmie. W tym wypadku czuła się bezradna; zwrócenie się do matki o dużą sumę nie było możliwe bez wytłumaczenia się, na co ma być przeznaczona.

— Pomyśl, mogą go zaaresztować każdego dnia, każdej godziny! — odezwała się porywczo Ula, źle sobie tłumacząc milczenie przyjaciółki. — Powinniśmy oddać te pieniądze zaraz jutro!

— Ach, Ula, gdybym miała pieniądze, dałabym je natychmiast! — zawołała Pestka z żalem. — Ale nie mogę mamy o to prosić, to zupełnie wykluczone! — I nie czekając pytania „czemu?", opowiedziała o rozmowie z matką po wyprawie na szosę. Od czasu tej rozmowy nie ma już między nimi tej ufności, co dawniej. Mama jest chłodna, a równocześnie pełna niepokoju, wie przecież, że Pestka coś ukrywa...

— Naprawdę?

— Widzę przecież, w jaki sposób na mnie patrzy. Czasami mi się zdaje, że przenika mnie na wskroś, że wie, co mówiłam, co robiłam. Nieraz mam takie uczucie, że nie wytrzymam i powiem!

— Nie wolno ci! — rzekła Ula surowo. — Przecież obiecaliśmy!

— Nie bój się, nie powiem na pewno, chcę tylko, żebyś zrozumiała, jak to jest.

Nie mówiły już więcej o tej sprawie. Ula miała przed sobą już tylko jedną możliwość: zwrócić się do ojca. Postanowiła, że to zrobi.

Siedziała w kuchence i chociaż był już wieczór, ciągle jeszcze nie wiedziała, w jaki sposób zacząć rozmowę z ojcem, który mógł się zjawić lada chwila. Pragnęła załatwić to swobodnie, tak jakby nie chodziło o nic ważnego, czuła jednak, że udawanie swobody jest dla niej czymś najtrudniejszym. Więc w takim razie — jak? Pomówić najpierw o byle czym, o kolacji, o pogodzie? Dać do zrozumienia, że ma do ojca prośbę, i czekać, żeby sam zaczął pytać? Nie mogła się zdecydować i jej zdenerwowanie rosło z każdą chwilą. Kiedy przed domem rozległo się trzaśnięcie samochodowych drzwiczek, Ula uświadomiła sobie, że ma w głowie zupełną pustkę.

— Nie śpisz jeszcze? — odezwał się ojciec, wchodząc. — Już późno.

— Chciałam na tatkę poczekać.

— Chciałaś poczekać? — W głosie ojca zabrzmiało coś podobnego do nadziei czy radości. W kuchence było ciemnawo, lampa oświetlała jasno tylko krąg serwety na stole. Ula nie widziała dobrze twarzy ojca, miała jednak wrażenie, że się uśmiecha, pragnęła jakoś temu zapobiec, ale nim zdążyła coś powiedzieć, on odezwał się znowu, dziwnie jakoś wesoło i raźno:

— Zaraz do ciebie przyjdę, córeczko, tylko umyję ręce.

„Córeczko"! Ojciec wyobraził sobie, że ona czekała dlatego, że tęskni, że chce go widzieć. Poczuła się jak oszust. Kiedy ojciec wrócił i siadł za stołem, cofnęła się o krok i rzekła oschłym, nieprzyjemnym głosem:

— Czy tatko może mi pożyczyć pięćdziesiąt złotych?

W kuchence zaległa zupełna cisza, słychać tylko równomierne tykanie budzika. Ojciec siedzi nieruchomo, ma twarz stężałą jak od mrozu. Po jakimś czasie, który Uli wydaje się bardzo długi, przechyla się lekko, bo lampa przeszkadza mu widzieć córkę, i ogarnia ją długim spojrzeniem.

— Na co ci te pieniądze?

— Potrzebne mi.

Znowu cisza. Ula ma uczucie, że wszystko przepadło, za chwilę padnie słowo „nie dam" i tak się to wszystko skończy. Nie odzywa się jednak, czeka. Ojciec poprawia się na krześle i spogląda na nią znowu.

— Masz jakieś kłopoty? — To pytanie nie brzmi już tak sucho, jak poprzednie, gniew zniknął. Ula poczuła zdziwienie.

— Nie — odpowiada, starając się zachować spokój.

— Coś jednak musi być, tylko nie chcesz mi tego powiedzieć. Może mógłbym ci w czymś pomóc, doradzić... Nie przyszło ci to na myśl?

— Nie.

— Szkoda.

To słówko wzburza Ulę. Jakim prawem ojciec tak mówi?

— Nie masz do mnie zaufania, prawda? — pyta ojciec.

— Skąd mogę mieć zaufanie? Przecież ja tatki prawie nie znam!

— Zdaje się, że przede wszystkim nie chcesz mnie poznać.

Ula uświadamia sobie, że tak właśnie jest, ojciec ma rację. Po co jednak ma go „poznawać", skoro wie o nim wszystko? Nie spodziewa się dowiedzieć niczego nowego. Jej sąd o ojcu jest ustalony.

— To nie moja wina — mówi twardo.

Doktor Zalewski znowu wychyla się zza lampy, wykonywa ręką lekki, niepewny gest, jakby chciał ją poprosić, żeby podeszła bliżej. Ona jednak nie rusza się ze swojego miejsca przy kominie, gdzie stoi od początku rozmowy.

— Dziecko... — Ojciec wypowiada ten wyraz niepewnie, jakby się bał, że nie opanuje wzruszenia. — Powiedz mi... Nie chcesz, żeby między nami była zgoda?

Milczenie.

— Więc dobrze — mówi doktor z ironią — nie pozostaje nam nic innego, niż porozmawiać o tych pięćdziesięciu złotych. Na co ci ich potrzeba?

— Nie mogę tego powiedzieć.

— Boję się, że chcesz zrobić jakieś głupstwo.

— Niech się tatko nie boi. Ja tatce zwrócę. — Ula wie doskonale, że ojcu wcale nie chodzi o pieniądze, ale że jej uczucia względem niego są niedobre i że jest wzburzona, więc te niesprawiedliwe słowa napływają na usta same przez się.

— Ula! — Ojciec jest głęboko urażony, rzuca córce pełne gniewu spojrzenie. I wtedy ta cicha dziewczynka, zrozumiawszy, że nie osiągnie tego, co zamierzyła, zaczyna krzyczeć:

— Niech tatko mi da! Niech tatko da! Ja oddam! Zapracuję i oddam! Tatko!

Doktor, zerwawszy się od stołu, podbiega do córki i chwyta ją za ręce.

— Co się z tobą dzieje? — pyta, usiłując zajrzeć w głąb jej źrenic, nie gniewny już, tylko pełen głębokiego niepokoju. — Stało się coś? Coś złego? Na miłość boską, przecież ja muszę wiedzieć!

Ula nie przyznaje tego prawa swojemu ojcu. Odchyla głowę w bok krnąbrnym gestem oporu, stoi przed nim sztywno, jakby była z drewna.

W tym samym czasie, kiedy Ula rozmawiała z ojcem, Marian wchodził między pierwsze zabudowania wsi. Część powrotnej drogi udało mu się przejechać ciężarówką, był jednak bardzo zmęczony. Szedł wolno, trochę kulejąc z powodu odparzonej pięty, i myślał z niepokojem, jak odbędzie się jego spotkanie z dziadkami. Uważał, że postąpił tak, jak trzeba, ale myśl, że świadomie wprowadził ich w błąd i naraził na niepokój, dokuczała mu cały dzień, a teraz, kiedy miał przed nimi stanąć, uczucie przykrości wzmagało się z każdym krokiem. W końcu, mimo bólu, zaczął iść szybciej, pragnąc, żeby to wszystko nareszcie się już odbyło.

Zbliżywszy się do domu, zauważył ze zdziwieniem, że okna są ciemne. Było już późno, nie wydawało mu się jednak możliwe, żeby babka poszła spać, nie czekając na niego, Julek powinien czekać także. Dziadek mógł oczywiście być gdzieś u sąsiadów, czasem się to zdarzało.

Drzwi były zamknięte; Marian wymacał pod słomianką klucz, który zawsze tam leżał, jeśli domownicy wychodzili w pobliże. W mieszkaniu nie było nikogo. Marian zauważył od razu, że w kącie koło drzwi nie ma butów i roboczego ubrania dziadka, który je zawsze zdejmował, wróciwszy z pracy. Chłopak poczuł ulgę: widocznie dziadek został w fabryce na nocną zmianę.

Ale gdzie są babka i Julek? Wyszedł z powrotem na podwórze, wyjrzał na drogę. U Kwiatkowskich skrzypnęły wrota, gospodarz zamykał na noc stodołę.

— Nie wie pan, gdzie babka? Zachorował kto czy jak? — spytał Marian. Wiedział, że babka ma sławę zielarki i nieraz ratuje ludzi w nagłej potrzebie.

— Wołali ją do Zawadów.

Marian domyślił się, że Julek, nudząc się sam w domu i nie chcąc się położyć, pobiegł za babką. Zawrócił do domu, napompował wody i rozpalił ogień. Chociaż był zmęczony, te czynności sprawiały mu przyjemność. Znowu włączał się w życie, które jest zrozumiałe i pełne ładu.

Podmiótłszy rozsypany pod kominem popiół, usiadł na ławeczce przed domem. Nie bał się już spotkania z babką, zanadto ją w tej chwili kochał, żeby lękać się jej gniewu. Myślał o Zenku. Pamiętał każde słowo ich rozmowy, nie było ich zresztą wiele, rozmowa trwała krótko.

– Skądeś się tu wziął? – spytał Zenek, zbliżywszy się i spojrzawszy podejrzliwie na Mariana.

– Ula powiedziała, że idziesz do Warszawy...

– Co cię to obchodzi, gdzie idę? Nie twoja sprawa.

Teraz nastąpił, przewidywany przez Mariana, trudny moment.

– Do Bielic dojechałem autobusem, no i teraz wracam, myślałem sobie, że może cię spotkam – mówi Marian, mając nadzieję, że nie trzeba będzie dodawać nic więcej. Jednakże rzuciwszy okiem na nieprzejednaną twarz Zenka, przezwyciężył się i powiedział: – Ja... to znaczy... my uważamy, że to wszystko było głupie.

Zenek, który przed chwilą po swojemu patrzył w ziemię, podniósł teraz oczy na Mariana i uśmiechnął się niewesoło.

– Życie jest głupie, wiesz?

Nie było łatwo zrozumieć, co to miało znaczyć.

W każdym razie Marian poczuł, że Zenek nie jest już taki zły, jak przed chwilą.

– Wróć na wyspę!

– Nie.

– Nie chcesz?

– Nie. Ja co innego i wy też co innego.

Marian znowu nie zrozumiał.

– Jesteście porządne dzieciaki. Macie tatusiów, mamusie, dziadków, ciocie, wujciów – tłumaczył Zenek z jakąś dziwną dobrotliwością. – No i bardzo dobrze. A ja... Trzeba sobie jakoś radzić.

– Ty też nie jesteś dorosły. Jak sobie będziesz radzić?

– Zobaczę. Co to można wiedzieć?

– Zenek! – spróbował jeszcze raz Marian. – Chodź ze mną, mówię ci!

– Nie. Lepiej, że sobie poszedłem.

I potem już każdy ruszył w swoją drogę. Uszedłszy kilkanaście kroków, Marian usłyszał nagle okrzyk Zenka:
— A Dunaj?... Nie pokazał się?
— Nie! — odkrzyknął Marian.
— Powiedz Uli, że może jeszcze wróci!
I to już było wszystko.

Od strony drogi rozległy się lekkie, prędkie kroki. Julek biegł przez ciemne podwórze.
— Marian! — krzyknął, zobaczywszy brata tuż przed sobą. — I co? — Marian nie odzywał się, Julek chwycił go za ramię. — No, gadajże!...
— Spotkałem go. Nie chciał wrócić.
— Nie chciał? — powtórzył Julek z żałosnym zdumieniem. Taka możliwość nie przyszła mu do głowy ani na chwilę.
— Nie martw się, Julek, trudno. A gdzie babka?
— Została u Zawadów.
— Bardzo się gniewała?
— Co? — spytał mało przytomnie Julek. Jego myśli wędrowały wzdłuż warszawskiej szosy.
— Pytam, czy się nie gniewała.
— Nie. Kazała, żebyś sobie wziął kolację i szedł spać.
Marian przyjął tę wiadomość z ulgą. Wstał z ławki, weszli obaj do kuchni, rozświetlonej ruchliwymi blaskami ognia spod blachy.
— Ale dlaczego nie chciał wrócić? — spytał gwałtownie Julek. — Powiedz mi, dlaczego?
— Nie wiem.
— Jak on sobie teraz poradzi?!
To samo pytanie Marian zadał Zenkowi parę godzin wcześniej i właściwie nie otrzymał na nie żadnej odpowiedzi; uświadomił to sobie dopiero teraz i poczuł niejasny wstyd, że tak się cieszył powrotem do bezpiecznego domu.

Tylko to mogę
dla niego zrobić

Załoga przestała chodzić na wyspę, ulubione do niedawna miejsce straciło urok. Nawet się o nim nie mówiło. Zresztą widywano się rzadko.

Julek pomagał babce w ogrodzie, w dni targowe jeździł z nią do Łętowa, zajął się też królikami i przy pomocy dziadka zbudował dla nich nowe klatki. Marian dużo czytał, a poza tym gorliwiej niż poprzednio uczył Julka, na co tamten nieraz się złościł, ale mając przeciwko sobie nie tylko brata, lecz także dziadków, musiał słuchać.

Pestka sporo czasu spędzała z matką. Z Ulą przebywała najczęściej na świeżo odkrytej przez siebie plaży, położonej blisko wsi. Tam to któregoś ranka pokazał się Dunaj.

„Więc przyszedł – pomyślała Ula ze wzruszeniem, dojrzawszy go wśród zarośli. – Przyszedł. Tak jak to Zenek zapowiedział". Przywoływała psa serdecznie i łagodnie, on jednak nie zbliżył się ani o krok. Nie czuł się widać towarzyszem i kompanem załogi, znowu był zabiedzonym, nieufnym włóczęgą. Kiedy Pestka rzuciła w jego stronę kawałek chleba, uciekł z podkulonym żałośnie ogonem.

Po jakimś czasie pokazał się jednak znowu i z wolna, z wolna zaczął się przyswajać. Ale żeby dał się pogłaskać lub wziął jedzenie z ręki – tego nie udawało się osiągnąć nie tylko Pestce, ale nawet Uli.

*

Któregoś dnia Pestka na próżno czekała na przyjaciółkę na brzegu rzeki, nazajutrz powtórzyło się to samo. Zaniepokojona, pobiegła do domku doktora.

— Ula jest? — spytała, zobaczywszy w oknie panią Cydzikową.

— Gdzie by tam! W taki gorąc toby grzech był siedzieć w domu — pani Cydzikowa popatrzała na Pestkę i dodała z zastanowieniem: — Myślałam, że Ulka poszła do Pestki, razem się kąpać, jak co dzień.

— Już drugi raz nie przyszła się kąpać! — zakrzyknęła Pestka.

— Widać się zmówiła z kim innym — zażartowała pani Cydzikowa. — Ale naprawdę to Ulka nie ma łatwości do ludzi. Przecież to już duża panienka, a nieśmiała jak dziecko. Nie będzie mieć łatwego życia. Śmiałym w życiu lepiej, prawda?

Pestka lubiła panią Cydzikową, ale teraz zanadto była zaskoczona zachowaniem przyjaciółki, żeby prowadzić dłuższą rozmowę. Spytała, w którą stronę Ula poszła.

— Ano tak właśnie jakby do Pestki, ku szkole, a dalej to już nie wiem.

Pestka skręciła w wiejską drogę, wiodącą ku środkowi wsi. Szła, rozglądając się bystro. Zaintrygowana zachowaniem przyjaciółki, postanowiła zgodnie ze swoim czynnym usposobieniem zbadać sprawę natychmiast.

Ludzi nie widać, wszyscy pracują w polu. Na podwórkach drzemią zmęczone upałem psy, kury szukają chłodu, rozgrzebują ziemię w zacienionych miejscach pod krzakami. Dziewczyna minęła dom, w którym mieszkają z matką, minęła szkołę i spółdzielnię. Zabudowania stawały się teraz rzadsze, coraz częściej przedzielały je sady i ogrody warzywne.

Najwyższe, środkowe gałęzie obrywa się na stojąco. To jest najcięższa część pracy. Krzaki są rozłożyste, więc żeby dostać się do zielonego wnętrza, trzeba się mocno pochylić. Przez pierwszą godzinę wydaje się, że to nic, zajęcie jest prawie zabawą, tylko tyle, że nudną. Następna godzina jest gorsza: zaczynają boleć plecy; z początku wystarczy wyprostować się lekko, żeby ból znikł, potem staje się silny i ciągły. Na szczęście przy obrywaniu dolnych gałęzi można usiąść. Ula z rozkoszą wyciąga nogi, trawa jest chłodnawa i na krótko ma się złudzenie, że teraz będzie mniej gorąco. Plecy zginają się pod trochę innym kątem, co stanowi ulgę, a sam widok porzeczkowych gron, zawieszonych prawie nad ziemią i jakby umyślnie ukrytych przed ludzkim okiem, sprawia przyjemność. Są tak kolorowe, twarde i okrągłe, że padając jedno na drugie do wielkiego koszyka, powinny wydawać szklany dźwięk jak paciorki. Po jakimś czasie i to także przestaje cieszyć, myśli się tylko o tym, że jest upał i że koszyk napełnia się niesłychanie powoli. Włosy lepią się do czoła i do karku, podrapane ręce pieką aż do łokci. Plecy bolą okropnie. Ula myśli chwilami, że się rozchoruje. Ach, żeby przyszła burza! Można by wtedy przerwać robotę na godzinę lub dwie.

Na burzę nie zanosi się jednak wcale. Niebo jest pogodne, cały świat zalany słoneczną, upalną jasnością. Niedługo będą żniwa, wszyscy naokoło pragną, żeby taka pogoda utrzymała się jak najdłużej.

Pan Józiak, właściciel ogrodu, też jest rad pogodzie, suchy owoc lepiej się sprzedaje niż mokry. Pracuje o kilkanaście kroków od Uli, przy inspektach. Co jakiś czas zerka na dziewczynę z życzliwą ciekawością. Przez pierwsze dni spoglądał dużo częściej i nieufnie, bojąc się zapewne, czy nie będzie łakoma, tak się w każdym razie Uli zdawało. Teraz nie ma już w nim niepokoju, Ula ma nawet wrażenie, że jej obecność jest dla starego człowieka pewną przyjemnością.

Ula wynalazła pana Józiaka i jego sad, kiedy Zenek był jeszcze na wyspie i kiedy wszystko wskazywało na to, że spędzi tam jeszcze dłuższy czas. Pieniądze, które dostała od ciotek, były na wyczerpaniu i Ula przeżywała męki na myśl, że niedługo nie będzie w stanie wziąć udziału w codziennej składce. Zasłyszawszy, że we wsi jest mało rąk do pracy, bo prawie wszyscy młodzi są zatrudnieni w pobliskiej fabryce, i że szczególnie odczuwa się to w czasie zbioru owoców i przy żniwach, zaczęła pytać, czy ktoś nie chciałby skorzystać z jej pomocy. Pan Józiak, który był prawie głuchy, najpierw nie mógł zrozumieć, o co chodzi, a zrozumiawszy, wyraził wątpliwość, czy Ula się „nada". Co do roboty, to owszem, będzie, jak dojrzeją porzeczki. Ula postanowiła wówczas, że nadać się musi i że wykorzysta porzeczkowy sezon. Teraz Zenka na wyspie nie było, ale powstały inne rachunki do uregulowania i − kiedy porzeczki dojrzały, dziewczyna zgłosiła się do pracy.

Oberwawszy systematycznie trzy krzaki, postanowiła chwilę odpocząć. Odgarnęła włosy, wyciągnęła nogi i, na pół leżąc, przyglądała się małej, brązowej mrówce, która ciągnęła większego od siebie, nieżywego żuczka i cierpliwie wyszukiwała wśród trawy najdogodniejszej drogi. W chwilę potem na ręce Uli usiadł mały, niebieski motylek i pełen zaufania, składał i rozkładał skrzydła.

− Ula! − Przy płocie stała Pestka. Ula podniosła głowę i poczuła, że się rumieni.

− Co ty wyprawiasz? − zawołała Pestka. − Czekałam na plaży, a ty siedzisz tutaj!

Ula podniosła się i, podszedłszy do ogrodnika, pokazała mu Pestkę. Starała się mówić jak najmniej, głośne wykrzykiwanie wyrazów prosto w ucho bardzo ją krępowało.

− To moja przyjaciółka. Może wejść?

− Czemu nie? Ja nie bronię.

Wpuściła Pestkę do ogrodu, otworzywszy zasuwkę u furtki, po czym, zawróciwszy pod krzaki i przyciągnąwszy kosz, zabrała się z powrotem do zrywania owoców.

— Ula! — zakrzyknęła z cicha Pestka, patrząc na te czynności ze zdumieniem. — Co to właściwie ma znaczyć? Co ty tu robisz?

— Widzisz przecież... — Ula była zmieszana.

— Znasz go? — Pestka wskazała oczami starego ogrodnika.

— Prosił cię, żeby mu pomóc?

— Nie, to ja go prosiłam, żeby mnie wziął do pomocy. Jak owoce dojrzewają, zawsze musi kogoś donająć... Więc myślałam sobie, że mogę to zrobić.

Zdziwienie Pestki wzrosło jeszcze bardziej.

— On ci płaci?

— Tak...

Pestce, która rzadko kiedy odczuwała brak pieniędzy na drobne wydatki, bo rodzice dbali, żeby miała wszystko, co trzeba, postępowanie Uli wydało się zaskakujące i dziwne. Siedzieć na upale przy takiej nudnej robocie?

— Nie szkoda ci wakacji?

— To przecież tylko parę dni... A za to może mi się uda uzbierać te pięćdziesiąt złotych...

— Jakie pięćdziesiąt złotych?

Teraz z kolei zdziwiła się Ula. Czy Pestka już zapomniała?

— Przecież tyle wtedy Zenek zabrał — tej przekupce...

— Ach, to dlatego! — zrozumiała nagle Pestka. — Ale skoro Zenek nie ma zamiaru wrócić, to przecież nic mu nie grozi. W Warszawie na pewno nie spotka nikogo z Łętowa.

— Wiem... Ale to na nim ciąży, prawda? Na jego sumieniu — wyjaśniła Ula nieśmiało, bardzo skrępowana. — Więc ja chciałabym zwrócić te pieniądze.

— No dobrze — przyznała Pestka, trochę nierada, że to nie ona wpadła na taką myśl — ale dlaczego właśnie ty? To nie ma sensu. Pomożemy ci, ja, Marian i Julek. — I od razu podniecona myślą o działaniu, dodała z energią: – Jak się zabierzemy we czworo, to będzie raz–dwa!

Ula podniosła na przyjaciółkę oczy pełne niezwykłego u niej wyrazu stanowczości.

– Nie. Ja właśnie chcę sama.

– Dlaczego?

– Ja już wtedy chciałam sama, tylko nie mogłam sobie poradzić, myślałam, że trzeba szybko...

– Ale dlaczego? – nastaje Pestka, dziwiąc się, że Ula wykazuje w tej sprawie niezrozumiały upór. – Wytłumacz mi. Powiedz!

– Powiem – odpowiada Ula. – Powiem – powtarza uroczyście, jakby utwierdzając się w niezwykłym postanowieniu. Prostuje się, w jej źrenicach zjawia się blask, jakiego Pestka nigdy jeszcze u przyjaciółki nie zauważyła. – Bo Zenek... Ty nie wszystko jeszcze wiesz o tamtej mojej rozmowie z Zenkiem, kiedy się przyszedł pożegnać. On mi wyznał... wyznał, że dla niego jestem jedyna na świecie...

W sadzie trwa teraz gęsta popołudniowa cisza, umilkły nawet wróble, tylko od strony rozłożystej jabłoni można od czasu do czasu usłyszeć pośpieszne seplenienie piskląt, witających matkę, kiedy przynosi żer. Pestka i Ula słuchały jednak tylko własnych myśli. Pestka cofnęła rękę z kolana Uli. Siedziała wyprostowana, patrząc przed siebie, wzburzona uczuciami, które nagle w niej wbuchły. Parę dni temu doznała niemiłego zaskoczenia, że Zenek przed ostatecznym rozstrzygnięciem zjawił się właśnie u Uli, sądziła jednak, że zdecydował o tym po prostu przypadek. Teraz okazało się, że było inaczej.

Pestka na próżno chce w siebie wmówić, że Zenek nic nie jest wart, że to pospolity złodziejaszek, szkoda się nad takim zastanawiać choćby przez chwilę... Wie dobrze, że zależało jej na nim więcej niż na którymkolwiek z kolegów. Zachowywała się jak chłopak, chcąc, żeby podziwiał jej zręczność i odwagę, a równocześnie pragnęła, by zauważył, jak ładną jest dziewczyną. W klasie i nie tylko w klasie, w całej szkole mówi się o jej oczach, o jej „różanej" cerze... Pestka się z tego wyśmiewa, udaje, że ją to nic nie obchodzi, w gruncie rzeczy uważa jednak te hołdy za rzecz naturalną: jest ładna. Ładniejsza od Uli, o wiele ładniejsza! Jak to się mogło stać, że Zenek tego nie dostrzegł? I w ogóle... Ula nigdy nie zwraca niczyjej uwagi, zawsze trzyma się na boku. Pestkę nieraz to nawet złościło, ale w tej chwili ma takie uczucie, jakby Ula, wzbudzając zainteresowanie Zenka, po prostu ją oszukiwała. Czuje do przyjaciółki gwałtowną niechęć i bąka lekceważąco:

— Ach, moja droga, takie rzeczy chłopcy mówią bardzo często. Ja słyszałam to już mnóstwo razy!

Ula nie obraża się wcale.

— Wiem — mówi spokojnie. — Ale ja usłyszałam to pierwszy raz w życiu. I on to mówił szczerze.

Pestka znowu próbuje ironii:

— Ale żeby z tego powodu zabierać się do takiej roboty! Nie rozumiem!

— Tylko to jedno mogę dla niego zrobić.

Pestka popada w milczenie. Ula wie dobrze, że jest to milczenie niechęci. Do tej pory, jeżeli zdarzyło się jej wywołać niezadowolenie przyjaciółki — starała się natychmiast to naprawić, tłumacząc się czy odwołując własne słowa. Dzisiaj pierwszy raz w życiu uznała, że jakikolwiek byłby sąd Pestki w tej sprawie, nie może odwołać niczego.

Było już ciemnawo, kiedy po ostatnim dniu pracy w ogrodzie Ula wchodziła na podwórze dziadka Pietrzyka. W ręce trzymała kopertę. Rozglądała się wokoło, czy gdzie nie dojrzy któregoś z chłopców, bardzo nie lubiła gwizdać ani głośno wołać. Drzwi obórki były otwarte, zobaczyła Julka przykucniętego obok klatki z królikami.

– Ula! – zdziwił się. Nie widzieli się już dawno.

– Marian jest?

– Jest. A bo co?

– Zawołaj go, razem wam powiem. Będę czekała na drodze.

– Dobra! – Julek zdał sobie sprawę, że Ula przyszła z czymś ważnym, i poczuł miłe podniecenie. Tak dawno nie zdarzyło się nic ciekawego!

Przysiadła na żerdziach, odgradzających drogę od pola, i obracała kopertę w rękach. Chłopcy nadeszli zaraz.

– Kiedy będziesz w Łętowie? – zwróciła się do Mariana.

– Ja będę jutro – rzekł natychmiast Julek. – Co to jest? List?

– To są pieniądze – starała się mówić zwyczajnie i spokojnie, ale kiedy trzeba było przystąpić do wyjaśnień, poczuła pewną trudność. – Myślę, że musi to załatwić Marian...

– Dlaczego Marian? – zaprotestował Julek. – Ja mogę załatwić wszystko.

– Ale Marian zna tę przekupkę, której... której Zenek zabrał pięćdziesiąt złotych...

– To dla niej? – zdumiał się Julek.

– Tak... To jest zwrot. Postanowiłam zwrócić jej te pieniądze.

– Skąd masz tyle forsy?! – krzyknął Julek. Marian spoglądał na dziewczynę z głębokim zastanowieniem, marszcząc brwi.

– Zarobiłam w ogrodzie, zrywałam porzeczki. – Podała kopertę Marianowi. – Wiesz, gdzie ją można znaleźć?

– Wiem. Siedzi zawsze w tym samym miejscu.

– Ale... trzeba to zrobić w taki sposób, żeby nie wiedziała, kto przyniósł, prawda? Inaczej zaczęłaby cię rozpytywać...

– Tak.

– Skąd będzie wiedziała, że to za Zenka? – spytał Julek.

– Napisałam kartkę. – Ula wyjęła z koperty mały arkusik papieru. – „Chłopiec, który zabrał pani pięćdziesiąt złotych, zwraca swój dług". To wystarczy, nie powinna już mieć do Zenka pretensji, prawda?

— Pewno, że nie! — rzekł Julek.

— Ale to ty oddajesz ten dług — powiedział z wolna Marian.

— Nie on.

— Bo on nie może — wyjaśniła Ula. — Gdyby mógł, toby oddał. Myśl Julka biegła w innym kierunku, a mianowicie, jak wykonać trudne zadanie wręczenia koperty.

— Słuchaj! — odezwał się do Mariana. — Pojedziemy do Łętowa obaj i zrobimy tak: ja podejdę do tej przekupki od przodu i coś do niej zagadam. A przez ten czas ty podejdziesz od tyłu, niepostrzeżenie położysz kopertę na ziemi, koło jej nóg, i zwiejesz. A ja zaraz potem, ale dopiero jak zobaczę, że podniosła.

— Dobrze — zgodził się Marian, po czym rzekł do Uli poważnie: — Zrobi się, bądź spokojna.

— To ja idę.

Chłopcy patrzyli za odchodzącą, dopóki nie zniknęła między domami.

— Ta Ula!... — rzekł Julek jakby w zdumieniu. Nie wyjaśnił, o co mu chodziło, ale Marian zrozumiał.

W parę dni później Julek, wstawszy jak zwykle koło siódmej rano, zastał dziadka przy śniadaniu. Było to niezwykłe, dziadek wychodził zawsze o szóstej.

— O! — ucieszył się Julek. Czuł się wobec dziadka trochę onieśmielony, ale bardzo go lubił, wiedział też, że obecność starego człowieka w domu oznacza prawie zawsze, że będzie można wziąć udział w jakimś interesującym majstrowaniu. — To dziadek do fabryki nie idzie?

— Idzie czy nie, ale „dzień dobry" można powiedzieć — rzekła babka, zawsze wrażliwa na towarzyską grzeczność.

— Dzień dobry — poprawił się natychmiast Julek.

— Robiłem w niedzielę, to mam dziś wolne — wyjaśnił dziadek. — Jadę do Strzemienic, żeby sobie kupić buty.

Do Strzemienic! Julek nigdy tam jeszcze nie był. Kilkadziesiąt kilometrów autobusem!

— Dziadku! — jęknął błagalnie.

— Umyj się — poradziła Julkowi babka, bynajmniej tym jękiem nie wzruszona. — I obudź Mariana, śniadanie gotowe. — Julek nie ruszał się, stał wpatrzony w twarz dziadka. Ten jadł z wolna chleb, pokrajawszy go na małe kawałki, i popijał kawę. Na razie nic nie można było z jego miny wywnioskować.

— Ja też pojadę! Dobrze? Pojadę!

— No... — rzekł niepewnie dziadek. Widać było, że mięknie.

— Mówiłam, żebyś obudził Mariana — przypomniała wnukowi babka.

— Pojadę? — pytał Julek, nie chciał odejść przed uzyskaniem odpowiedzi, czuł, że babka jest przeciwko niemu.

— No cóż?... — zastanawiał się dziadek. — Można by...

Babka rzuciła na niego gniewne spojrzenie, a Julkowi kazała iść natychmiast po wodę. Odszedł zły, wiedząc, że woda to tylko wybieg, było jeszcze całe pół wiadra. Dorośli mają niemiły zwyczaj odsyłać dzieci właśnie wtedy, kiedy omawia się ważne dla nich sprawy. Zbuntowany, napompował wodę w kilkanaście sekund. Kiedy wracał, babka kończyła zdanie:

— ...pójdziesz na piwo, a on? Jeszcze ci się gdzie podzieje!

— Co ma się podziać, będzie przy mnie. Jak ma taką chęć się przejechać...

— On zawsze ma chęć. Jeździ ze mną do Łętowa, to wystarczy.

— Właśnie, z tobą jeździ wciąż, a ze mną ani razu — rzekł zazdrośnie dziadek i Julek poczuł, że strasznie go lubi.

Babka niespodziewanie roześmiała się.

— Oj ty, stary, stary! — powiedziała do męża, kiwając pobłażliwie głową, po czym zwróciła się do Julka: — No to myj się i wkładaj czystą koszulę. I żebyś mi się dziadka słuchał, rozumiesz?

*

Jechało się szosą warszawską i Julek, siedząc przy oknie, patrzył na pamiętne miejsca, przeżywając jeszcze raz wszystko, co się tu zdarzyło. Żyta, które gdzieniegdzie zaczynano już żąć, zjaśniały i pożółkły i tym ciemniejsza wydawała się dziś ściana żywopłotu, oddzielającego sad od pól. Przypomniał sobie, jak ostro na jej tle błysnęły niebieskie skrzydła kraski, i zapatrzył się w soczystą zieleń z nierozumną nadzieją, że znowu zobaczy tam pięknego ptaka.

Po chwili przestał myśleć o krasce, miał teraz przed oczami poczerwieniałego nagle Zenka, stojącego bez ruchu z jabłkami w rękach, i na nowo zdławiło go własne nie do zniesienia uczucie na widok wstydu przyjaciela – i zaraz potem żywiołowe pragnienie, żeby ten wstyd jakoś zniweczyć, być takim jak on: gwizdać na morały dorosłych i nie bać się niczego...

Żywopłotu już nie widać, jedzie się gładką powierzchnią mostu, teraz będzie podjazd pod górę... mija się zabudowania pegeeru, rzut oka na sklepik i ławkę, gdzie piło się oranżadę, i już zjazd w dół. W dole barier nie ma, szosa jest naprawiona. Julek spogląda ku łące: to tutaj zatrzymał się rozbiegany koń. „Syńciu, on ci życie uratował" – powiedziała matka tego dziecka... „Można by cię podać do gazet"... – mówił sprzedawca. Rozgoryczenie i bunt ogarniają Julka równie silnie, jak wtedy, kiedy Ula powiedziała o wieczornych odwiedzinach Zenka. Dlaczego tak się wszystko stało? Dlaczego Zenek odszedł? Dlaczego zachowywał się w taki niepojęty sposób?

Julek nie jest przyzwyczajony do rozważań, kieruje się zawsze pierwszym odruchem, rzadko kiedy myśli o tym, co robi i co robią inni. Ale to, co stało się z Zenkiem, zanadto jest dziwne, żeby można było pogodzić się i zapomnieć. Zenek jest fajny, strasznie fajny – ale ukradł pieniądze. Był co prawda głodny i nie ma domu, więc wielkiego przestępstwa nie popełnił. Ula uważała jednak, że te pieniądze trzeba oddać, jakby to był jakiś dług. I na przykład Marian bardzo się ucieszył, jak oddawał tę kopertę, Julek zauważył to doskonale, choć Marian nie powiedział na ten temat ani jednego słowa.

— Patrzysz sobie? — pyta dobrotliwie dziadek. — Zaraz skręcamy.

Autobus wjeżdża na boczną drogę. Zamiast asfaltu jest tu nierówny i bardzo zniszczony bruk, wehikuł trzęsie się i podskakuje. Wnętrze wozu napełnia się kurzem, który wlatuje przez opuszczone okna.

— Daleko jeszcze? — pyta Julek.

— Już zaraz.

W Strzemienicach odbywał się jarmark. Rozległy rynek, obudowany małymi kamieniczkami, wypełniały budy straganów i kramów, wozy z okolicznych wsi, kobiety sprzedające wiejskie produkty prosto z koszyków — oraz ciżba kupujących. Dziadek i Julek wymijali ludzi z wolna, pan Pietrzyk jest delikatny i nie lubi się przepychać. W sklepach wyczekiwał cierpliwie swojej kolejki, a potem oglądał rozważnie, co mu pokazywano.

Po jakimś czasie Julek zaczął się nieco niecierpliwić, rozumiał jednak, że kupno butów to rzecz niebłaha, i pamiętając, jak się dziadek rano za nim wstawił — postanowił sobie znieść wszystko po dorosłemu.

Nie wiadomo oczywiście, czy te wzniosłe postanowienia zostałyby wprowadzone w czyn, gdyby nie to, że od czasu do czasu można było zerknąć na jakiś ciekawy kram i że dwukrotnie przy pomocy głębokiego westchnienia udało się zwrócić uwagę dziadka na lodziarza.

— Chcesz loda? — pytał dziadek.

— Aha — odpowiadał Julek bez wahania, uważając, że nie należy komplikować sytuacji ceremoniami.

Potem, kiedy mijali pachnące apetycznie budki z pieczywem, dostał jeszcze błyszczącego rogala, posypanego kruszonką, i w ten sposób udało się doczekać szczęśliwie szczytowej chwili całej wyprawy: znalezienia się wraz z dziadkiem w gospodzie. Panował tu przyjemny, wilgotny chłód, przesycony co prawda zapachem piwa, wódki, kapusty i papierosów, ale to Julkowi nie robiło żadnej przykrości, podobnie jak zaplamiony papier, okrywający stolik, przy którym zasiedli. Było się między dorosłymi, na pytanie dziadka i kelnera odpowiadało się grubym głosem „oranżadę", a potem piło się ją z namaszczeniem, obserwując, jak banieczki powietrza odrywają się od dna i lecą ku górze, żeby tam zniknąć. Dziadek trochę teraz niepewny, czy dobrze załatwił sprawunki, pytał Julka, czy buty rzeczywiście wyglądają przyzwoicie; kategoryczna odpowiedź wnuka, że są „fajne", sprawiła mu wyraźną ulgę; pił piwo z satysfakcją, uważając widocznie, że na nie zasłużył.

I to wszystko bardzo było dla Julka przyjemne. Trudne myśli, które go męczyły w czasie drogi, rozwiały się, cieszył się, że jest z dziadkiem, że otoczenie jest takie niecodzienne i że może uda się uzyskać jeszcze jedną butelkę oranżady. Miał co prawda ochotę spróbować piany z dziadkowego piwa, ale to przez kelnera i przez gości mogło być uznane za dziecinne, i Julek wolał zrezygnować.

Po jakimś czasie okazało się, że na drugą oranżadę nie ma co liczyć, a poza tym do ich stolika przysiadł się znajomy dziadka i, nie zwracając na Julka żadnej uwagi, zaczął z panem Pietrzykiem rozmawiać.

Chłopiec parokrotnie próbował się wtrącić i zaznaczyć, że on także jest obecny przy tym stole i ma do dziadka większe prawo niż ktoś, kto wprawdzie jest dorosły, ale zjawił się tu ni z tego, ni z owego i przez nikogo nieproszony. Niestety, wszystkie te zabiegi nie odniosły żadnego skutku, co gorsze, dziadek — po paru serdecznych spojrzeniach rzuconych chłopcu —

pogrążył się w rozmowie całkowicie i zostawił Julka samemu sobie. Zaczęła się nuda. Z początku rozpraszało się ją oglądaniem, jak bufetowa nalewa piwo do kufli, zamykając kurek w chwili, kiedy czapa piany szykuje się, żeby wykipieć na boki — potem śledziło się zabawne ruchy kelnera, który nosił tacę na wysokości ramienia, potem gruntownie obejrzało się wszystkich gości po kolei. I koniec. Julek poczuł, że krzesło jest okropnie twarde i że nogi, beznadziejnie dyndając pod stołem, strasznie mu się nudzą.

— Dziadku...

Nic, żadnego oddźwięku. Rozmawiają, nawet nie usłyszeli.

— Dziadku...

— Czego chcesz?

— Ja pójdę!

— Gdzie?

— Na rynek. — Głos Julka jest błagalny, oczy wyrażają beznadziejność sytuacji. — Na pięć minut, popatrzę sobie!

— Siedź.

— Dziadku!

— Niech idzie — mówi znajomy i nagle wydaje się Julkowi bardzo sympatyczny.

— No... — zastanawia się dziadek. — Jeszcze gdzie poleci, a za pół godziny autobus.

— Będę patrzył na zegar, na wieży jest zegar! — Julek jest już przy drzwiach.

Dziadek wygląda, jakby miał nieczyste sumienie i chciał wszystko odwołać. Julek nie czeka.

— Za dziesięć minut wrócę!

Budki z galanterią, z pieczywem, z kaszami i mąką, z mię-sem, rzędy koszyków z jajami i serem — to wszystko jest mało ciekawe, tylko tyle że się chodzi, a oczy patrzą ciągle na coś nowego. Sklep komisowy, za szybą: dwa aparaty fotograficzne, szkło powiększające, parę długopisów – tu się chwilę stoi. Wiejskie wozy, napełnione warzywami i owocami, konie jedzą obrok. Przyjemnie tu. Są także „ciuchy", Julek mija z pogardą rozłożone na ziemi damskie sweterki i spódnice; obok sprzedaje się interesującą starzyznę metalową: śrubki, zakrętki, łańcuszki od rowerów, sprężyny i zębate, nie wiadomo do czego służące kółka. Dwóch chłopców, przyprowadziwszy rower, próbuje dobrać brakujące części. Julek chce się temu przyjrzeć, ale niedaleko mały tłum otacza kolistą loteryjkę, na której można wygrać cukierki. Co jeszcze?... Julek spojrzał na zegar, do obiecanych dziesięciu minut ma jeszcze cztery. Gdzie by tu jeszcze pójść?

Nagle doznaje takiego wstrząsu, jakby przez jego ciało przebiegła iskra elektryczna. Stoi bez ruchu, nie wierzy, nie może uwierzyć. Ale tak, tak, na pewno!

– Zenek! – wrzeszczy Julek. – Zenek!

Tamten go nie słyszy, nie może usłyszeć. Przedziela ich kilka wozów z końmi, rzędy bab siedzących na stołeczkach za koszykami i ludźmi, ruchliwy tłum.

– Zenek! – drze się nieprzytomnie chłopiec. Już Zenka nie widać. Mały wskakuje na koło chłopskiego wozu, wypełnionego marchwią i ogórkami, i wyższy teraz o pół metra wpatruje się w miejsce, gdzie Zenek przed chwilą stał. Nie ma go!

– Złazić, co jest! – woła chłop i wyciąga bat w stronę chłopca.

Julek puszcza się w pogoń. Przełazi pod wozami, tak będzie szybciej. Już jest w tłumie, roztrąca dzieci, przedziera się między dorosłymi, rozpycha się wśród ciżby otaczającej sprzedawcę uniwersalnego kleju, brnie dalej. Po chwili wokoło staje się puściej, jeszcze kilka kroków i Julek mija ostatnią budkę. Obiega ją, zawraca, ślad był mylny. Pędzi między straganami z galanterią, żeby znowu znaleźć się na głównym targowisku, rozbija kolano o drewnianą skrzynkę, na której rozłożono woreczki z kaszą i grochem, wywraca przekupce koszyk z sałatą... Ścigają go okrzyki oburzenia i wymysły, nie słyszy ich wcale, tak samo jak nie czuje, że z rozbitego kolana płynie krew. Znowu jest między wozami, znowu wskakuje na koło i rozgląda się, przelatując oczami po ludziach, wypatrując, wypatrując aż do bólu oczu. Nie ma, nie ma!

Obiega jeszcze raz wszystkie stragany, okrąża wozy i rzędy kobiet z nabiałem, wdziera się do każdego większego skupiska, przemierza cztery boki rynku. Zauważywszy u wylotu jednej z uliczek płoty i bariery targu na bydło, na wszelki wypadek skręca jeszcze tam. Kupujących i sprzedawców jest już mało, widocznie transakcje odbywają się tu wczesnym rankiem. Julek okrąża kilka stojących luzem budek i, poczuwszy nagle ból kolana, zatrzymuje się koło jednej z nich. Ranka lekko krwawi, można by ją obetrzeć listkiem babki. Julek podnosi głowę... O kilkanaście kroków przed nim, w cieniu krytej papą szopy, pod płotem, otaczającym podmiejski ogródek, trzech chłopaków gra w karty. Ten, który jest odwrócony do Julka plecami, ma w sobie coś znajomego... to Zenek!

Julek opiera się plecami o budkę, nie oddycha, przestaje także myśleć... Zenek podnosi rękę z kartą, ciska ją z fasonem przed siebie, mówi coś, tamci dwaj śmieją się z uznaniem. Znowu coś mówi, jeden z chłopaków śmieje się tak bardzo, że prawie się przewraca.

Julek doznaje nagle uczucia, że się rozpłacze. Z gniewu, z niemożliwej do zniesienia zazdrości. Dopiero co był na wyspie, a teraz ma już innych kolegów! Są starsi, naturalnie, starsi nie tylko od Julka, ale nawet od Mariana. Więc co z tego?... Powiedział, że idzie do Warszawy, a siedzi w tych parszywych Strzemienicach. Dlaczego?... Warszawa mogła być jakim takim usprawiedliwieniem, ale Strzemienice? Julek czuje się zdradzony podwójnie. Nie, nie będzie płakał, tylko po prostu powie mu... Co mu powie, o tym nie myśli wcale. Prostuje się i z zaciętą twarzą idzie nieśpiesznie w stronę grających. Kiedy jest o parę kroków przed nimi, dostrzega go zezowaty chłopak, siedzący tuż po lewej stronie Zenka.

— Zjeżdżaj, pętaku!

Julek staje, nie ma jednak zamiaru odejść. Zezowaty pyta z wiele mówiącą rzeczowością:

— Chcesz w ucho?

Teraz Zenek odwraca się, w jego oczach pojawia się ten sam wyraz zaskoczenia jak wtenczas, kiedy go przyłapano z jabłkami. Nie tylko zaskoczenia, także i wstydu. Nie jest rad ze spotkania. Przez chwilę obaj patrzą na siebie bez słowa, a tymczasem zezowaty, rozzłoszczony zuchwalstwem smarkacza, wstaje i rusza ku niemu. Ręka wznosi się do uderzenia.

— Zostaw go! — woła Zenek. Okrzyk brzmi jak rozkaz. Zezowaty nie patrzy już na Julka, ta sprawa nie jest ważna. Odwraca się ku nadbiegającemu Zenkowi, mrużąc złośliwie oczy.

— Będziesz mi rozkazywał, co?

— Jak mi się spodoba — mówi Zenek.

— Zobaczymy!

Zenek podchodzi do zezowatego nieśpiesznie i staje przed nim tak blisko, że prawie się stykają piersiami. Patrzą sobie w oczy jak dwa koguty i nagle Zenek tuż przed twarzą wroga wykonywa błyskawiczny gest ręką, jakby chciał uderzyć tamtego w nos bokiem dłoni. Zezowaty robi gwałtowny krok w tył.

— Gracie czy nie? — pyta trzeci chłopak. Nadal siedzi na ziemi i czeka z flegmatycznym spokojem, jak się rzecz rozegra.

— Wiadomo, gramy — odpowiada niedbale Zenek. — Zaraz wrócę.

I nie oglądając się na zezowatego, kładzie Julkowi rękę na ramieniu. Idą razem w stronę targu.

— Lepiej się koło nich nie kręć — mówi Zenek, wskazując głową miejsce, gdzie grał w karty. Zatrzymali się w cichym kącie za budkami z galanterią. — Z kim przyjechałeś?

— Z dziadkiem...

Chwila milczenia. Julek przygląda się... Twarz Zenka jest chuda i brudna, pod skórą śniadych policzków drgają szczęki, jak zawsze, kiedy chłopak jest wzruszony czy zły. Wiatrówka pełna plam, spodnie obszarpane.

— Co ty tu w ogóle robisz?

Zenek wzrusza ramionami z taką pogardą i zniechęceniem, że Julka ogarnia strach.

— Miałeś być w Warszawie!

— Spotkałem po drodze jednego, namówił mnie.

— Ten zezowaty? — pyta z nienawiścią Julek.

— Nie, ten drugi... Będę w Warszawie, ale później. Teraz lato, lepiej na wsi.

— Zenek!

— No?

— Nie chcesz być z nami? Naprawdę nie chcesz?... — Zenek milczy, słowa Julka nabierają gwałtowności, stają się coraz szybsze, coraz bardziej gorące, jedno popędza drugie, pragnienie odzyskania przyjaciela przeplata się z goryczą i żalem. — Wcale nie chodzimy teraz na wyspę! Wcale! To przez ciebie! Nikomu się nie chce! Siedzę w domu jak głupi! Jakbyś wrócił, zbudowalibyśmy nowy szałas, sto razy lepszy! Jesteśmy wszyscy wściekli, że odszedłeś! Zrobiliśmy nową kuchnię! Babka dawałaby tyle kartofli, ile by się chciało, już nie jest przednówek. Dlaczego nie wróciłeś z Marianem? Marian mówił, że „Zenek nie chce”, i tyle! To nie jest tłumaczenie! Moglibyśmy łowić ryby! I raki! Dziadek mówił, że w Młynówce są raki. Pokaże mi miejsce! Zenek! Będzie fajno, zobaczysz! Zenek!

Ostatni okrzyk brzmi błagalnie. Bystre oczy wpatrują się w Zenka z napięciem.

— Zenek!

— Nie — odpowiada tamten.

— Ale dlaczego? Dlaczego?

— Bo nie. Nigdy tam nie wrócę.

Julek przełknął ślinę, oddycha głośno, panując nad sobą.
Zenek odwraca głowę w bok i pyta nieswoim głosem:
— Powiedz mi... a Dunaj? Nie znalazł się?
— Znalazł się, przyszedł do Uli. Ale znowu nie podchodzi do
ręki. Ula musi oswajać go na nowo... Zenek!
— Szkoda gadać, Julek, nie wrócę.
Nagle Julkowi przychodzi do głowy nowa myśl, od której może
zależeć wszystko.
— Słuchaj — trochę trudno jest to powiedzieć, ale jak trzeba,
to trzeba — może ty się boisz, że cię tam u nas złapią, że cię za-
aresztują? Nie bój się, nic ci nie będzie, tamtą forsę oddaliśmy!
— Jaką forsę?
— No, tej przekupce w Łętowie. Pojechaliśmy obaj z Maria-
nem, on jej położył tę kopertę na kolanach... Narobiła krzyku,
śmiała się, pokazywała kartkę i pieniądze wszystkim naokoło.
W tej kartce było napisane, że to jest zwrot, kapujesz?
— Kapuję... — powiedział Zenek z niespodziewaną dla małe-
go ironią. Brwi chłopca były zmarszczone, twarz pełna zmie-
szania.
— No, to bywaj — powiedział sucho, odwracając się, żeby
odejść, po czym roześmiawszy się lekko, dodał od niechcenia:
— Podziękuj wszystkim za tę składkę.
— Jaką składkę?
— Na te pięćdziesiąt złotych, któreście tak „szlachetnie"
zwrócili. Dużo pieniędzy was kosztowałem!
— Żadnej składki nie było — wzrusza ramionami Julek. —
Choćbyśmy chcieli, tobyśmy nie mogli. Nikt nie ma forsy. Ula
dała te pieniądze. Zarobiła.
Zenek odwraca się gwałtownie, chwyta Julka za ramię.
— Co gadasz! Ula?
— No tak. — Julek nie może pojąć, dlaczego Zenek ni z tego,
ni z owego tak się wzburzył. — Zarobiła u ogrodnika, a potem
przyniosła do nas i powiedziała, żebyśmy odwieźli...

Zenek nie pytał więcej. Pobladły, oparł się o ścianę budki, jakby był pijany czy chory. Julek przestraszył go. Co to miało znaczyć? Nagle wyraz twarzy chłopaka zmienił się gwałtownie. W oczach ukazała się znana Julkowi czujność — przesunął się niepostrzeżenie ku bocznej ściance budki i znikł tak nagle, jakby się rozwiał w powietrzu. Julek obejrzał się szybko. Dziadek zdyszany i czerwony ze zmęczenia biegł ku niemu.

— Julek! — krzyknął. — Za trzy minuty autobus!

Niebezpieczeństwo

Sąsiad dziadka, pan Kwiatkowski, o którym było wiadomo, że ma miękkie serce do dzieci, zwoził żyto, i Julek, udając, że coś robi na podwórzu, czatował na sposobność, żeby się przewieźć. Udało się to pod wieczór, chłopiec skrzyknął Mariana i teraz obaj jechali wozem w pole.

Przysiadłszy na drabkach w sposób obowiązujący ludzi pracujących przy żniwach, patrzyli po okolicy. Oglądana z wysokości była nieco inna niż ta, którą znali dobrze z pieszych spacerów. Widziało się szerzej i dalej, ukazywały się niewidoczne przedtem drzewa i domy.

Sama droga też była odmieniona: przedtem wędrowało się nią między wysokimi łanami żyta, zagradzającymi dalsze horyzonty. Teraz żyto było zżęte i, minąwszy zagajnik, już po paru minutach jazdy zobaczyli znany im wielki dąb, rosnący u skraju nadrzecznego ugoru, a potem wygięty łuk zarośli. Jeżeli się pójdzie wzdłuż tego łuku na prawo, dotrze się do przewróconej topoli... Julek i Marian spojrzeli na siebie, owładnięci nagle tym samym pragnieniem. Trzeba zobaczyć wyspę!

Z panem Kwiatkowskim od samego początku stanęła umowa, że będą wracać pieszo, bo koniowi i tak trudno ciągnąć furę po polnej drodze. Wysiadłszy, pomogli naładować wóz, przy czym Marian podawał snopki wolno, systematycznie i porządnie, a Julek dużo biegał, dużo mówił, zrobił się czerwony ze zmęczenia i zapału, ale z podawaniem szło nieszczególnie: brakowało mu wzrostu i zrozumienia, jak i kiedy należy snopek unieść do góry, żeby panu Kwiatkowskiemu było wygodnie chwycić go i ułożyć.

Tak czy inaczej obaj uzyskali w końcu pochwałę i fura ruszyła w stronę Olszyn. Patrzyli chwilę, jak jadąc, chwieje się na nierównościach gruntu, po czym Julek spytał od niechcenia:

— Pójdziemy?

— Można.

Szli, nic nie mówiąc. Marian usiłował obliczyć, ile czasu upłynęło od odejścia Zenka. Myliło mu się, w czasie wakacji mało interesował się kalendarzem. W każdym razie kilkanaście dni, dwanaście, może trzynaście... Julek także myślał o Zenku. Czy jest jeszcze w Strzemienicach? Dlaczego wolał być w tym miasteczku z jakimiś obcymi, wstrętnymi chłopakami niż z nimi — na wyspie? Mały westchnął z cicha, uprzytomniwszy sobie, że od chwili kiedy znaleźli Zenka, leżącego pod leszczyną, rozmaitych niezrozumiałych rzeczy zdarzyło się całe mnóstwo... A ich rozmowa między straganami? Julek był przekonany, że Zenek ucieszy się wiadomością o zwróconych przez Ulę pieniądzach, a on zachował się tak dziwnie... Przestraszył się czy co?... Julek opowiedział o tym Marianowi i dziewczynom, ale nikt nie próbował mu tego wyjaśnić.

Po chwili myśl chłopca pobiegła gdzie indziej: przypomniał sobie powrót ze Strzemienic, w czasie którego dziadek z początku złowrogo milczał, a potem, uspokoiwszy się, mruknął, że lepiej nic babce nie wspominać... „Po co ma się na nas gniewać... Niepotrzebnie się zdenerwuje, i tyle"... Chłopiec zrozumiał, co znaczy słówko „nas", i poczuł, że bardzo kocha tego starego, cichego człowieka, który uważał, że obaj zawinili jednakowo. Chcąc to jakoś wyrazić, przysunął się do niego i oparł ramieniem. Kiedy się po chwili poruszył, dziadek powiedział dobrotliwie: „Siedź sobie tak, siedź"... Gdyby nie zmartwienie z Zenkiem, powrót do domu stałby się naprawdę przyjemny.

Do wywróconej topoli było już niedaleko, kiedy Julek podniósł głowę i powiedział:

— Czuję dym.

— Zdaje ci się.

— Nie — Julek miał zmysły wrażliwe jak młody pies. Stanął bez ruchu, wciągając nosem powietrze i zwracając głowę w prawo i lewo. — Dym z ogniska.

Po jednej stronie mieli pas zarośli i za nim rzekę, po drugiej łąki i dalej pola. Marian rozejrzał się.

— Widzisz przecież, że żadnego ogniska nie ma.

Julek obrócił się teraz twarzą ku zaroślom, jego nozdrza poruszały się szybko.

— Słuchaj! — rzekł cicho, jakby sądził, że ktoś niepowołany może go usłyszeć. — Ten dym idzie od rzeki. Ktoś pali ognisko na wyspie!

Kiedy przeszli kilkanaście kroków, poczuł dym także Marian. Zbliżali się do topoli, nasłuchując i rozglądając się, po czym minąwszy ostrożnie kładkę, zatrzymali się. Na wyspie było cicho, tylko ptaki świergotały, jak zawsze przed wieczorem. Przybrzeżna miękka trawa nie ujawniała żadnych śladów. Porozumieli się szeptem, że trzeba zachować jak największą czujność. Pragnęli przyjrzeć się intruzowi, zanim się z nim zetkną.

Nie chcąc iść ścieżką, wsunęli się w gąszcz i szli chyłkiem pod krzakami, kucając, a chwilami posuwając się na kolanach. U brzegu polany rosły zwartą masą tarniny, przez które nie sposób się było przedostać. Julek położył się na brzuchu i wyjrzał na polanę.

Nie zobaczył nikogo, ale ognisko się paliło. W tym samym miejscu, w którym rozpalano je poprzednio: między cegłami polowej kuchni. Nad ogniskiem stała dobrze znana chłopcom menażka, znaleziona kiedyś przez Mariana na strychu u dziadków i potem porzucona na wyspie. Szałas wyglądał smutno, ścianki skrzywiły się, liście okrywających je gałęzi wyschły i poskręcały się, igły pożółkły.

Marian podpełzł do Julka, czekali, co będzie dalej. Ten, kto zapalił ogień, musi być przecież w pobliżu. Między drzewami po drugiej stronie polany mignęło coś jasnego, trzasnęła przydeptana nogą gałązka. Przykulili się do ziemi, Julek wyciągał jednak szyję, aby jak najprędzej zobaczyć...

– O rany! – wrzasnął nagle i wyskoczył do przodu, jakby go ktoś wystrzelił.

Koło szałasu stał Zenek. Wracał widocznie z kąpieli, bo był nagi do pasa, a upraną, skręconą koszulę niósł na ramieniu. Krople wody spływały mu na kark i błyszczącą od czystości twarz.

– Serwus – powiedział, zobaczywszy Julka i Mariana. – Podeszliście cicho jak koty. Nic nie słyszałem.

– Myśleliśmy, że tu jest ktoś obcy! – zakrzyknął Julek. Patrzył na Zenka jak na ducha, nie mogąc uwierzyć, że naprawdę ma go przed sobą.

– Nie spodziewaliście się mnie, co?

– Nie spodziewaliśmy się – potwierdził poważnie Marian.

– A może nie wolno mi tu być? – spytał Zenek, uśmiechając się.

– Głupi jesteś – odpowiedział z wylewną serdecznością Julek. – Fajnie, żeś przyszedł!

Zenek rozwiesił mokrą koszulę na gałęziach i dorzucił do ognia parę patyków.

Chłopcy zauważyli w jego zachowaniu jakąś zmianę: był podniecony, jakby spotkało go czy oczekiwało coś przyjemnego. A przecież skoro się tu pojawił, to znaczy, że nadal jest bezdomny i sam. Znali go już jednak na tyle, żeby o nic nie pytać.

– Niedługo tu zabawię – rzekł niespodziewanie Zenek. – Parę nocy, i tyle.

— Jak to nocy?

— W dzień robię przy żniwach.

— Gdzie?

— U jednego gospodarza.

— A potem? — nie wytrzymał Julek.

— Zobaczy się.

— Zenek! — Oczy małego rozbłysły nagle nowym wspaniałym pomysłem. — Nocuj u nas! Babka się zgodzi, a jakby się nie zgodziła, to powiem dziadkowi, on jest taki dobry, nie masz pojęcia, na pewno babkę namówi. Po co masz być tutaj? Szałas się rozleciał i w ogóle!... Ściągniemy sienniki na ziemię — zapalał się coraz bardziej — i będziemy spali w poprzek. Zmieścimy się, zobaczysz!

— Szkoda gadać — powiedział Zenek.

— Jesteś uparty jak kozioł! Przecież teraz możesz być z nami, nie? — rozzłościł się Julek. Po chwili, przypomniawszy sobie, jak Zenek przyjął wiadomość, że Ula zwróciła za niego pieniądze, poczuł lęk, że chłopak się obrazi, i spojrzał na niego niepewnie. On jednak nie wyglądał na obrażonego, chociaż jego twarz stała się pochmurna, a usta krzywiły się lekko.

— Wszystko jedno, wolę trzymać się na boku — mruknął. — Im mniej ludzie o mnie gadają, tym lepiej.

— Dlaczego? — spytał Marian.

— Ja przecież jestem nieletni — wyjaśnił niechętnie Zenek. — Milicja zawsze może mnie zgarnąć.

— Jakim prawem? — krzyknął Julek.

Zenek uśmiechnął się z ironią nad jego niedoświadczeniem.

— Takim, że włóczyć się nie wolno. Chyba że masz pozwolenie tatusia i mamusi.

Zapadał zmierzch, trzeba było wracać do domu.

— Masz co do żarcia?... — spytał Zenka Julek. — Kartofle to tu chyba powinny być...

— Nie potrzeba, ten gospodarz daje wyżywienie.

— Przyniesiemy mu jutro koc... — z cicha powiedział do Julka Marian.

— Jasne! — odrzekł mały.

Nazajutrz rano Julek przyniósł na wyspę koc, ale to było za mało dla jego chęci, by pomagać Zenkowi, ile tylko można. Postanowił nazbierać chrustu na opał i poprawił szałas, bo chociaż na razie pogoda ciągle była piękna, można się było spodziewać burzy i wtedy przez nieszczelne ścianki deszcz przelatywałby jak przez sito. Marian, który na razie musiał zostać w domu, bo babka zażądała jego pomocy w ogrodzie, zaproponował, że zrobią to razem po południu, Julek oświadczył jednak, że po obiedzie skończą, a on tymczasem przynajmniej zacznie.

Medytował właśnie nad wborem pędów leszczyny, kiedy niespodziewanie usłyszał ludzkie głosy. Zdarzyło się to pierwszy raz od czasu, kiedy objęli wyspę w posiadanie, toteż chłopiec zamarł w bezruchu. Głosy były obce. Jeden brzmiał prawie po męsku, drugi cieniej i jakoś ślamazarnie.

Julek miał wrażenie, że kiedyś już te głosy słyszał. Rozmawiający byli zresztą dość daleko, dźwięki dobiegały zza rzeki, widocznie szli brzegiem. Miną topolę czy nie?

Julek obawiał się, że nie miną; on sam, kiedy pierwszy raz zobaczył olbrzymi wykrot i wspaniały pień, leżący poziomo metr czy półtora nad ziemią, wdrapał się nań natychmiast i zatrzymał dopiero u szczytu korony, gdzie cienkie, wiszące nad wodą gałęzie zaczęły się giąć pod nogami i każdy krok groził upadkiem w płynący u dołu ciemny nurt. Takie postępowanie jest odruchem każdego normalnego chłopaka i ci, którzy się zbliżali, na pewno nie zrobią inaczej. Jedyną nadzieję może budzić to, że kładka wsparta jest o gałęzie bardzo nisko i dobrze ukryta wśród bogatych liści ciągle jeszcze żywego drzewa.

Przez chwilę natężenie głosów nie zmieniło się, widocznie rozmawiający musieli stanąć. Potem zrobiło się cicho i nagle rozmowa zabrzmiała zupełnie blisko. Weszli na wyspę...

Zaszyty w największy gąszcz Julek trwa bez ruchu, wstrzymując oddech. Między liśćmi ma przed oczami szparkę, przez którą widzi skrawek polany i wejście do szałasu.

Przybysze wypatrywali widocznie ścieżki, Julek słyszy ich stąpanie i cichy szelest odginanych gałązek.

— Widziałeś? — pyta z kpiną jeden z głosów.

Serce Julka zdaje się bić nie w piersiach, ale w gardle — to przecież głos Wiktora! Ten drugi to Władek — śmiertelni wrogowie Zenka. Są teraz na polanie. Julek widzi dwie pary nóg zbliżających się do szałasu.

— Dobra melina, co? — śmieje się Wiktor, zajrzawszy do wnętrza. — Sprytnie się urządził.

— Skąd wiesz, że to on? — pyta ospale Władek.

— Oczywiście, że on!

— Dowodów nie ma...

— Głupi jesteś czy co?... Jakeśmy wczoraj za nim szli, wsiąkł nam właśnie koło tej topoli. A zresztą komu innemu chciałoby się tu siedzieć?

— Tiee... — mruknął Władek bez przekonania.

— On na pewno tu nocuje. W dzień robi jeden, drugi wypadzik, i dobrze.

— Ty świnio! — szepnął Julek. Dławiły go łzy wściekłości.

— Te szczeniaki mu na pewno pomagają... — mądrzył się dalej Wiktor.

— Jakie szczeniaki?

— No, te od starego Pietrzyka, co pracuje w fabryce.

„Świnia!... Jesteś świnia!" — pomyślał znowu Julek. Poczuł, że ścierpł. Jak długo tu będą sterczeć i gadać idiotyzmy?

Władek przeciągnął się i ziewnął rozgłośnie. Spytał bez wielkiego zainteresowania:

– Naprawdę myślisz, że on kradnie?

– Wiadomo, dlatego się kryje. No, ale długo tego dobrego nie będzie – roześmiał się Wiktor. – Powiem Kowalskiemu, jak tylko go spotkam.

– Jakiemu Kowalskiemu?

– Nie wiesz czy co? – rozzłościł się Wiktor. – Z posterunku w Łętowie. Zajrzy tu sobie rano albo wieczorem, i gotowe.

– Myślisz, że będzie mu się chciało?

– Dlaczego nie?... A zresztą oni mają swoje sposoby, nie bój się! Zawiadomią posterunki naokoło, że się taki kręci po okolicy, i zrobią z nim koniec. Zobaczysz.

Władek ziewnął jeszcze raz.

– Chodź, wracamy, gorąc taki, spać się chce... Ten Kowalski to będzie dzisiaj w gminie...

– U nas w Olszynach? – zainteresował się Wiktor.

– Tak coś ludzie gadali.

– Dobrze się składa – i Wiktor roześmiał się głośno.

Zawrócili, Julek widział dwie pary oddalających się nóg, zaciskał pięści, hamując się, żeby nie wyskoczyć, nie rzucić się na tego obmierzłego chłopaka. Pragnął go stłuc, pragnął wykrzyczeć mu prosto w twarz swoje oburzenie, swoją nienawiść... Równocześnie przelatywały mu przez głowę pomysły, jak uchronić Zenka od zasadzki. Z tego, co mówił Wiktor, nie wszystko było dla Julka zupełnie jasne, zrozumiał jednak, że Zenkowi grozi aresztowanie, i to w najbliższym czasie, może jeszcze dzisiaj wieczorem.

Osądziwszy po chwili, że Wiktor z Władkiem musieli znaleźć się za wodą, wylazł z krzaków i pobiegł ku kładce. O naprawie szałasu nie mogło być teraz mowy, powstały zadania znacznie ważniejsze.

Zatrzymał się wśród liści topoli i czekał niecierpliwie, żeby tamci wreszcie się oddalili: szli do Olszyn i najpierw na ugorze pod dębem, a potem na odkrytym polu mogli łatwo chłopca zobaczyć. Po paru minutach zaczął się skradać wzdłuż zarośli, chowając się za krzaki. Tamci przecinali ukosem ściernisko, zmierzając ku drodze. Kiedy zniknęli wśród drzew zagajnika, Julek puścił się pędem przed siebie.

Wywołał Mariana z ogrodu i, łapiąc z trudem oddech, opowiedział, co zaszło.

– Więc on nie może nocować na wyspie, kapujesz? Musimy go uprzedzić, żeby teraz wcale tam nie przychodził! – zakończył, spoglądając na brata rozszerzonymi z przejęcia oczyma. Marian milczał i patrzył przed siebie z takim wyrazem, że Julek nagle się przestraszył. Wiedział, że Zenek jest w niebezpieczeństwie, ale biegł tu z nadzieją, że obaj z Marianem zażegnają je i ochronią chłopaka od tego, co mu groziło. Twarz brata nie wróżyła niczego dobrego.

– Marian – powiedział niepewnie Julek. – Marian!

– Nie możemy go uprzedzić, nie wiemy przecież, u kogo pracuje. A poza tym...

– To będziemy wieczorem czekać pod topolą!

– I co z tego? Milicjant też może tam przyjść – i czekać razem z nami. Nie zabronisz mu przecież.

Taka możliwość nie przyszła nawet Julkowi do głowy. Oczywiście ich obecność nie wyklucza wcale obecności tamtego. Szukał rozpaczliwie nowego wyjścia z sytuacji.

– A gdybyśmy wylecieli naprzeciwko – do szosy? Przecież Zenek przyjdzie od szosy, prawda?

– Wcale nie wiadomo.

– Więc jak będzie? – spytał bezradnie Julek. Nie było na to pytanie odpowiedzi i mały krzyknął nagle ze łzami w głosie, jak dziecko, które wyobraża sobie, że protestując i płacząc, zmieni nieprzychylną sytuację: – Ja nie chcę, żeby go aresztowali, słyszysz? Ja nie chcę!

— Cicho bądź! — rzekł ostrym tonem Marian. — To nie jest moment, żeby się zachowywać jak smarkacz.

Julek mężnie zdusił w sobie gotowość do obrazy, która w nim wybuchła po tych słowach. Rzekł grubym głosem:

— Ja bym tylko chciał wiedzieć, co zrobimy.

Marian również chciałby wiedzieć, co mają zrobić. Nigdy jeszcze nie czuł tak mocno, jak w tej chwili, że „historia z Zenkiem" przerasta jego wiek i doświadczenie. O tym, żeby zostawić chłopaka bez pomocy, nie mogło być mowy, ale jak mu jej udzielić? Trzeba działać szybko i bez porozumienia z przybyszem, a więc cała odpowiedzialność spadnie na nich, a właściwie na niego, na Mariana; jest z czwórki najstarszy...

— Dlaczego nic nie mówisz? — zawołał Julek, na nowo wyprowadzony z równowagi. — Powiedzże coś!

Marian nie dawał się jednak przynaglić. Zamyślił się, w trudzie i napięciu, marszcząc po swojemu czoło, szukał wyjścia z trudności, które się przed nim spiętrzyły.

W końcu rzekł:

— Leć do Pestki i Uli, niech przyjdą pod gruszę.

— Dobrze — zgodził się Julek, rad, że coś zaczyna się dziać. — Ale po co chcesz się z nimi spotkać?

— Nie nudź teraz. Ja wracam do ogrodu, zawołaj mnie, jak przyjdziecie.

Julek spełnił polecenie Mariana połowicznie: Pestka z rana pojechała z matką do Łętowa do dentysty i miała wrócić dopiero za godzinę — tylko więc Ula czekała pod gruszą. Przysiadła w tym samym miejscu, skąd Zenek gwizdał kiedyś wczesnym rankiem na Julka, żeby go poprosić o kupienie chleba i wskazanie drogi do Strykowa. Przed sobą miała dróżkę, którą tajemniczy przybysz rozpoczął w towarzystwie odprowadzających chłopców ostatni, jak wówczas sądził, etap swojej wędrówki – i obok dróżki stóg, gdzie odpoczywał, czekając, żeby rana przestała krwawić. Ula przypomniała sobie, jak go tam wówczas z Pestką zastały, i w ciągu kilkudziesięciu sekund stanęły jej przed oczami zdarzenia, które zaszły od tamtej pory: „urządzenie" chłopca na wyspie, oswajanie Dunaja, walka z Wiktorem, wyprawa na szosę, odejście i pożegnanie, radości, wzruszenia i lęki, jakich nigdy jeszcze przedtem nie zaznała – wszystko aż do dziś, kiedy nad Zenkiem zawisło niebezpieczeństwo, o którym bała się nawet myśleć.

Marian i Julek, który po niego pobiegł, nadeszli szybkim krokiem. Ledwie się znaleźli pod drzewem, mały odezwał się niecierpliwie:

– No więc?

– Zaraz... – zaczął Marian niezręcznie. Nie było mu łatwo wypowiedzieć to, co zamierzał, przeczuwał, że napotka ostry sprzeciw. Po chwili, postanowiwszy, że czy tak, czy tak, nie odstąpi od swego zdania, zebrał się w sobie i rzekł:

– Trzeba o Zenku powiedzieć komuś dorosłemu. Sami sobie nie poradzimy.

– Zwariowałeś?! – krzyknął natychmiast Julek.

– Obiecaliśmy, że nie powiemy – rzuciła pośpiesznie Ula, podnosząc na Mariana przestraszone oczy.

– Obiecaliśmy – przyświadczył Marian. – Zrobiliśmy bardzo głupio.

– Jak to głupio? Zenek tak chciał, i koniec! – krzyczał Julek czerwony z gniewu. Wola Zenka, tak jak rozkaz wodza, powinna być spełniona bez roztrząsań i szemrania.

— Gdybyśmy nie obiecali, wszystko byłoby inaczej — odważnie ciągnął swoje Marian. — Ktoś by nam przecież pomógł... nam i jemu.

— Tak... — szepnęła Ula, nie chcąc się spierać z Marianem o to, co było, skoro należało przede wszystkim myśleć o tym, co będzie. — Ale teraz nie mamy prawa powiedzieć, chyba że Zenek się zgodzi.

— Sam wiem, że lepiej byłoby najpierw Zenka zapytać — rzekł Marian z rozdrażnieniem. — Ale zanim zdąży się zgodzić, mogą go zaaresztować. Więc trzeba zdecydować, co lepsze, a co gorsze.

— Myślisz, że dorośli coś pomogą? — spytał pogardliwie Julek, nie chcąc tracić nadziei, że sami ochronią przyjaciela przed tym, co mu grozi. — Akurat!

— Dlaczego mają nie pomóc? — Marian znał wiele ludzi, do których miał zaufanie, a sprawa Zenka od dawna przestała być dla niego przygodą, której urok stanowi tajemnica przed dorosłymi. — Jeżeli poprosimy...

— Słuchaj! — przerwał mu gwałtownie mały. Oczy mu rozbłysły, był pewien, że znalazł nareszcie dobre wyjście z sytuacji. — A gdybyśmy powiedzieli temu milicjantowi o uratowanym dziecku?

— Jeśli Wiktor mu mówił, że Zenek jest złodziejem, a my mu pomagamy, to milicjant w ogóle nie zechce z nami gadać. A zresztą, co ma jedno do drugiego?

Julek zamilkł, bezradny na nowo. Ula siedziała z pochyloną głową, nie odzywając się. Od chwili kiedy Julek oznajmił jej, co zaszło, biła się z myślami, jak należy postąpić. Podobnie jak Marian miała uczucie, że tym razem nie poradzą sobie bez pomocy. Ale obietnica milczenia trwała — a poza tym któż miał tej pomocy udzielić? Ach, gdyby miała matkę!... Mama zrozumiałaby wszystko, los Zenka można by jej powierzyć z zamkniętymi oczami, wyczułaby bez słów, ile ten chłopiec dla Uli znaczy, umiałaby się na nim poznać, zobaczyć, że obok zła jest w nim tyle dobrego... Mamo! Mamo!... Wyobrażała sobie Zenka kroczącego przez wieś obok milicjanta, Zenka potraktowanego jak złodzieja... Potem zamkną się za nim drzwi aresztu czy więzienia i będzie tam zupełnie sam albo też otoczony przestępcami...

— Uważam, że trzeba poprosić panią Ubyszową, ona nadaje się najlepiej — odzywa się Marian i wyczekująco patrzy na Ulę. Julek także wpatruje się w dziewczynę: to od niej będzie zależała ostateczna decyzja.

— Dobrze... — szepce z trudem Ula. I świadomie biorąc na siebie wielki ciężar, dodaje jeszcze: — Poproszę Pestkę, żeby z nią pomówiła.

Teraz omawiają szybko, że trzeba całą rzecz zorganizować. Pani Ubyszowa pójdzie do gminy, żeby się zobaczyć z milicjantem — i wszystko mu wytłumaczy. A jeśli go w gminie nie zastanie, to już nie ma rady, tylko będzie musiała pojechać na wyspę i tam na niego poczekać. Chłopcy i Ula polecą na wyspę wcześniej, żeby być w pogotowiu.

— Czekajcie... — odezwał się gniewnie Julek, ciągle niepogodzony z tym, co zostało postanowione. — A kto się odważy powiedzieć Zenkowi, żeśmy postanowili bez niego taką rzecz?

— Ja — odrzekła Ula.

Od czasu zwierzeń w ogrodzie pana Józiaka przedzielił dziewczęta niewidoczny mur i tylko na pozór ich przyjaźń była taka jak dawniej, toteż Ula parokrotnie pobladła i poczerwieniała, zanim zaczęła rozmowę z Pestką. Poza wszystkim innym bała się, że Pestka źle przyjmie decyzję złamania obietnicy. Starając się temu zapobiec, przedstawiła jak najdokładniej sytuację Zenka, niebezpieczeństwo, które nad nim zawisło, i konieczność zwrócenia się o pomoc do kogoś dorosłego.

Pestka słuchała wszystkiego dość spokojnie, a kiedy Ula zawahała się na chwilę przed wypowiedzeniem ostatniego, najważniejszego zdania, spytała szybko:
— Więc powiesz o Zenku swojemu ojcu?
Ula zarumieniła się gwałtownie.
— Nie — rzekła cicho. — Nie. My... Marian i ja, my uważamy,
że najlepiej poprosić twoją mamę...
— Moją mamę? — przestraszyła się Pestka. — To niemożliwe.
Ula spojrzała na nią błagalnie.
— Pestko!...
— Nie, mówię ci, że to niemożliwe.
— Dlaczego? Marian uważa, że tylko twoja mama się do
tego nadaje. Zna nas wszystkich, jest dobra!... Jeżeli ją poprosisz...
— Nie będę jej prosiła — oświadcza Pestka. Czy Ula nie rozumie, co by to znaczyło powiedzieć mamie o Zenku?... Trzeba
by się mamie przyznać, że jej podejrzenia były słuszne, że była
oszukiwana!... I mówić o tym teraz, kiedy matka się uspokoiła
i, mając Pestkę częściej przy sobie, stała się znowu serdeczna
i ufna?... A zresztą, jeżeli Zenek właśnie Ulę polubił najbardziej, to niechże ona się poświęci, a nie ktoś inny!
— O wiele lepiej niż moja mama nadaje się twój ojciec.
— Ach, nie!
— Dlaczego? Mieszka tu, wszyscy go znają. Przecież chyba
pomoże, jeśli się do niego zwrócisz?
— Nie pomoże...
Pestka, która do tej pory patrzyła jakoś przed siebie i była
przez to jeszcze bardziej obca — zwróciła się gwałtownie
w stronę przyjaciółki.
— Jak to? — spytała zaniepokojona słowami Uli i tonem,
jakim te słowa zostały wypowiedziane. — Dlaczego?
Ula skuliła się, włosy opadły jej na twarz. Cóż ma Pestce
odpowiedzieć? Że ojciec jej nie kocha? Że jej prośba może

odnieść jak najgorszy skutek? Czy tak, czy tak – nie zostanie przez tamtą szczęśliwą dziewczynę zrozumiana. Trzeba by się tłumaczyć, odsłonić wstydliwą ranę, od tylu lat jątrzącą się w sercu... Zwierzenie, którego kiedyś tak bardzo pragnęła i które omal nie nastąpiło, kiedy były sobie naprawdę bliskie, teraz jest niemożliwe. Niemożliwe. Na samą myśl, że miałaby mówić z Pestką o rodzicach, ściska się jej gardło. Ale w takim razie co teraz będzie? Co stanie się z Zenkiem? Poczucie bezsilności napędza do oczu łzy, Ula walczy z nimi bohatersko, ale wreszcie załamuje się i wybucha gwałtownym łkaniem.

– Ula? – woła Pestka, wstrząśnięta i zdumiona. – Ula!

– Nie mogę mówić z ojcem! – szlocha rozpaczliwie Ula. – Nie mogę.

– Nie płacz! No, nie płacz! – Pestka obejmuje przyjaciółkę, przyciąga ku sobie. Nie ma już w niej żadnej zawziętości, zbyt wielki ból wyczuła w tych łzach i w tym okrzyku, żeby pamiętać o swej urazie. Ten ból musi mieć jakieś głębokie, tajne źródło. Jakie? Pestka uświadamia sobie ze skruchą, że przyjaźniąc się z Ulą tyle lat, w gruncie rzeczy bardzo mało o niej wie. Ula jest skryta, ale gdyby Pestka mniej była zajęta sobą – umiałaby na pewno dowiedzieć się o życiu dziewczyny czegoś więcej. Dowiedzieć się – i pomóc...

– Nie płacz! – prosi, gładząc potargane włosy i drżące od płaczu ramiona. – Nie płacz!

– Ach, Pestko!

– Nie płacz! Pomówię z mamą o Zenku.

– Mamo...

Pani Ubyszowa uśmiecha się, usłyszawszy głos córki, nie podnosi jednak głowy, zajęta przypasowywaniem dwóch kawałków barwnego kretonu. Kupiła w wiejskiej spółdzielni materiał i szyje dla córki nowy opalacz. Jej spokój zostanie za chwilę zburzony, słowa, które usłyszy, sprawią jej cierpienie. Pestka uświadamia to sobie w całej pełni dopiero teraz, kiedy ma matkę przed sobą. Postanowienia jednak zmienić nie można, nie można go nawet odwlec. Rozmowa musi odbyć się zaraz.

– Co tam, córeczko?

– Mamo!

– Co się stało? – Szycie nie jest już ważne, kreton spada na podłogę. Matka patrzy na córkę z niepokojem.

– Nic się nie stało, nic – odpowiada Pestka szybko, pragnąc ten niepokój zażegnać. – Muszę ci tylko coś powiedzieć... Ale proszę cię, nie gniewaj się, nie mów nic, zanim ci nie wytłumaczę. Dobrze, mamo? Dobrze?... Bo to jest takie skomplikowane, takie dziwne... Nie będziesz się gniewała? Nie będziesz?

Pani Ubyszowa z trudem opanowuje zdenerwowanie, w które ją wprawiły te słowa. Obiecuje jednak, że wysłucha wszystkiego spokojnie.

Czasu jest mało, trzeba się ograniczyć do tego, co najważniejsze. Ale musi być po kolei, żeby było widać, jak to, co z początku wydawało się ciekawą przygodą, stało się w końcu wielkim i trudnym zadaniem, które przerosło siły czworga przyjaciół.

O pierwszym spotkaniu z Zenkiem, o jego chorej nodze, o tym wszystkim mówi się łatwo. O Dunaju, o walce w jego obronie dziewczynka opowiada z przyjemnością, tym bardziej że twarz mamy wyraźnie się odpręża... Kiedy jest mowa o uratowaniu dziecka, oczy Pestki błyszczą uniesieniem, coś podobnego jaśnieje także przez chwilę w spojrzeniu pani Ubyszowej. Potem robi się ciężko... Kradzież pieniędzy, „sąd", bezdomność Zenka... z trudem odnajduje się odpowiednie słowa dla takich spraw, tym bardziej że mama słucha ich z coraz większym napięciem.

Wreszcie jednak przedstawione jest wszystko — aż do dzisiejszego dnia, aż do chwili, kiedy postanowili poprosić mamę o pomoc. Pestka oddycha z ulgą i ufnie czeka odpowiedzi. Czeka dość długo. Wreszcie pani Ubyszowa prostuje się i mówi:

— Moje dziecko, żądasz ode mnie rzeczy niemożliwej.

— Jak to niemożliwej?... Ależ, mamusiu!

— Jak mogę występować w obronie chłopca, który kradnie? Który uciekł z domu?

— Jeżeli uciekł, to dlatego, że jego ojciec jest dla niego bardzo niedobry!

— A może to ten Zenek jest dla ojca niedobry? Ze wszystkiego, co powiedziałaś, widać, że ma wiele zalet, ale na pewno jest zdemoralizowany i według mnie...

— Mamo! — przerywa Pestka z oburzeniem.

— Według mnie, im prędzej tym chłopcem zajmie się milicja, tym lepiej.

— Więc ma iść do więzienia? — Pestkę ogarnia zdumienie i przestrach, wszystko zmierza w innym kierunku, niż to sobie wyobrażała. — To byłoby niesprawiedliwe, my nie chcemy! Ach, mamusiu, gdybyś go znała, na pewno uważałabyś tak samo jak my!

— Niestety, nie poznałam go — podkreśla sucho matka. — Uważaliście to za zbyteczne. I teraz, powtarzam ci — im prędzej to będzie załatwione, tym lepiej. Dla niego i dla was.

— Dlaczego dla nas?

— Nie najtrafniej wybraliście sobie tego „przyjaciela". — Pani Ubyszowa wypowiada te słowa w sposób ironiczny. — I będzie o wiele lepiej, jeśli się rozstaniecie. Należy tę sprawę zakończyć i jak najprędzej o niej zapomnieć.

Pestka odsuwa się od matki, czuje wstyd, najboleśniejszy, jaki istnieje: za kogoś, kogo się kocha. Mama, chcąc ją, Pestkę, ochronić przed wpływem, którego się lęka, z góry rzuca na

Zenka wyrok, nie myśli, co się z nim stanie, oddaje go swojemu losowi. Uważa, że Zenek jest zły, a jej córka jest dobra. „Tak nie można, mamo, tak nie można!" – myśli rozpaczliwie Pestka. Postanawia się temu przeciwstawić za wszelką cenę. Ta cena rzeczywiście będzie wysoka.

– Mamo – mówi cicho, wznosząc ku matce oczy – ja też kradłam.

Zapada cisza, matka robi się blada, wlepia w córkę osłupiałe spojrzenie. Pestka wytrzymuje je i przerywanym, zacinającym się głosem zdaje sprawę z wyprawy na jabłka. Dokładnie, bez oszczędzania się. Potem znowu trwa cisza.

– Moje dziecko! – mówi wreszcie matka, ciągle jeszcze blada jak papier. Nagle wybucha w niej oburzenie. – I ty ośmielasz się bronić chłopaka, który namówił was do kradzieży!

– Ach, mamo, ty nic nie rozumiesz!... Przecież Zenek namówił nas dlatego, że się wstydził. To głupie, ale tak już jest – jeśli się zrobi coś, czego człowiek się wstydzi, to się chce, żeby inni zrobili to samo. W szkole jest tak bardzo często... I przecież myśmy mogli nie usłuchać, nie kazał nam. A ja jestem winna najbardziej, bo Marian naprawdę nie chciał, a Julek jest jeszcze bardzo dziecinny.

Te wyjaśnienia zdają się wcale do pani Ubyszowej nie docierać. Wpatruje się w córkę z takim bólem, że Pestkę ogarnia przestrach.

– Mamo – zaklina bezradnie. – Mamo!

– Czułam, że dzieje się z tobą coś złego... – mówi matka bezdźwięcznie. – Pytałam cię, prosiłam... A ty... – przerywa na chwilę, a potem kończy zdławionym szeptem, jakby nie była w stanie uwierzyć w to, co wypowiada: – Mam córkę, która mnie oszukuje...

Ach, jak ciężko robi się Pestce po tych słowach!... Wie, że robiła źle, czuje skruchę – ale równocześnie coraz żywszy jest jej żal, że matka potępiła jej postępowanie, wcale nie starając się go zrozumieć.

— Wiem, że jestem winna, ale teraz... Przecież Zenka trzeba ratować! Mamo! Pomóż nam!

— Gdybym wiedziała o wszystkim nieco wcześniej, pomogłabym na pewno... Niestety, postępowałaś tak, jakby mnie tu wcale nie było.

Pani Ubyszowa wstaje i, zarzuciwszy sweter, kieruje się ku drzwiom.

— Mamo? — pyta Pestka z niepokojem. — Dokąd idziesz?

Matka nie odpowiada, schodzi z ganku na drogę wiodącą ku wsi. Pestka idzie obok, zmieszana, nie wiedząc, co to postępowanie ma znaczyć.

— Mamo, proszę cię, powiedz! Powiedz mi, co chcesz zrobić?

Są już niedaleko domu Uli... Pani Ubyszowa mówi sucho:

— Idę do doktora Zalewskiego.

— Do doktora Zalewskiego?... — Pestka otwiera szeroko zdumione oczy. — Po co?

— Niech zdecyduje, jak należy postąpić. Ula także jest zamieszana w tę sprawę.

— Mamo, nie! — przeraża się Pestka. — Proszę cię! Proszę cię!

— Nie mam prawa tego przed nim ukrywać.

Nie pomaga protest ani namiętna prośba. Matka nie ma zamiaru odstąpić od tego postanowienia. Zresztą są już przed domem doktora, ojciec Uli dostrzega gościa przez okno. Pestka błyskawicznie chowa się za żywopłot i pełna lęku przed tym, co teraz może się stać, patrzy, jak matka wchodzi na werandę, a stamtąd do gabinetu. Zaczyna się denerwujące, trudne do zniesienia oczekiwanie. W pewnej chwili drzwi otwierają się, w progu staje doktor.

— Pestko, pozwól do nas, dobrze?

Dziewczyna, tak zawsze pełna swobody, ma teraz nogi jak z ołowiu. Wchodzi nieśmiało do gabinetu, staje w progu. Matka, zdenerwowana i blada, siedzi przy stole.

Doktor zadaje Pestce szereg pytań — prawie wszystkie dotyczą Zenka, jego pobytu na wyspie, jego wuja i ostatnich wydarzeń. Słucha odpowiedzi, patrząc bacznie na mówiącą. Potem dziękuje jej i, nie wyjaśniwszy, po co mu to wszystko było potrzebne, pozwala jej odejść. Pestka szybko odwraca się ku wyjściu, postanawia biec natychmiast na wyspę.

— Poczekaj — mówi matka, wstając — wrócimy do domu razem.

W czasie kiedy Pestka krążyła niespokojnie pod domem doktora, czekając na koniec rozmowy, Ula czekała także. Usiadła między korzeniami topoli, w miejscu, gdzie zarośla zasłaniają ugór, ale skąd widać kawałek drogi, wiodącej do szosy, oraz ściernisko. Chłopcy sądzą, że Zenek może nadejść z któregoś z tych dwóch kierunków. Byłoby dobrze, gdyby się zjawił, zanim przyjdzie pani Ubyszowa, Ula miałaby wtedy czas uprzedzić go o tym, co zaszło. Zdarzenia mogą się jednak potoczyć inaczej, niż przewidywali, i wszyscy troje są zdenerwowani. Ula nie odzywa się prawie wcale, czasem tylko powie ciche słowo do Dunaja, który leży opodal w trawie. Marian patrzy to w jedną, to w drugą stronę, marszcząc czoło, a Julek jest ciągle w ruchu: biega to tu, to tam, sprawdza, czy nikt nie nadchodzi od wsi, wyszukuje miejsca „skąd lepiej widać", proponuje co chwilę, żeby „pójść naprzeciwko". Wszystko razem trwa tak długo, że i Marianowi zaczyna dokuczać tkwienie na jednym miejscu, umawia się więc z Ulą, że obaj z Julkiem pójdą kawałek w stronę szosy, a ona niech uważa na ściernisko — i dziewczyna zostaje sama.

Niedługo potem zza polnej gruszy, która rośnie na miedzy między ścierniskami, ukazuje się postać wysokiego chłopca.

Ula chwyta obu rękami sterczące koło niej korzenie drzewa, ma uczucie, że spadnie... Zenek nie widzi jej jeszcze wcale, spokojnie idzie sobie ku wyspie. Nagle drgnął: Dunaj wybiegł mu naprzeciwko, staje, macha ogonem. Chłopiec wyciąga ku niemu rękę i — o dziwo — pies nie ucieka, pozwala się pogłaskać. Teraz Zenek kieruje wzrok ku topoli — dostrzega Ulę i puszcza się biegiem. I już zaraz jest koło niej, tuż obok, słychać jego przyśpieszony oddech.

— Przyszłaś... chłopcy ci powiedzieli, tak?

— Tak...

— Miałem nie wrócić... Ale musiałem, żeby ci oddać ten dług.

— Nie trzeba — mówi szybko dziewczyna. — Wcale nie trzeba.

— Ale ja chcę.

Ula próbuje skupić myśli, musi przecież zaraz przystąpić do tamtej sprawy.

Zenek spogląda ku Dunajowi.

— Widzisz? Wrócił!

— Pogłaskałeś go — mówi Ula, ciesząc się, że to wyróżnienie spotkało właśnie Zenka. — Do nas jeszcze się nie zbliża.

— Lubię go... Ale nieraz myślałem, że powinien być duży i odważny.

— Dlaczego?

— Żeby cię pilnować. Żeby ci się nigdy nie mogło stać nic złego.

Dobrze jest słuchać takich słów, ale teraz nie można! Teraz nie...

— Zenek... Muszę ci coś powiedzieć.

Chłopiec nie patrzy już na dziewczynę, wychyla się spomiędzy korzeni i spogląda na ścieżkę, którą biegnie Julek. Dopadłszy topoli, pyta Ulę szybko:

— Mówiłaś mu?

— Jeszcze nie... zaraz...

— Więc ty nic jeszcze nie wiesz? — prawie krzyczy Julek. — Ach, Zenek, Wiktor powiedział o tobie milicjantowi! Żeby cię zaaresztował! Ten milicjant może tu przyjść! Więc my... Nie możesz tu nocować!

Zenek prostuje się, od razu skupiony i czujny.

— Co on gada? — zwraca się do nadchodzącego właśnie Mariana. — Milicjant?

Odpowiedź zamiera Marianowi na ustach. Stoi jak wryty, wpatrując się w zarośla, którymi idzie się do Olszyn. Zenek, Ula i Julek odwracają się gwałtownie.

O kilkanaście kroków od nich stoi doktor Zalewski.

Gość

Doktor szedł powoli, stąpanie po nierównym gruncie wśród mchów i korzeni sprawiało mu trudność. Zaskoczenie i lęk odebrały chłopcom nie tylko możność poruszania się, ale nawet myślenia. Nadeszła oto chwila, kiedy trzeba będzie zdać sprawę ze wszystkich popełnionych win, a tym, który ich pociągnie do odpowiedzialności, jest człowiek niedostępny i surowy. Jak się przed nim tłumaczyć? Jak obronić przed nim Zenka?

Ula uchyliła usta, jak dziecko, które chce krzyczeć, nie wyszedł z nich jednak żaden dźwięk. Skąd ojciec się tutaj wziął? Poznała od razu, że to nie przypadek, że wiedział, kogo tu zastanie... Miał twarz spokojną, ale pod tym spokojem zdawało się kryć nerwowe napięcie, jakby przedsięwziął coś, co jest dla niego sprawą wielkiej wagi. Sparaliżowana strachem tak jak chłopcy, czekała, co nastąpi.

— O rany! — tchnął szeptem Julek. — Przecież miała przyjść mama Pestki!

Zenek drgnął gwałtownie.

— Jak to „miała przyjść"? — spytał szybko, prawie nie rozwierając ust. — Co to znaczy?

— Bo my... — zająknął się boleśnie mały, wznosząc na przyjaciela oczy błagające zrozumienia — bo my... — Zobaczył nagle, że szczęki Zenka zaczynają się zaciskać, a twarz zalewa mu łuna gniewu, i krzyknął żałośnie: — Ja nie chciałem! Naprawdę ja nie chciałem!

Zenek obrócił się teraz ku Marianowi... chwycił go garścią za koszulę na piersiach i przyciągnął ku sobie.

– Powiedzieliście o mnie, tak? – syknął z wściekłością, patrząc mu twarzą w twarz. – Tak czy nie?

– Tak – odrzekł odważnie Marian, nie cofając swego spojrzenia – chcieliśmy...

Przerwał, Zenka nie interesowało wcale, czego chcieli. Puścił Mariana, aż się tamten zatoczył, i uskoczywszy w bok, przeleciał okolicę spojrzeniem zwierzęcia, które jest tropione. Ula zrozumiała, że poczuł się zdradzony, że znowu liczy tylko na siebie – i targnął nią gwałtowny ból.

– Zenek, my nie chcemy, żebyś się krył, my dlatego!

Nie, jej nie słuchał także, tak samo jak przedtem Julka i Mariana. Złapała go za rękę, nie bacząc na nic, ale się wywinął do tyłu i sprawdzał rozbieganymi oczami, czy korzenie drzewa nie zamykają mu odwrotu. Ucieknie! Ucieknie i ona nigdy już nie wytłumaczy mu, jak się to wszystko stało, i nie uzyska jego przebaczenia!

– Zenek! – szepnęła błagalnie. – Zenek, nie!

Nie odpowiedział nic. Doktor był już blisko, o parę kroków od topoli. Zauważywszy gest Zenka, stanął.

– Myślisz, że cię będę gonił? – spytał i jakby lekko się uśmiechnął. – Choćbym nawet chciał, nic by z tego nie wyszło, nasze szanse są bardzo nierówne.

Zenek poczerwieniał, wyraz zawstydzenia czy zakłopotania przemknął po jego twarzy i zniknął. Wyprostował się, dając tym do zrozumienia, że się nie boi, i z ponurą uwagą czekał na dalsze słowa.

– Pani Ubyszowa powiedziała mi, że grozi ci protokół, a może nawet aresztowanie, więc...

– To moja sprawa! – przerwał impertynencko Zenek. – Nikomu nic do tego!

Chłopcy poruszyli się niespokojnie. Ula wysunęła się naprzód, gotowa osłonić Zenka przed wybuchem gniewu, który musiał teraz nastąpić.

— Nikomu? — spytał cicho doktor. W jego głosie brzmiało smutne zdziwienie. — A im?

— Im? — powtórzył Zenek, nie rozumiejąc.

— Chłopcom, Pestce, Uli... Naprawdę uważasz, że im nic do tego?

Marian i Julek nie patrzyli już na doktora, patrzyli na Zenka. Ula także. Wpatrywali się w chłopca w bolesnym, napiętym oczekiwaniu, czując niejasno, że wszystko zależy od tego, co on teraz powie. Miał wydać wyrok — na nich, na ich wierną przyjaźń i swoje własne przyszłe losy.

Nie wiedzieli, czy zdawał sobie z tego sprawę, ale chyba tak, bo twarz mu się mieniła od gwałtownych i sprzecznych uczuć. Poruszył parę razy wargami, jakby jakieś słowa już były gotowe z nich paść, potem znowu zacisnął wargi, a w oczach zjawił się wyraz niepewności i udręczenia. Na czole zalśniły małe kropelki potu.

— Zenek! — wybuchnął nagle Julek, nie mogąc dłużej tego znieść. — Zenek!

— Zenek... — szepnęła Ula.

Drgnął, przeleciał po nich spojrzeniem i nagle zwrócił się gwałtownie ku doktorowi.

— Więc co mam zrobić? — krzyknął z bezradną rozpaczą. — Co mam z sobą zrobić?

Nie odepchnął ich! Ula pobladła jak po wielkim wysiłku. Julek skoczył ku doktorowi, za nim Marian.

— Nie chcemy, żeby go zaaresztowali! — mówił namiętnie mały. — To byłoby idiotyczne!

— Niech pan nam pomoże — prosił Marian.

Doktor zbliżył się do Zenka, który ciągle jeszcze stał na boku — sam, z oczami wbitymi w ziemię.

— Mój chłopcze — rzekł cicho, jakby się wstydził swej serdeczności. Ula uprzytomniła sobie, że słyszała już kiedyś ten ton... pobrzmiewał w głosie ojca, kiedy rozmawiał ze starą, chorą kobietą, a ona, Ula, stała na werandzie pod drzwiami gabinetu. Podobnie też mówił na początku rozmowy o nodze Zenka, ale wtedy nie wiedział o chłopcu nic złego, a teraz...

— Mój chłopcze — powtórzył doktor i poszukał wzrokiem córki.

Serce dziewczyny zaczęło bić jak na alarm, ale rysy jej ściągnęły się twardym wyrazem, jak zawsze, kiedy ojciec się do niej z czymś zwracał. Zauważył to i twarz mu spochmurniała.

— Moje dziecko — rzekł sucho — byłoby mi łatwiej zaradzić kłopotom Zenka, gdyby u nas jakiś czas pomieszkał, gdyby był naszym gościem. Ale oczywiście nie mogę o tym decydować sam, nie tylko ja jestem gospodarzem w naszym domu...

— Gościem? — odezwał się Zenek cichym, schrypniętym głosem. I nagle krzyknął, jakby możliwość, która się przed nim otworzyła, napełniła go lękiem.

— Przecież pan mnie wcale nie zna!

— To prawda — przyświadczył doktor — ale oni cię znają, to mi wystarcza.

Ula milczała, niezdolna wydobyć głosu. Miała uczucie, że dzieje się coś niepojętego, coś tak dziwnego, jakby ziemia, na której stała, zaczęła nagle dygotać.

— Więc? — przynaglił córkę doktor. — Chcesz do nas Zenka zaprosić czy nie?

— Chcę — szepnęła, ledwo poruszywszy zdrętwiałymi wargami. Nikt tego nie usłyszał. Dokonawszy wielkiego wysiłku, powiedziała głośniej: — Naturalnie, że chcę.

Doktor, Ula i Zenek szli przodem, nic nie mówiąc, chłopcy kilka kroków za nimi — również w zupełnym milczeniu. Zbyt trudno było znaleźć słowa, którymi można by wypowiedzieć to, co zaszło przed chwilą. Czoło Mariana marszczyło się w głębokim zamyśleniu. Julek szedł machinalnie, nie patrząc, gdzie stąpa, zapatrzony w Zenka i doktora, jakby ciągle jeszcze nie mógł uwierzyć, że widzi te dwie postacie obok siebie.

— Powiedz mi — odezwał się niegłośno, kiedy już trochę oprzytomniał. — Jak to się właściwie stało?

— Co?

— Że to właśnie doktor przyszedł, a nie pani Ubyszowa?

— Skąd mogę wiedzieć?

— I gdzie się ta Pestka podziała? Przecież miała do nas przylecieć!

Marian nie odpowiedział. Wypadki potoczyły się inaczej, niż sobie ułożyli, ale rozważanie, w jaki sposób się to stało, było w tej chwili jałowe. Niepokoiło go coś zupełnie innego, coś, co właśnie przyszło mu na myśl.

— Ciekawe, jak wyjdzie, kiedy spotkają się z milicjantem — mruknął i jego zafrasowane czoło zmarszczyło się jeszcze badziej.

— Jak wyjdzie? — roześmiał się cicho Julek. — Doktor go spławi w try miga! — I podskoczywszy z uciechy na myśl o tym, co się niedługo przed ich oczami rozegra, dodał z pełną satysfakcji pogardą:

— Wiktor leży u mnie jak neptek!

— Jeszcze nie wiadomo.

— Co ty gadasz? — rozzłościł się Julek. — Doktor zaprosił Zenka do siebie, więc...

— Ano zaprosił — przerwał mu Marian. — Ale może wie o nim tyle tylko, że Zenek nie ma domu. A jeśli milicjant mu powie, że Zenek jest złodziejem, i doktor uwierzy?

— Zwariowałeś! Nawet mu się nie będzie śniło wierzyć!

— Nie krzycz — poradził bratu Marian. Rozmowa, którą prowadzili, nie powinna dotrzeć do uszu trójki na przodzie. Julek zrozumiał to.

— Bo gadasz takie rzeczy!... — powiedział ze złością, ale cicho. — Przecież Pestka na pewno wszystko wytłumaczyła.

— Może i wytłumaczyła, ale swojej mamie. A doktorowi? Nie wiadomo przecież, jaka była ta jego rozmowa z panią Ubyszową.

Julek zdał sobie sprawę, że Marian może mieć rację. Rozgniewało go to, więc żeby sobie ulżyć, kopnął z impetem kamień leżący na drodze. Od chwili, kiedy Ula wykrztusiła swoje „naturalnie" (czemu się tak nad tym namyślała?! Głupia!) i wszyscy razem ruszyli w stronę Olszyn, Julek był przekonany, że Zenek jest poza wszelkim niebezpieczeństwem. A tymczasem, jak się okazuje, wcale tak dobrze nie było.

— Ja bym wolał — rozważał Marian — ja bym wolał, żeby Zenek najpierw wszystko porządnie doktorowi opowiedział. Ale on tego nie zrobi, wiadomo.

Istotnie, między wyprzedzającą ich trójką żadna rozmowa się nie odbywała. Chłopcy usłyszeli uwagę doktora, że trzeba się śpieszyć, i to było wszystko.

— A ja ci powiem! — odezwał się Julek w nagłym przypływie ufności, że wszystko zakończy się dobrze. — Ten milicjant, jakby chciał przyjść, to już by przyszedł, przecież jest późno. Więc albo wcale dziś we wsi nie był, albo nie chciało mu się łazić taki kawał na wyspę i kazał się Wiktorowi wypchać.

— Dziadek mówił kiedyś, że ten Kowalski to służbista.

— Co to znaczy?

— No... że jest obowiązkowy.

— „Obowiązkowy"! — zakpił Julek. Obowiązkowość, która miała polegać na zatruwaniu życia takiemu chłopakowi jak Zenek, nie wzbudziła w małym uznania.

— I łazić to on nie potrzebuje, ma motor.

— Ma motor? — W głosie Julka zabrzmiał mimowolny szacunek.

— No pewno.

Julek nie pytał więcej. Postać milicjanta–służbisty, w dodatku posiadającego motor, zaciążyła nad jego myślami jak chmura. Czy doktor będzie umiał przeciwstawić się osobnikowi tak niebezpiecznemu? Julek wątpił w to i pragnął już tylko jednego: żeby Zenek ani teraz, ani w ogóle nigdy z tym przedstawicielem władzy nie miał do czynienia.

Na razie jednak powrót odbywał się spokojnie. Minęli ugór, zagajnik i weszli między olszyńskie zabudowania. Kiedy byli już blisko doktorskiego domku, Julek chwycił Mariana za rękaw.

– Motor!

Przed chałupą jednego z sąsiadów doktora stał motocykl z przyczepką.

– To jego – oświadczył Marian, przyjrzawszy się maszynie.

– Kowalskiego.

Rozejrzeli się wokoło, nie było jednak widać nikogo. Ula, jej ojciec i Zenek skręcili już w boczną dróżkę i zbliżali się do furtki. Jeszcze chwila, a chłopak zniknie we wnętrzu domu, niezauważony przez nieprzyjaciół. Julek nabrał już powietrza w płuca, żeby je wypuścić z ulgą, i nagle wstrzymał oddech: w głębi podwórza, po drugiej stronie drogi, ukazał się Wiktor. Szedł z wolna, kolebiąc się w biodrach, gruby Władek postępował za nim. Zobaczyli Mariana i Julka od razu – ale czy dostrzegli także Zenka? Mały zerknął ku furtce, wchodzących zasłaniały już przed jego oczami krzaki jaśminu i bzu, do wejściowych drzwi mieli jednak jeszcze kilkanaście kroków i Julkowi trudno było się zorientować, czy Wiktor może ich dojrzeć. Tak czy tak – należało co prędzej odwrócić uwagę wroga w inną stronę. Mały postanowił to zrobić choćby za cenę walki, w której nie miał żadnych szans wygranej, nawet jeżeli Marian zechce mu pomóc.

– Te, baryła! – krzyknął ku Władkowi. – Nająłeś się za pomocnika u hycla!

Wiktor, który na widok chłopców skrzywił się pogardliwie, poczerwieniał teraz ze złości, natomiast Władek roześmiał się głupkowato, jakby obelga, rzucona przez Julka, wcale nie jego dotyczyła.

— Coś powiedział? — syknął Wiktor, podchodząc z wolna do małego. — Powtórz!

— Myślisz, że się boję? — Julek wyprężył się, dodając sobie wzrostu, ile tylko mógł — drobny kogucik naprzeciwko potężnego indora.

— Zobaczymy — rzekł ze złowieszczym spokojem Wiktor. Nim zdążył się zamierzyć, Marian chwycił Julka za ramię i odsunął do tyłu. Stał teraz na wprost nieprzyjaciela, zacięty i stanowczy, jak zawsze, kiedy okoliczności zmuszały go do bójki.

— To prawda, że jesteś hycel — powiedział z naciskiem, patrząc Wiktorowi prosto w twarz. — Jesteś prawdziwy hycel, mordujesz psy!

— Ty parszywy szczeniaku!

Marian uchylił się przed pierwszym ciosem, ale już w następnej chwili padł na ziemię. Napastnik bił go i kopał.

Julek skoczył bratu na pomoc, ale jego małe pięści niewiele mogły poradzić i walka szybko przemieniłaby się w zupełną klęskę, gdyby nie to, że do uszu bijących się dobiegł głośny warkot zapuszczanego motoru. Wiktor obejrzał się szybko i mruknąwszy do Mariana: „Popamiętasz sobie", pobiegł w stronę milicjanta, który krzątał się przy motocyklu. Nieodstępny Władek postępował obok.

Marian podniósł się, zaciskając zęby, bolały go pokopane nogi i łokieć, którym uderzył się o kamień. Patrzył chmurnie za odchodzącymi, zastanawiając się, co tamte chłopaki milicjantowi powiedzą. Julek, nie bacząc na godność, poleciał za nimi i przyczaił się u wejścia na podwórze.

— Panie władza — rzekł przymilnie Wiktor — nie ma po co jechać na wyspę. Facet jest tutaj!

„Świnia! — przeleciało Julkowi przez głowę. — Donosiciel!"
Sierżant Kowalski spojrzał na Wiktora ostro.

— Gdzie tutaj?

— U doktora.

— U doktora Zalewskiego? — zdziwił się milicjant. — Coś ci się troi w głowie.

— Widziałem na własne oczy, jak wchodził! Dopiero co! Słowo honoru! — dowodził krzykliwie Wiktor. I widocznie sądząc, że to słowo honoru niewiele jest warte, dodał dla wszelkiej pewności: — Władek też widział!

— Niby ja? — spytał Władek.

— A niby kto? — zdenerwował się Wiktor. — Jakeśmy wyszli zza chałupy, to akurat był na schodkach przed drzwiami!

— Może i był, ale widzieć nie widziałem — oświadczył niemrawo Władek i Julek poczuł dla niego coś w rodzaju pobłażliwej sympatii.

Wiktor, rzuciwszy koledze spojrzenie pełne wzgardy, znowu przemówił natarczywie do milicjanta:

— Jak Boga kocham, że widziałem! Pójdzie pan, to się pan przekona!

Sierżant popatrzył na Wiktora krytycznym okiem, jakby się zastanawiał, co robić, a potem, nie odpowiedziawszy mu ani słowa, ruszył energicznie w stronę domu ojca Uli. Spotkanie Zenka z przedstawicielem władzy stało się nieuniknione.

Jak się to spotkanie rozegra? Niepokój, przygłuszony dopiero co uczuciem nienawiści do prześladowców, ogarnął obu chłopców na nowo. Czy to możliwe, że za chwilę Zenek zostanie aresztowany i odprowadzony do więzienia, a oni będą musieli na to patrzeć? Czuli, że cokolwiek miało się za chwilę stać, nie są w stanie stąd odejść. Kiedy milicjant zniknął w dobrze im znanych drzwiach, podeszli do ogrodzenia i w ponurym milczeniu oparli się o furtkę.

Wiktor i Władek również nie zamierzali opuścić terenu wypadków, które zapowiadały się tak interesująco. Mniej pośpiesznie niż Marian i Julek wkraczali teraz z głównej drogi na boczną, prowadzącą do domu doktora. Chłopcy nie raczyli nawet spojrzeć w ich stronę – tylko twarz Mariana spochmurniała jeszcze bardziej, a Julek, na nowo podminowany gniewem i wzgardą, wsadził ręce w kieszenie i zaczął cicho i impertynencko poświstywać.

Wiktora nie rozgniewało to wcale; świadomość, że nabił Mariana, jak chciał, i że z Julkiem rozprawi się przy najbliższej sposobności, a nade wszystko nadzieja bliskiego i całkowitego triumfu nad znienawidzonym Zenkiem wprowadziły go w dobry humor. Powiedział złośliwie, niby do Władka:

– W samą porę wybrał się ten ich kumpel do doktora.

Chłopcy udali, że wcale tych słów nie słyszą. Marian patrzył na siedzące na dachu wróble, Julek, poświtując nadal, wykopywał końcem trepka tkwiący w ziemi kamyk.

Wiktor roześmiał się hałaśliwie.

– Udało mu się jak rzadko, słowo daję!

Julek nie wytrzymał.

– A bo co? – spytał, udając, że nie wie, o co tamtemu chodzi, i wzruszając ramionami. – Przyszedł, bo mu się podobało! Wolno mu.

– Pewno, że wolno, czy ja co mówię? – śmiał się dalej Wiktor. – Ale już niedługo nie będzie wolno. Nic nie będzie wolno.

– Nieprawda! – krzyknął Julek. Nienawidził tego chłopaka. Nienawidził jego śmiechu, jego przemądrzałej pewności siebie, która zdawała się stwierdzać, że nad Zenkiem zapadł już nieodwołalny wyrok.

– Zaraz go Kowalski wyprowadzi, popatrzycie sobie – oświadczył Wiktor z satysfakcją, jakby zapraszał chłopców na interesujące widowisko.

— A jeśli jest chory? — spytał niespodziewanie Władek.

— To się gdzie indziej będzie leczył — odrzekł natychmiast Wiktor. — W mamrze!

Julek stracił panowanie nad sobą. Poczerwieniał, w oczach pokazały się łzy wściekłości.

— Kłamiesz! — wrzeszczał. — Kłamiesz! Kłamiesz!

Marian chwycił go za rękę.

— Bądź cicho! — rzekł ostro. Nie chciał już awantur, wiedział, że czas i miejsce nie są po temu. Julek nie słuchał go jednak i usiłując się wyszarpnąć, krzyczał dalej. Wtórował mu śmiech Wiktora, którego zacietrzewienie chłopca najwyraźniej bardzo bawiło.

— Co to za wrzaski?

Sierżant Kowalski stał na schodkach doktorskiego domku, to on zadał to pytanie. Na dróżce koło jaśminu zaległa taka cisza, jakby czterej chłopcy zapadli się nagle pod ziemię.

— Telefonogram nadamy zaraz jutro — zwrócił się sierżant do ojca Uli, który ukazał się we drzwiach. — Dam panu doktorowi znać, jak tylko będziemy coś wiedzieli.

— Dziękuję, będę bardzo wdzięczny, jeśli pan tę sprawę załatwi. Do widzenia, sierżancie.

Milicjant zasalutował. Doktor cofnął się, ale zanim wrócił do mieszkania, spojrzał poprzez krzaki na dróżkę. Widocznie jednak nie dostrzegł nikogo, bo spytał głośno:

— Kto tam jest?

— To my — odpowiedzieli natychmiast Marian i Julek, wynurzając się spomiędzy krzaków.

— Aha, dobrze... — rzekł ojciec Uli. — Idźcie do domu. Dobranoc. Przyjdźcie jutro Zenka odwiedzić.

Drzwi zamknęły się. Milicjant szedł szybko ścieżką. Julek przyskoczył i otworzył przed nim furtkę z takim rozmachem, że uderzyła z hukiem o płot.

— Dziękuję ci — rzekł sierżant rozbawiony tą niespodziewaną uprzejmością i uśmiechnął się nieznacznie.

— Panie władza... — zaczął niepewnie Wiktor. — Dlaczego...

— Ty, Wiktor, zapamiętaj sobie jedno — przerwał mu ostro Kowalski. — Jeszcze jedna awantura, a będzie z tobą źle. I żadna gorliwość nie pomoże.

— Słowo honoru, panie sierżancie, ja...

Sierżant nie słuchał go już, szedł szybko w stronę podwórza, gdzie zostawił swój motocykl. W chwilę potem zapuszczał motor. Kiedy indziej Marian i Julek pobiegliby bez wahania za nim, lubili przyglądać się startującym maszynom. Tym razem zrezygnowali z tej przyjemności i wsparci wygodnie plecami o zamkniętą furtkę, sycili się haniebną porażką nieprzyjaciół. Wiktor, ponury i wściekły, stał chwilę bez ruchu, spoglądając na nich spode łba. Zastanawiał się widocznie, co powiedzieć, żeby odegrać się choć trochę, ale że nic odpowiednio mocnego nie przyszło mu do głowy, więc tylko splunął i krzyknął ze złością na Władka:

— Co stoisz, chodź!

— Co się tak złościsz? — odpowiedział gapowato Władek.

Ruszyli w stronę wsi. Julek poświstywał znowu. Niegłośno — ze względu na pobliże doktorskich okien — ale triumfalnie.

Kiedy sierżant Kowalski znalazł się na schodkach domku wśród bzów, Ula, jej ojciec i Zenek byli w kuchni. Od ich wejścia nie. upłynęło więcej niż parę minut; doktor polecił Uli, żeby zrobiła herbatę, rozpalała więc ogień pod blachą. Ręce jej drżały, dłuższą chwilę nie mogła znaleźć zapałek, choć leżały na samym wierzchu, pokrywka od czajnika spadła jej na podłogę z okropnym hałasem, potem upuściła jeszcze łyżeczkę i nóż.

Pragnęła być naturalna, ożywiona i serdeczna, a tymczasem poruszała się niezręcznie, niezdolna nic powiedzieć. Wstrząs, który przeżyła dopiero co u progu wyspy, był zbyt silny, obecność chłopaka w tym domu zbyt niesłychana, żeby mogła zachować spokój. Zajmował tyle miejsca w jej sercu, ale zamieniła z nim dotąd bardzo niewiele słów i teraz nie umiała znaleźć żadnego, które odpowiadałoby sytuacji. Te, którymi zwracała się do niego w marzeniach, nie nadawały się do użytku, nie miały nic wspólnego ze zwykłym obcowaniem, takim jak domowa kolacja.

Ucieszyła się, usłyszawszy pukanie. Ktoś obcy, interesant czy pacjent pozwoli jej oddalić się choć na chwilę spoza zasięgu oczu Zenka i ojca i przez to samo choć trochę się opanować.

Pobiegła do przedpokoju, otworzyła drzwi i zobaczyła przed sobą postać w mundurze. Przestraszyła się tak bardzo, że na pytanie: „Czy doktor Zalewski jest?" nie była w stanie nic odpowiedzieć. Podobnie jak Marian i Julek lękała się, wracając znad rzeki, czy po drodze nie zetkną się z milicjantem, skoro jednak szczęśliwie znaleźli się pod dachem, nabrała, nie wiedzieć dlaczego, nadziei, że to spotkanie albo nie nastąpi wcale, albo też kiedyś później, kiedy może uda się Zenka obronić, bo ojciec będzie przygotowany. Stała więc teraz naprzeciwko sierżanta, zesztywniała i blada, nie odrywając ręki od klamki.

— Kto tam przyszedł? — spytał z głębi mieszkania ojciec. Sierżant, usłyszawszy ten głos, wsunął się do przedpokoju. Zawróciła do kuchni.

— No? — spytał ze zdziwieniem doktor.

— To... milicjant — rzekła struchlałym głosem.

Zenek, który stał właśnie pod ścianą naprzeciwko okna, cofnął łokcie i oparł się o nią obiema dłońmi, jakby szukając odbicia do skoku. Doktor Zalewski udał, że tego nie widzi, i bez pośpiechu uniósł się z krzesła.

— Zostańcie tutaj, porozmawiam z nim w gabinecie — powiedział, zwracając na Zenka spokojne spojrzenie.

— Tak... — szepnął chłopiec, po czym oderwał ręce od ściany i wyprostował się. Ula zrozumiała, że to słowo i ten gest były czymś w rodzaju obietnicy, że nie będzie próbował ucieczki.

— Czy twój ojciec go zna — spytał, kiedy zostali sami — tego milicjanta?

— Nie wiem. — Zauważyła, że ta odpowiedź zaniepokoiła go, dodała więc szybko: — Chyba tak, ojciec jest w Olszynach już prawie dwa lata.

— Jeśli zna, to może jakoś mu wytłumaczy, ale jeśli nie... Bał się! Ale ona bała się także i nie potrafiła go pocieszyć. Przychodziły jej do głowy same najgorsze przypuszczenia i mogła zrobić tylko tyle, żeby ich przed nim nie zdradzić.

Zenek nie odezwał się więcej. Patrzyli oboje w drzwi od przedpokoju, nadsłuchując. Od lekarskiego gabinetu dzieliła ich jeszcze druga para drzwi i z rozmowy, która się tam toczyła, nie docierało ani jedno słowo. Chłopców kręcących się pod furtką nie słyszeli także — okienko kuchni wychodziło na podwórze. Wreszcie w przedpokoju znowu rozległy się kroki i głosy. Brzmiały spokojnie. Potem szczęknął zamek drzwi wyjściowych, zaskrzypiały zawiasy i Ula zdała sobie sprawę, że gość wychodzi. Zenek, nieznający domowych odgłosów, słuchał ich z napiętą uwagą.

— Poszedł? — spytał nerwowo, kiedy ojciec ukazał się w progu.

— Poszedł, poszedł... — odpowiedział uspokajająco doktor. Był zadowolony, nastąpiło w nim wyraźne odprężenie, jakby przebył pomyślnie niełatwą próbę. Więc jego poprzedni spokój był pozorny? Ula zdała sobie sprawę, że narzucił go sobie, by dodać Zenkowi otuchy. A przecież Zenek jest dla niego kimś zupełnie obcym!

— Myślałem, że pan mnie tam zawoła — odezwał się Zenek z wahaniem. Jego zdenerwowanie jeszcze trwało, nie mógł uwierzyć tak od razu, że jest bezpieczny.

— Nie było potrzeby, wystarczyło na razie to, co sam mogłem sierżantowi powiedzieć. Nie kłopocz się już... — mówił doktor.

Nie wyjaśnił wcale, o czym z milicjantem rozmawiał, jakby to nie było ważne, i objąwszy Zenka ciepłym spojrzeniem, dodał żartobliwie: — Zajmiemy się czymś innym, pilniejszym: kolacją. Znaczyło to, że nie będzie teraz o nic Zenka pytał, i chłopiec musiał to zrozumieć, bo twarz mu złagodniała, a na ustach zjawił się cień uśmiechu. Zaczęła się wieczorna krzątanina, Ula nakrywała do stołu, ojciec poprosił Zenka o zapalenie lampy i napompowanie wody, potem jeszcze o przyniesienie z podwórza drewek. Wypowiadał te polecenia odruchowo i bez namysłu, jak do kogoś, kto bierze normalny udział w życiu domu. Zenek spoglądał co chwila ku niemu i wypełniał polecenia sprawnie i szybko.

Kiedy zasiedli do stołu, prawie nie spuszczał z doktora oczu. Ten, tak zwykle skrępowany i małomówny, kiedy przebywał sam na sam z córką, był tego wieczoru swobodny i ożywiony. Ula zauważyła tę zmianę natychmiast, ale tym razem nie czuła o to do ojca niechęci, tylko zdziwienie. Czy to możliwe, żeby stał się inny ze względu na chłopca, którego widział kiedyś przez krótką chwilę i który w dodatku nie okazał mu wówczas zaufania?

Tematy rozmowy zdawały się nasuwać same. Filujący lekko knot wywoływał uwagę, że w następnym roku Olszyny zostaną nareszcie zelektryfikowane. Zenek zadał parę pytań, które brzmiały niezręcznie i chropowato, ale kiedy była mowa o wiecznych kłopotach doktora ze starą dekawką, ożywił się i wdał w szczegóły, okazując duże znawstwo przedmiotu, dopytywał się też, czy będzie mógł nazajutrz maszynę obejrzeć. Potem zdziwienie Uli wzrosło jeszcze bardziej: ojciec mówił o swojej pracy. Nigdy dotąd tego nie robił, wspominał o niej pobieżnie i sucho, jakby sądził, że te sprawy nie mogą interesować nikogo. Dzisiaj opowiadał barwnie o działalności szpitala, o wypadkach, kiedy życie ludzkie zależało od szybkości decyzji, energii i poświęcenia jego pracowników. Zenek słuchał. Po jakimś czasie na jego twarzy zajaśniał wyraz ufności czy nadziei, który Ula widziała tylko raz w życiu: w dniu, kiedy Marian i Julek pojechali do Strykowa i chłopiec spodziewał się, że lada godzina zobaczy człowieka, którego poszukiwał tak długo i z tak wielkim trudem.

Noc spędziła Ula poza domem. W kawalerskim gospodarstwie doktora Zalewskiego nie było zapasowego siennika ani materaca i chociaż Zenek twierdził, że wystarczy mu koc rozesłany na podłodze werandy, ojciec nie chciał się na to zgodzić. Odprowadził Ulę do pani Cydzikowej i poprosił ją o nocleg dla córki. Pani Cydzikowa miała w swojej czystej izdebce paradną zieloną kanapę i chętnie przystała, żeby Ula mogła z niej przez jakiś czas korzystać. Potem doktor odszedł, nastąpiła chwilka pytań o niespodziewanego gościa, na które Ula odpowiadała powściągliwie — i wreszcie ogarnęła dziewczynę nocna cisza.

Leżała nieruchomo, nie śpiąc, i patrzyła w ciemność, przeżywając na nowo wszystkie zdarzenia dnia — od wiadomości, że Zenek pokazał się na wyspie i że grozi mu zaaresztowanie — aż do rozmowy, toczonej w świetle lampy przy domowym stole, w czasie której doznała nieznanej dotąd radości. Potem ubiegłe godziny usunęły się gdzieś w cień, myślała już tylko o jednym: że Zenek i ojciec są teraz razem i sami. Czy Zenek opowie ojcu o swoim życiu? Czy powierzy mu swoją tajemnicę? Przypomniała sobie oczy ojca patrzące na chłopca z wnikliwą dobrocią i poczuła, że mogłaby tego ojca pokochać...

Gdyby on ją kochał!

Spal ten list

Nazajutrz Ula zerwała się bardzo wcześnie i pobiegła do domu. Drzwi i okna były pootwierane; doktor lubił, żeby domowe wnętrze wypełniało się porannym, rzeźwym powietrzem. Wsunęła się do przedpokoju i spojrzała w stronę gabinetu: jak się tego spodziewała, ojciec siedział przy biurku. Miał zwyczaj przed odjazdem do szpitala czytać medyczną prasę, wieczorami był na to zbyt zmęczony. Nie usłyszał jej. Stojąc przy drzwiach, przyglądała się chciwie jego siwiejącej głowie, zmęczonym oczom, ukrytym w ciężkich powiekach, i wąskim ustom, które widywała zwykle zacięte lub lekko ironiczne, a które poprzedniego wieczoru uśmiechały się do Zenka tak serdecznie. Po chwili cofnęła się w stronę kuchni i zajrzała do środka. Chłopca nie było, posłanie zostało uprzątnięte, na stole stała niebieska filiżanka ojca i talerzyk z okruszynami chleba. Co to miało znaczyć? Zawróciła w stronę gabinetu.

— Dzień dobry — odezwał się doktor. — Nie wiedziałem, że przyjdziesz tak wcześnie, byłbym poczekał ze śniadaniem.

— A Zenek?

— Poszedł do roboty, do tego gospodarza, gdzie pomaga przy żniwach. Wróci wieczorem.

Ach, jaki zawód!... Myślała, że po raz pierwszy od chwili, kiedy się poznali, spędzą ze sobą dłuższy czas razem. I wtedy, jeśli będą sami, może się tak zdarzyć, że powierzą jedno drugiemu takie tajemnice i takie słowa, które nigdy nie ujawniają się przy ludziach, choćby najbliższych.

— Tłumaczyłem mu, że będzie zmęczony, rozmawialiśmy przecież do późnej nocy („więc rozmawiali" — przeleciało Uli przez głowę), a na to, żeby zdążyć na czas do tamtej wsi, musiał wstać przed piątą rano. Ale cóż, jest uparty — mówił ojciec — chce zarobić trochę grosza, rozumiem to.

Zauważyła od razu, że ojcu podobał się ten Zenka upór — i zrobiło jej to przyjemność. Dlaczego?... Do tej pory nie liczyła się z opiniami ojca, z góry nastawiona na to, że nie powinny jej wcale obchodzić. Zmieszała się i popadła w niezręczne milczenie.

Doktor zauważył je i spojrzawszy na córkę przelotnie, sięgnął po pismo, które przed chwilą przeglądał, widocznie uznał rozmowę za skończoną. Ale Ula poczuła pragnienie, by prowadzić ją dalej.

— Tatku!

— Co?

Zaczerpnęła powietrza i bojąc się tego, co może za chwilę usłyszy, zaczęła jąkać niezdarnie:

— Tatko chyba nie uważa, że Zenek... tatko mu nie każe...

— O co ci chodzi? Czego mu nie każę?

— Żeby wrócił do domu!

— Nie — rzekł doktor z namysłem. — Nie — powtórzył, jakby sam siebie chciał utwierdzić w tej decyzji.

Odetchnęła z ulgą, lękała się, że będzie to uważał za konieczność czy nawet obowiązek, dorośli zawsze przecież stają po stronie rodziców, a nie po stronie dzieci, jeśli są między nimi jakieś nieporozumienia.

— A co z nim będzie?

— Co z nim będzie?... — Ojciec odłożył na bok trzymane w ręku pismo, przysiadła więc na stojącym obok biurka krzesełku. Czekała w milczeniu na odpowiedź, nie zastanawiając się wcale, jak do tego doszło, że zadaje takie pytanie. Uważała za oczywiste, że od poprzedniego wieczoru ojciec jest w jakimś stopniu za los chłopca odpowiedzialny.

— Byłoby oczywiście najlepiej... — rozważał z wolna doktor — ...byłoby najlepiej, żeby się znalazł u kogoś bliskiego, do kogo ma zaufanie. Myślę o tym Janicy.

— Ale Zenek nie zna przecież jego adresu!

— Może uda się go odnaleźć. Sierżant Kowalski obiecał mi, że się o to postara.

— Ten milicjant?

Zauważył jej zdumienie i uśmiechnął się lekko.

— Uważasz, że milicja jest tylko do regulowania ruchu i chwytania przestępców... Sierżant okazał duże zrozumienie sytuacji Zenka, chociaż tak niewiele mogłem mu o nim wczoraj powiedzieć. W każdym razie zgodził się, że skoro chłopiec ma na razie opiekę, należy, póki co, zostawić go w spokoju. Kowalski dowie się, jakie przedsiębiorstwo miało budować most w Strykowie i gdzie ta załoga obecnie przebywa.

Uli trudno było uwierzyć, że odnalezienie zaginionego, które kosztowało Zenka tyle daremnego trudu, może okazać się sprawą tak łatwą.

— A jeśli go jednak nie znajdą?... Wtedy co?

— No cóż?... Wtedy trzeba będzie umieścić chłopca w jakimś zakładzie wychowawczym.

„Zakład"... Jak obco i nieprzyjemnie brzmiało to słowo!

— Wolałbym, żebyś nie mówiła Zenkowi o tych poszukiwaniach — odezwał się ojciec. — Lepiej, żeby sobie nie robił nadziei, skoro nie ma jeszcze nic pewnego.

— Dobrze — zgodziła się. Inna sprawa zaprzątała jej uwagę. Spytała: — A Zenek zgodzi się pójść do zakładu?

— Zgodzi się na wszystko, byle nie wracać do ojca. Oświadczył mi to.

Następne pytanie z trudem przeszło Uli przez usta. Wypowiedziała je tak cicho, że doktor musiał się pochylić, żeby je usłyszeć:

— Czy Zenek tatce powiedział, dlaczego... dlaczego jego ojciec go nie chce?

– Tak – twarz ojca zasępiła się. – A tobie o tym mówił?

– Nie.

– Nie dziw mu się. Ciężko jest źle myśleć i źle mówić o swoich rodzicach.

Ula poczuła nagły nierozumny gniew. Któż wiedział to lepiej niż ona sama?

– Nie dziwię mu się wcale! – rzekła porywczo i twardo jak za najgorszych dni. – Ja go świetnie rozumiem.

Doktor odchylił się, jakby go ktoś z nagła uderzył, opanował się jednak natychmiast. Siedział bez ruchu długą chwilę, a kiedy się wreszcie odezwał, była w jego głosie, nieznana Uli, smutna czułość:

– Ty też zapewne rzadko o mnie z kimś mówisz?

– Nie mówię nigdy i z nikim.

– No tak... i wszyscy myślą, że jesteś normalnym, szczęśliwym dzieckiem, prawda? – Nie czekał odpowiedzi na swoje pytanie, wiedział widocznie, co ma o tym myśleć, bo uśmiechnął się gorzko. – Myślą, że chociaż nie masz matki, to masz dobrego ojca. Nie wiedzą, jak ci jest ze mną źle.

Ula nie słyszała jeszcze w życiu takich słów. Wrogość, która przed chwilą opanowała ją tak silnie, zniknęła. Jej uczucia i myśli ogarnął niepojęty zamęt, nie wiedziała, co ma powiedzieć ani jak się zachować. Siedziała bez ruchu, patrząc w ziemię i czując, że na twarz występują jej coraz silniejsze rumieńce.

– A ja przecież chciałbym, żeby ci było dobrze – rzekł doktor cicho. Zdawało się, że skończy na tym tę niezwykłą rozmowę. Ale nie... przysunął się do córki i zaczął mówić krótkimi, urywanymi zdaniami, prawie szeptem: – Chciałbym, naprawdę... Ale cóż?... Zrobiłem ci krzywdę. Bo to zawsze jest dla dziecka krzywda, jeśli któreś z rodziców odejdzie z domu. Nie możesz mi tego zapomnieć, ja wiem... Nie uważasz mnie za przyjaciela, wątpisz nieraz nawet w moją życzliwość... Ale widzisz – spojrzał na nią z wyrazem nieśmiałej prośby, jakby się lękał, że z góry odtrąci jego tłumaczenie — czasem życie tak się skomplikuje, że nie można znaleźć wyjścia, które byłoby dobre dla wszystkich... Gdybym parę lat temu został w domu, to już i tak mama nie byłaby ze mną szczęśliwa... Wiedziała, że kocham kogo innego.

Teraz rumieniec zalał twarz Uli aż po czoło. Zadawniona, jątrząca się przez lata zazdrość o ojca wezbrała w niej na nowo, niwecząc lęk i zmieszanie.

— A ja? — krzyknęła z bólem. — Ja także stałam się niepotrzebna?

— Ty? Niepotrzebna? — spytał, nie rozumiejąc. — Jak to niepotrzebna?

— Naturalnie — poświadczyła, czując, że go rani i znajduje w tym przyjemność. — Dopóki ta pani żyła, tatko nie zaprosił mnie do siebie ani razu! Ani jednego razu! Mój dom to był tylko dom ciotek! Jakbym w ogóle nie miała ojca! Przez te wszystkie lata widzieliśmy się zaledwie pięć razy!

Sądziła, że padną teraz ostre, przykre słowa, i gotowała się, by je odeprzeć. Tymczasem ojciec milczał. Odwrócił się od niej i zapatrzył w przestrzeń za oknem.

O czym myślał? O kobiecie, dla której rzucił mamę? Niewiele miesięcy upłynęło od jej śmierci, ale Ula nie miała w sercu współczucia.

— „Ta pani", jak się wyrażasz, była moją żoną, wiesz o tym — powiedział wreszcie, oderwawszy wzrok od dalekich drzew. — I dwa lata temu jeździła ze mną do Warszawy, by cię do nas zaprosić.

— Jak to? — zatchnęła się zdumieniem Ula. — Zaprosić?

— Twoje ciotki prosiły, żeby odłożyć to na później — ciągnął ojciec spokojnie i smutno. — Uważały, że byłby to dla ciebie wielki wstrząs zobaczyć kogoś obcego na miejscu matki, do której byłaś bardzo przywiązana. Że jak będziesz starsza, to może pogodzisz się z tym łatwiej.

„Nie powiedziały mi o tym... – myślała gorączkowo. – Nie powiedziały!"

– Mówisz, że widzieliśmy się pięć razy. Ale ja... – zawahał się, wyznanie, które miał zrobić, napełniało go wyraźnym skrępowaniem. – Ale ja widywałem cię dosyć często. Naprzeciwko twojej szkoły jest taka mała kawiarenka, zachodziłem tam najczęściej prosto z pociągu, siedziałem przy oknie i patrzyłem...

– Na mnie? – szepnęła Ula, bojąc się uwierzyć. – Na mnie?

– Czasami szłaś sama, czasami z Pestką – doktor mówił swobodniej, na ustach błąkał mu się teraz niepewny, serdeczny uśmiech. – Czasem też z innymi koleżankami. Przyglądałem ci się...

– Trzeba mnie było zawołać! – krzyknęła żałośnie. Wyobraziła sobie nagle, jak biegłaby na takie spotkanie, i poczuła dotkliwy ból, że ominęło ją tyle szczęścia. – Ach, czemu mnie nie zawołałeś!

Dopiero kiedy przebrzmiały te słowa, zdała sobie sprawę, że powiedziała ojcu „ty".

– Ile razy cię odwiedziłem, miałem zawsze wrażenie, że sprawiam ci swoją osobą tylko przykrość...

Pamiętała te wizyty! Czekała na nie miesiącami, a kiedy ojciec się zjawiał, robiła, co mogła, żeby okazać swoją niechęć. Jak mu to wynagrodzić, jak zrobić, żeby o tym zapomniał?

– Tatku... ach, tatku – szeptała, pełna żalu, wstydu i oszałamiającej radości.

W godzinę potem spod kasztana, rosnącego przed domem, w którym mieszkała pani Ubyszowa, rozległ się gwizd. Najpierw jeden, potem drugi, jeszcze bardziej natarczywie wzywający. Pestka siedziała właśnie na schodkach od strony sadu, z głową schowaną w rękach, pogrążona w ponurych myślach, które od poprzedniego wieczoru nieustannie kłębiły jej się po głowie. Co się stało z Zenkiem? Czy udało mu się uciec? Czy doktor chodził na wyspę? Sądziła, że tak, pytał ją przecież o drogę. A może sam zaprowadził tam milicjanta? Nie wiedziała przecież nic, na wyraźne życzenie matki pozostawała od wczoraj w domu. Pani Ubyszowa oznajmiła jej, że doktor Zalewski obiecał „jakoś tę sprawę załatwić". Reszta pozostawała sprawą domysłów.

Julkowy gwizd poderwał dziewczynę na nogi, rzuciła się do sieni. W progu natknęła się na matkę.

— Zostań. Sama to załatwię.

— Ależ mamo!

Kategoryczny gest zatrzymał ją na miejscu. Pani Ubyszowa minęła córkę i wyszła na ganek.

— Pestka jest zajęta — oświadczyła niewidocznym dla Pestki chłopcom. — Nie może się z wami teraz widzieć.

Co Marian i Julek sobie pomyślą? Nie słychać było ich odpowiedzi. Odejdą bez słowa, sądząc dalej, że to Pestka winna jest wszystkiemu, że wbrew obietnicom zdradziła własnowolnie ich wspólną tajemnicę!

Poczuła w nagłym porywie, że nie zniesie dłużej tej sytuacji. Przesadziła schodki jednym susem i pobiegła pędem przez sad ku zapasowej furtce, wychodzącej na zarosłą dróżkę. Furtka była zamknięta. To nic. Chwyciła rękami za kołki i, zaparłszy palce stopy w dziurę po sęku, dźwignęła się ku górze i przeskoczyła na drugą stronę. Okrążyła ogród i obejście, kryjąc się, żeby matka nie mogła jej dostrzec. Znalazłszy się na drodze, na nowo nabrała rozpędu. Nareszcie będzie mogła dowiedzieć się czegoś — i wytłumaczyć! Zobaczyła chłopców, skręcających ku spółdzielni.

— Marian! — krzyknęła na cały głos. — Julek!

Odwrócili się, zdumieni. Pestka zwolniła nagle kroku. Jakże to ona będzie się przed nimi tłumaczyć? Przecież tłumaczyć się, to znaczy obciążyć matkę, powiedzieć, że mama zawiodła zaufanie, którym ją obdarzono. Co zrobić? Cofnąć się, zawrócić do domu! Nie było to możliwe, chłopcy szli naprzeciw niej. „Skłamię! – postanowiła. – Powiem, że ja też chciałam iść do ojca Uli, myślałam, że on pomoże"...

– Pestka, co ty wyprawiasz? – zakrzyknął Julek. – Zwariowałaś czy co?

Był wesoły, śmiał się!

– Czy twoja mama się na nas gniewa? – spytał Marian.

– Nie, skądże – zaprzeczyła co prędzej. – Tylko...

– Dlaczego nie przyszłaś wczoraj na wyspę? – przerwał jej Julek, ale wcale na odpowiedź nie poczekał. – Ula prosi, żebyś do niej przyszła, siedzi w domu, sprząta czy coś tam. Jednym słowem, masz przyjść.

Pestka zrozumiała, że nie mają do niej pretensji – i chociaż nie mogła pojąć, dlaczego tak się stało, poczuła niezmierną ulgę. Julek trzepał dalej:

– Zenek wróci dopiero wieczorem, wyszedł o piątej rano, masz pojęcie? My z Marianem też z nim pójdziemy, będziemy pomagać, ale jutro, już się umówiliśmy. A dzisiaj wyjdziemy naprzeciwko, bo jakby Wiktor...

– Czekaj! – przerwała Pestka, patrząc na małego zdumionymi oczami. – To Zenek jest jeszcze na wyspie?

– O rany! – krzyknął z politowaniem Julek. – Ona nic nie wie!

Parę minut potem już wiedziała. O ojcu Uli, że jest taki fajny, nikt się nie spodziewał („Twoja mama zrobiła bardzo dobrze, że do niego poszła" – udało się wtrącić Marianowi), o wujku, że się go będzie szukało, ale tego Zenkowi nie trzeba teraz mówić („Nie powiesz, prawda?" – spytał Marian), o wspaniałej drace z Wiktorem i że milicjant także jest fajny, a Wiktor mało nie pękł ze złości, że Ula nocowała u pani Cydzikowej, a teraz przyszedł do Uli Dunaj i ona mu daje jeść, że...

– Uspokój się – przerwał wreszcie Julkowi Marian. – Pójdzie do Uli, to dowie się wszystkiego jeszcze lepiej. Chodź do domu.

– Myślisz, że będę dziś pisał dyktando? Ani mi się śni! – oświadczył wojowniczo Julek.

– Dlaczego masz nie pisać?

– Bo nie! Co innego mam w głowie!

Marian także miał co innego w głowie niż lekcję z bratem. Upierał się raczej dla zasady.

– Lepiej chodźmy na wyspę po koc – zaproponował Julek. I chociaż nigdy dotąd nie wykazywał troski o to, że się ten koc może zniszczyć lub zgubić, dodał z przekonaniem: – Babka spyta, gdzieśmy go podzieli, i wtedy co?

– Dobra – zgodził się Marian.

– No to cześć! – krzyknął Pestce Julek i zasalutował. Szukał wyładowania dla dobrego humoru, jak tylko mógł.

– Cześć. – Pestka uśmiechnęła się słabo i skręciła w stronę sadu, z którego wyszła.

Mały zauważył to i zawołał za nią, pełen zdziwienia:

– Nie idziesz do Uli? – Od poprzedniego wieczora uważał dom doktora za najbardziej interesujące miejsce na świecie.

– Pójdę tam później... trochę później.

Pestka szła teraz krok za krokiem. Wiedziała, że nieposłuszeństwo, którego się dopuściła, nie minie bez echa, nie to było jednak przyczyną, że nogi tak skore do biegu i skoków przemierzały teraz drogę powoli i ociężale.

Rewelacje chłopców wzbudziły w niej myśli, z którymi nie mogła sobie dać rady. Doktor... było nie do wiary, że to właśnie on, człowiek zimny i surowy, do którego bała się zwrócić jego rodzona córka, postąpił w taki sposób! Brzmiały jej w uszach entuzjastyczne okrzyki Julka, powściągliwe, ale pełne szacunku słowa Mariana. Twarze im jaśniały, w oczach błyszczało coś takiego, jak wtedy na szosie, kiedy Zenek ocalił dziecko. Pestka również czuła podziw dla ojca Uli, ale z tym podziwem splątał się rozjątrzony na nowo żal do matki. Że to nie ona okazała Zenkowi zaufanie, nie ona wywołała zachwyt i uznanie załogi! Ach, jak Pestka byłaby szczęśliwa i dumna, gdyby tak się stało! Znała dobrze ciepło, które się szerzy w sercu, jeśli ktoś chwali ojca czy mamę, kiedy mówi, że są mili, szlachetni, niezwykli!

„Mamo!" – szepnęła bezradnie, u matki, nie u kogo innego, szukając ratunku na cierpienia przez tę matkę wywołane. I wtedy wypłynęło jej z niepamięci zdanie pani Ubyszowej, na które poprzedniego wieczoru nie zwróciła uwagi: „Pomogłabym... ale zachowałaś się tak, jakby mnie tu wcale nie było".

„Pomogłaby – pomyślała – pomogłaby na pewno!" Ach, wszystkie wypadki przebiegłyby inaczej, gdyby okazała matce zaufanie! Gdyby chciała i umiała przekonać tamtych, że matka na nie zasługuje! Nie starała się jednak o to wcale, a potem zaskoczyła matkę wiadomościami, które ją przeraziły. Jeżeli mama zachowała się wczoraj nie tak, jak trzeba, to dużo winy należy przypisać samej sobie...

Zaczęła iść prędzej, a kiedy po paru krokach rozejrzała się dokoła, stwierdziła z radością, że świat przestał być ponury. Własna wina mniej obciąża serce niż wina matki.

Puściła się biegiem.

– Gdzie byłaś?
– Na drodze! Rozmawiałam z chłopcami!
– Czy zapomniałaś, że... – zaczyna surowo pani Ubyszowa.
– Mamo, nie! – przerywa Pestka błagalnym okrzykiem. Przypada do matki, obejmuje ją. – Mamo, posłuchaj, nic jeszcze nie wiesz!

I tak jak przed kilku minutami Julek, tak teraz Pestka zdaje relację z tego, co zaszło od wczorajszego wieczora. Nie odrywa oczu od matki, niedostatek słów uzupełniając spojrzeniem, które prosi o zrozumienie.

– I oni... Oni tak się cieszą! Julek, Marian, Ula... Ach, mamo! – I Pestka ufnym, dziecięcym jeszcze ruchem kładzie głowę na kolanach matki.

Pani Ubyszowa siedzi nieporuszona, nie mówi nic, a po chwili lekko chrząka. Ten dźwięk jest córce znany: mama ma zwyczaj pochrząkiwać, kiedy jest zmieszana czy niepewna.

– Moje dziecko...

– Co, mamo? – Pestka unosi się, spogląda na matkę. Dostrzega, że na jej ślicznej, delikatnej twarzy pokazują się lekkie rumieńce.

– Moje dziecko... – powtarza matka; stara się być surowa, ale nie udaje jej się to wcale. – To zupełnie bez sensu, żeby Ula nocowała u pani Cydzikowej. Może przecież nocować u nas.

Nikomu nie jest przyjemnie przyznać się do błędu, a dorosłym przychodzi to z trudnością szczególną, Pestka wie już to dobrze. Trzeba prawdziwej wielkoduszności, żeby się na to zdobyć.

– Ach, mamo! – szepce z wdzięcznością.

Było niedzielne popołudnie. Ula siedziała na werandzie sama. Zenek zaraz po wczesnym obiedzie poszedł do roboty, pogoda zaczynała się psuć i gospodarz chciał wykorzystać na zbiórkę nawet świąteczne godziny. Doktora nie było: wyjechał poprzedniego dnia, zaraz po przyjęciach, oznajmiając Uli, żeby się go spodziewała nie wcześniej niż nazajutrz wieczorem. Zdziwiła ją ta niespodziewana podróż, o której ojciec wcale przedtem nie wspominał, nie miała jednak czasu dokładniej o nią zapytać.

Samotność nie była tym razem dla Uli czymś przykrym. Dopiero co spędziła parę godzin na długim spacerze z Pestką, niedługo nadjedzie ojciec, wróci Zenek, wpadną zapewne chłopcy, potem czeka ją jak co dzień od paru dni miły wieczór w domu pani Ubyszowej. Wiedziała poza tym, czym tę samotność zapełnić. Rozłożyła swój zeszyt z listami i pisała:

„Mamo, moje życie się odmieniło: kocham tatusia. I to chyba nie jest zdrada wobec Ciebie, to przecież Ty kazałaś mi go kochać. Ja to pamiętam, nigdy o tym nie zapomniałam, tylko postanowiłam sobie, że pod tym jednym względem nie będę Ciebie słuchać. Pragnęłam, żeby on mnie kochał — ale sama chciałam być obojętna. Wiem teraz, że to głupio i źle. Tatuś też mnie kocha. Często teraz myślę, że gdybym jeszcze była spokojna o Zenka, to mogłabym być bardzo szczęśliwa. I czasami aż się boję, że to wszystko jest snem i nastąpi smutne przebudzenie. Ale to na pewno nie sen, to prawdziwa rzeczywistość...".

Tak, o Zenka Ula nie była całkiem spokojna. Któregoś dnia ojciec powiedział, że jeśli chodzi o poszukiwany adres, to „są na śladzie" — niczego pewnego jednak nie ma. Konkretniej niż pobyt u wuja zarysował się więc zakład wychowawczy. Ula myślała o tym niechętnie. Z tonu, jakim Zenek dopytywał się, gdzie i jaki ten zakład będzie, domyśliła się łatwo, że i on traktuje go jako smutną konieczność. Postanowił jej sprostać, więc jej sprosta, ale pragnąłby odwlec ją jak najbardziej.

Ula czuła, że Zenkowi dobrze jest w jej domu. Poweselał, swobodniej się ruszał i mówił, częściej się śmiał — zwłaszcza jeżeli był z nimi ojciec.

Niestety, niedługo znajdzie się między obcymi ludźmi, w obcych murach.

Z rozmyślań wyrwało ją ciche prowokacyjne szczeknięcie Dunaja. Stał przed schodkami i, patrząc na nią wyczekująco, machał ogonem, puszystym teraz i lśniącym. Zenek wystrzygł mu zręcznie wszystkie łopuchy i splątane kłaki, a potem gruntownie wykąpał w rzece.

— Dunaj! — zawołała Ula. Wiedziała, że bez tego wezwania nie wejdzie do mieszkania: musiał być do tego za każdym razem upoważniony. Była to jedyna pozostałość z czasów, kiedy błąkał się samotnie, nieufny i głodny.

Wszedł i ułożył się na podłodze. Wygodnie, szeroko. Czuł, że może sobie na to pozwolić.

— Dunaj! — mówiła Ula, ciesząc się obecnością psa. — Kochane, stare psisko! — Pies nie wstawał, ale dla wyrażenia serdecznych uczuć wachlował ogonem podłogę. Wzięła znowu pióro do ręki, żeby pisać, ale właśnie usłyszała kroki. Rzuciła zeszyt do walizki i pobiegła do furtki.

— I co? — spytał ojciec i objął ją ramieniem na króciutką chwilę. — Wszystko tu w porządku?

— W porządku! — odpowiedziała wesoło.

— Zenek jest?

— Nie, poszedł, niedługo wróci.

— Mam dla niego nowinę.

I doktor powiedział córce, jaka to nowina: pan Antoni Janica, znakomity spawacz, wuj Zenka, pracuje pod Tczewem — i niecierpliwie siostrzeńca oczekuje.

— Skąd wiesz, że oczekuje? — spytała Ula, kiedy minęło pierwsze oszołomienie. — Pisał do ciebie?

— Nie, nie pisał — uśmiechnął się ojciec. — Rozmawiałem z nim. Właśnie od niego wracam.

...Więc ojciec jeździł aż do Tczewa? Poświęcił na to swój niedzielny odpoczynek!

— Uważałem, że inaczej się tego nie załatwi — mówi doktor.

— Chciałem się przekonać, jaki ten wuj Zenka jest, jak zareaguje na wiadomość, że chłopak chce do niego przyjechać. Bo widzisz... — tłumaczył córce z przejęciem — zastanawiałem się, że jeżeli on z g o d z i   s i ę chłopca wychowywać, to to właściwie dobrze nie będzie... Dobrze może być tylko wówczas, jeżeli pan Janica będzie p r a g n ą ł mieć go u siebie, jeżeli będzie czuł, że jemu samemu sprawi to zadowolenie... Rozumiesz mnie?

— Rozumiem — odpowiedziała Ula. Chłonęła każde słowo ojca, czując radość, że wtajemnicza ją w swoje myśli. — Rozumiem. No i?...

— No i zdaje mi się, że wszystko będzie dobrze... Janica jest samotny, z całej rodziny kochał najbardziej swoją siostrę, matkę Zenka.

— Ale... — zaniepokoiła się Ula — jeśli się dowie, że Zenek uciekł z domu i... Może się będzie gniewał?

— Nie ukryłem przed nim niczego.

Dunaj uniósł łeb i, szczeknąwszy radośnie, biegł do ogródka.

— Zenek idzie!

— Może sama mu powiesz? — spytał szybko doktor.

— Nie, razem.

Zenek był z chłopcami. Marian i Julek odprowadzili go jak co dzień.

— A jutro pracujesz? — spytał Julek, zatrzymując się przy furtce.

— Jeśli nie będzie lało — odpowiedział Zenek.

— Dobra — rzekł mały. Znaczyło to, że Zenek, jak zawsze, może liczyć na jego towarzystwo, kiedy będzie wracał. — Serwus!

— Serwus.

Zenek wszedł na werandę i na widok ojca Uli od razu się rozjaśnił.

— O, to pan doktor już jest?

— Ano wróciłem... — doktor spojrzał na Ulę wyczekująco. Poprosiła wzrokiem, żeby to on powiedział Zenkowi nowinę.

– Zenek... ile jeszcze dni masz pracować przy tych żniwach?

– Dwa, a najwyżej trzy.

– To się dobrze składa.

– Dlaczego?

– Będziesz musiał zbierać się do drogi.

Chwila ciszy.

– Dokąd? – spytał Zenek zmienionym głosem. Ula spojrzała na ojca: niech mu powie prędzej, niech go nie męczy!

– Do Tczewa!

– To... to tam jest ten zakład, gdzie mam być?

– Nie, tam jest twój wuj. Wuj Antoś. I czeka na ciebie.

Zenek znieruchomiał, patrzył na doktora z osłupieniem.

– Jak to? Jak to czeka? – krzyknął nagle. – Skąd pan wie?

– Właśnie od niego wracam... Prosił, żebyś się zjawił za trzy dni, przedtem ma jakiś służbowy wyjazd, a wybiera się po ciebie na stację.

– I chce... – Zenek zająknął się i głośno chwycił ustami powietrze. – Chce, żebym u niego był?

– Oczywiście – rzekł wesoło doktor. – I myślę, że na żaden zakład się nie zgodzi.

Zenek zamrugał dziwnie. Ula odwróciła się ku oknu. Wiedziała już, że nie należy patrzeć w twarz mężczyzny, który ma łzy w oczach – choćby nawet nie był jeszcze dorosły.

Następnego dnia Ula, przyszedłszy z rana od Pestki, znalazła na stole zaadresowaną do niej i zaklejoną kopertę. Znała już ten charakter pisma: pewnego wieczoru, który wydał jej się teraz niezmiernie dawny, były nim napisane słowa: „Wyjdź, czekam”. Zabrała list i pobiegła w pole, chciała być teraz sama. Przysiadłszy na pustej miedzy, otworzyła kopertę. Była w niej kartka i pięćdziesiąt złotych. Czytała:

„Powiedziałem ci kiedyś, że nie mogę przed Tobą wyjawić, jak ze mną było, bobyś tego nie zrozumiała. Ale teraz myślę, że moja miłość do Ciebie...".

Ula zatrzymała się, serce zaczęło jej bić mocno i prędko, jak ze strachu. Ale to nie był strach, tylko szczęście. Wpatrywała się w litery, które złożyły się na śliczne słowa, nie mogąc oderwać od nich oczu: „m o j a   m i ł o ś ć   d o   C i e b i e... m o j a   m i ł o ś ć   d o   C i e b i e...".

Dopiero po dłuższej chwili zaczęła czytać dalej: „to powinna być taka moja szczerość. I dlatego dzisiaj, kiedy wiem, że niedługo wyjadę, postanowiłem Ci napisać prawdę, choćbyś nawet nie wszystko mogła zrozumieć.

Uciekłem z domu, bo w domu miałem taką poniewierkę, że to trudno wyrazić. Dla mojego ojca tylko jedno ma znaczenie: wódka. Syn mu niepotrzebny, bo syn kosztuje pieniądze. Dawniej, za życia mamy, także pił, ale mama mnie pilnowała, żeby się nade mną nie znęcał...". ...Znęcał się?... Co to znaczy? Jak można znęcać się nad własnym dzieckiem?... Czuła grozę, ale na próżno usiłowała zrozumieć, jak takie rzeczy mogą się dziać.

„W końcu to się stało nie do wytrzymania. Pomyślałem, że dla mnie jest tylko jedno miejsce na świecie: u wuja, i że jeśli go nie znajdę, to ze mną koniec.

Proszę Cię, nigdy nikomu nie mów, co tu napisałem, bo to jest straszne tak napisać o swoim ojcu, i spal ten list. Teraz, kiedy poznałem Twojego tatusia.i jadę do wujka, zaczyna się dla mnie nowe życie i nie chcę, żeby z dawnego został jakiś ślad.

I Ty sama też o nim nie myśl.

Nie wiem, kiedy się zobaczymy, może nieprędko. Ale ja Ciebie nigdy a nigdy nie zapomnę. I może kiedyś tak się stanie, że przyjadę i zapytam, czy mnie pamiętasz. Zenek".

Ula długo siedziała na opustoszałej miedzy pomiędzy ścierniskami z listem na kolanach. W pewnej chwili zawiał łagodny wietrzyk i zapisana kartka pofrunęła w trawę. Dziewczyna podniosła ją i wzrok jej padł na słowa: „...Zaczyna się dla mnie nowe życie i nie chcę, żeby z dawnego został jakiś ślad. I Ty sama też o nim nie myśl". Wróciwszy do domu, wrzuciła list w ogień.

Kuchenka małego doktorskiego domku pełna była gwaru. Pani Ubyszowa robiła wysiłki, żeby nad nim zapanować, i przypominała, że przecież doktor przyjmuje i że w przedpokoju, tuż obok, czekają pacjenci, ale to skutkowało słabo i na krótko. Wszyscy zanadto byli podnieceni. Pociąg Zenka odchodził za trzy godziny i teraz odbywały się ostatnie przygotowania. Pestka krajała chleb na kanapki, pytając co chwila panią Cydzikową i Ulę o masło, kiełbasę, papier do zawijania i mnóstwo innych rzeczy. Julek kłócił się z Ulą, że źle pakuje i że gruszki wcale się nie zmieszczą. Tych gruszek, wyproszonych od babci (babcia ze zdziwieniem przyjęła wiadomość o koledze, który nagle się pojawił u doktora, a teraz odjeżdżał, i dla którego Julek zażądał tylu owoców, jakby podróż miała trwać trzy dni), Zenek wcale nie chciał brać, ale usłyszawszy okrzyk: „Zwariowałeś czy co?", roześmiał się i powiedział, że trochę weźmie. Zalegały teraz połowę stołu i co chwila któraś staczała się na podłogę, tym bardziej że i Marian musiał mieć trochę miejsca. Podarował Zenkowi notes (mało używany, wystarczyło wyrwać trzy zapisane kartki, a stał się jak nowy) i teraz wpisywał mu adresy załogi, przekrzykując wszystkich, żeby się dowiedzieć, gdzie Ula i Pestka w Warszawie mieszkają. Pani Ubyszowa podszywała naderwany kołnierz Zenkowej wiatrówki, umacniała guziki kupionej przez nią koszuli, którą chłopiec miał włożyć na drogę, radziła, jak ułożyć w torbie jedzenie, polecała to i owo od razu sprzątnąć...

Ula, oczywiście, była najcichsza ze wszystkich. Krzątała się, podawała, co trzeba, i nie mówiła prawie nic. Zenek po dawnemu prawie się do niej nie odzywał. Ale teraz nie przeszkadzało jej to wcale, wiedziała, co się kryje za tym milczeniem.

Na stację pojechano dekawką. Stary gruchot w ciągu swego wysłużonego życia nigdy jeszcze nie przewoził sześciu osób naraz, ale zarówno dla załogi, jak dla doktora było rzeczą oczywistą, że muszą jechać wszyscy. Zenek usiadł koło ojca Uli na przodzie, Marian, Pestka i Ula z tyłu, Julek między ich nogami. Drzwiczki zatrzaśnięto z trudem, przy wydatnej pomocy pani Cydzikowej.

Potem wszystko odbyło się szybko, tak szybko, że trudno było zrozumieć, jak to się stało – i Zenek stał już w oknie wagonu.

– Napisz do nas prędko – powiedział doktor.

– Napiszę.

Spóźnieni podróżni szli szybko wzdłuż pociągu, trzaskały zamykane drzwi. Kiedy zawiadowca podniósł w górę swój znak, Ula, która dotąd trzymała się na boku, podeszła szybko do wagonu.

– Do widzenia, Zenek – powiedziała, podnosząc twarz ku chłopcu.

Rozjaśnił się, przez króciutką, niezauważalną dla innych chwilę patrzył dziewczynie w oczy.

– Do widzenia! – rzekł cicho, jakby odpowiadał na tajemnicze hasło. Bo rzeczywiście było to hasło.

Pociąg drgnął i zaczął się toczyć równo i coraz prędzej.

– Serwus! – krzyknął Marian.

— Serwus! — Pestka machała ku odjeżdżającemu ręką. Julek biegł wzdłuż pociągu.

— Serwus! — wołał do wszystkich Zenek, wychylając się z okna. Ula poczuła nagle, że po policzku spływa jej łza. Cofnęła się, doktor stanął obok niej. Otarła łzę o rękaw ojcowskiego płaszcza.

Spis treści

Wydawnictwo NASZA KSIĘGARNIA Sp. z o.o.
02-868 Warszawa, ul. Sarabandy 24 c
tel.: 022 643 93 89, 022 331 91 49
faks: 022 643 70 28
e-mail: naszaksiegarnia@nk.com.pl

Dział Handlowy
tel.: 022 331 91 58, tel./faks 022 643 64 42
Sprzedaż wysyłkowa
tel.: 022 641 56 32
e-mail: sklep.wysylkowy@nk.com.pl   **www.nk.com.pl**

Redaktor **Małgorzata Grudnik-Zwolińska**
Redaktor techniczny **Paweł Węglewski**
Korekta **Roma Sachnowska, Maria Zalasa**

ISBN 978-83-10-11435-8

PRINTED IN POLAND
Wydawnictwo „Nasza Księgarnia", Warszawa 2007 r.
Druk: Abedik S.A.